少年与狗

陈然 著

CHIENRAN WORK

与文学名家对话·中国当代获奖作家作品联展

高长梅 王培静 ◎ 主编

花山文艺出版社

图书在版编目(CIP)数据

少年与狗 / 陈然著. – 石家庄：花山文艺出版社，2013.7（2021.6 重印）
（与文学名家对话:中国当代获奖作家作品联展 / 高长梅,王培静主编）
ISBN 978-7-5511-1277-2

Ⅰ.①少… Ⅱ.①陈… Ⅲ.①小小说 – 小说集 – 中国 – 当代 Ⅳ.①I247.8

中国版本图书馆 CIP 数据核字（2013）第 150637 号

丛 书 名：与文学名家对话:中国当代获奖作家作品联展
主　　编：高长梅　王培静
书　　名：**少年与狗**
作　　者：陈　然

策　　划：张采鑫
责任编辑：于怀新
责任校对：齐　欣
特约编辑：李文生
全案设计：北京九洲鼎图书有限公司
出版发行：花山文艺出版社（邮政编码:050061）
　　　　　（河北省石家庄市友谊北大街 330 号）
销售热线：0311-88643221
传　　真：0311-88643234
印　　刷：永清县晔盛亚胶印有限公司
经　　销：新华书店
开　　本：710×1000　1/16
字　　数：165 千字
印　　张：12.5
版　　次：2013 年 8 月第 1 版
　　　　　2021 年 6 月第 2 次印刷
书　　号：ISBN 978-7-5511-1277-2
定　　价：39.90 元

（版权所有　翻印必究·印装有误　负责调换）

目录
CONTENTS

姐姐 / 001

少年梅涵 / 013

午睡 / 022

想入非非的小卷和我二爷 / 027

超市与我们 / 032

山子的秋天 / 040

崇拜 / 049

破蛹 / 058

口吃 / 069

小二黑告状 / 077

走麦城 / 086

目 录 CONTENTS

一只美丽的苍蝇 / 098

绑架 / 108

脸红 / 111

骨折 / 114

少年与狗 / 122

少年的故事 / 127

装满了钞票的房子 / 137

昆虫记 / 146

孩子与电影 / 161

传奇 / 175

大闹天宫 / 178

姐 姐

姐姐从什么地方捡来一块涂有油漆的木板,只有一张小课桌面那么大,尤其令人兴奋的是,油漆居然也差不多是黑色的。

姐姐有些骄傲地对弟弟说,我们也可以上课了。

两天前,姐姐和弟弟去上学,走到学校,才发现已经没有学可上了。这所专门收留民工子女就读的私立学校,因为没有达到标准而被查封了。老师和校长已不见踪影,只有窗户上的纸片在风里噼里啪啦地响。很多同学手扒着铁门,把脑袋尽力往里面钻,哭着说,我们要上学。

当时,姐姐也哭了。姐姐已经读到三年级了,狐狸和乌鸦的故事,语文老师还只上到一半。而且,老师马上要教姐姐他们写作文了。姐姐很想学写作文。她有很多东西想写。它们都藏在她心里,像许多小鱼一样在噬咬着她。就像村前的那条小溪,每天哗哗流过来,又哗哗流过去,她站在水里洗衣服,那些小鱼就轻轻地啄她的脚踝,痒痒的。而现在离村子已经很遥远了啊。好几年前,爸爸和妈妈就出来打工了,姐姐和弟弟在乡下跟爷爷过。但自从去年爷爷死后,他们便也跟着爸爸妈妈出来了。爸爸和妈妈打工的城市很大,来了一年多,姐姐和弟弟也不知道它到底有多大。他们一家人租住的地方,其实跟他们的村子差不多,要说有什么不同,就是经常有戴着红袖章的人在周围走来走去,好像对他们很不放心似的。如果他们一探头,那人便会警觉地盯着他们看。如果他们从街上经过，也有人瞄瞄他们的左手，又瞄瞄他们的右手。有时候他们会吓得奔跑起来，没想到还真有人追赶。

所以姐姐能捡到那块木板，还真不是一件容易的事儿，如果当时有人说姐姐是偷来的，那怎么办呢？

这里每户人家都租住了好多人。夜深了还有人在免费的水龙头下洗衣服。几乎每幢房子前面都有一个这样的水龙头。因为免费，后面还有人在等。刚来时，姐姐和弟弟几乎整天把手和脚放在水龙头下面。他们喜欢自来水那种"自来"的感觉。

每天一大早，爸爸和妈妈都要出去上班。他们俩合骑着一辆自行车，摇摇摆摆地向城中心驶去。这时交警还没有上班，不然自行车后面是不能带人的。他们要骑一个多小时。天晴还好说，如果是下雨，那就麻烦大了。所以爸爸现在和当初做农民时不一样了。那时，爸爸老是抱怨，怎么还不下雨？而现在是：怎么又下雨了？他们也想租个近一点的房子，可城里房租太贵了，一个月可以顶这里两个月。

爸爸在一家工厂里做搬运工，妈妈在一个熟人的帮助下，找了份扫马路的事，每天戴着大口罩。因此姐弟俩上街，如果看到戴口罩的人，他们便觉得很亲切，一定要看了又看，生怕那口罩后面的就是妈妈。虽然他们明明知道妈妈做事的地方很远。

在一个路口，爸爸让妈妈从自行车后座上跳下来，他从另一个路口骑过去。下班后，她就站在那个路口等，刚好站在早晨下来的对面。当他们回到家里，姐姐已经煮好了饭，弟弟做完作业，倒在桌上睡着了。姐姐把被弟弟的脸压着的作业本轻轻抽出来，免得弟弟流出的口水把作业本打湿。弟弟还是个鼻涕佬，有两条黄狗老是蹲在那里，而且黄狗的尾巴一露出来了，就会遭到姐姐的嘲笑。

姐姐说，我们不要把不能上学的事告诉爸爸妈妈。有一次，因为心里有事，爸爸在路上跟人家撞了一下，膝盖都摔破了。为此姐姐经常担心爸爸会一瘸一拐地回来。每天，直到看着爸爸和妈妈都完好无损地走进家门，她才松一口气。姐姐知道,因为他们不是本地人,上不了附近的公办学校(他们把它叫做正式学校)。一定要上,得交一笔数额很高的插班费,爸爸和妈妈是不可能拿得出这笔钱的。在租房区的民工中间,只有姚燕燕的爸爸能拿得出这笔钱。她爸爸是一个小包工头,有时候还打的回家呢,她妈妈也不用做事,大家都羡慕死了。

可怎么才能把爸爸和妈妈瞒住呢?姐姐说,我们还像往常一样,等爸爸妈妈回来,你还伏在桌上打呼噜,我还在那里淘米做饭。姐姐说,幸亏以前我们学校不像姚燕燕他们那样,每次做完作业还要家长签字,不然就要露馅了。但这样过了两天,姐姐又犯愁了。她说,虽然瞒住了爸爸妈妈,但瞒不住我们自己。一想到还有那么多课文没有读过,还有那么多东西没搞懂,晚上我睡不着觉。弟弟,你说我们该怎么办?

期间,姐姐和弟弟还偷偷到以前的学校里去看过。他们希望听到那里传出抑扬顿挫的读书声。果然,校门是开着的。里面还有人影在晃动。但他们惊讶地发现,那里现在连一点学校的影子都没有了。国旗不见了。写有校名的牌子不见了。教室里的桌凳讲台也不见了。黑板呢?黑板也不见踪影了。原先的学校已经成了家具厂。操场上堆放着许多木料,教室里传来了钢锯、刨子和斧头的声音。新鲜的锯末飞扬,淡黄色的刨花从教室里往外爬。如果是以往,姐姐是很喜欢那些刨花的,因为看上去,它们是那么美。她会抓起一把来放在鼻子底下一遍遍地嗅着。把它们打开来,漂亮的木纹好像是一幅图画。它们还可以引火,烧炉子的时候就不要那么用力地扇了。可现在,她觉得它们可恶极了,仿佛一条条毒蛇,在嘶嘶地响着。它们把教室占踞了,把他们赶出了学校。起初她还满怀着希望,说不定学校什么时候又恢复上课了,老师拿着一只喇叭,站在街道上喊,上课了,明天上课了!现在看来,是一点希望也没有了。那些刨子、钢锯、斧头把她的希望弄成了纷纷扬扬的碎末。

姐姐站在那里发呆。那么大的学校,怎么说没就没了呢?它到底躲到哪里去了?姐姐想得脑瓜子都疼了。房子还是原先的房子,怎么学校就没有了

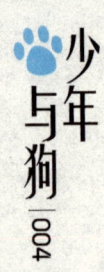

呢?那么到底怎样才算得上是学校呢?想到这里,姐姐仿佛豁然开朗。

姐姐对弟弟说,我原先以为学校是房子,现在才知道不是。学校不是房子。学校是老师,是黑板,是粉笔。姐姐说,我有个主意,如果我们自己有黑板,有粉笔,那是不是我们自己也可以做老师了呢?

姐姐把她的计划跟弟弟说了,弟弟也有些兴奋起来。他说我有粉笔。原来,像许多刚读书的孩子一样,弟弟对粉笔也有一种抑制不住的好奇心。上课的时候,他紧盯着老师手里的粉笔,仿佛它有什么魔法,在它吱吱叫着的时候,一只只漂亮的字就像小鸟一样跳到了黑板上,让弟弟百看不厌。他个子矮,坐在第一排。他仰着脸,看那纷纷扬扬的粉笔灰撒落下来,仿佛闻到了桃花盛开的气息。只有桃花有那么多的粉。老师写着写着,就嗖的一声,把剩下的粉笔扔到墙角落去了。有时候,老师还把粉笔当做导弹,向不遵守纪律的同学发射过去。下了课,弟弟赶忙把它们捡起来,放在文具盒里。现在,弟弟把它们从床底下拿出来,骄傲地在姐姐面前一扬,居然有满满一罐头瓶。

弟弟说,你看,足够我们上课了。他眼巴巴望着姐姐,吧嗒吧嗒着嘴巴。

姐姐把那块捡来的木板靠着墙,放在一张凳子上。她拿起一支粉笔头,小心地在上面画了一下。木板吱扭叫了一声,一个字就跳上去了。姐姐很兴奋。弟弟也拿起了粉笔。他先写下自己的名字孙小刚,又从1写到9,接着又写了姐姐的名字孙小霞。弟弟说,我也可以做老师了!姐姐说,你以为,会写粉笔字就可以当老师么?还要上课,你会上课么?

姐姐说,我读三年级,你读一年级,我来做你的老师,给你上课,好不好?

弟弟说,好。

姐姐让弟弟在一张小号的椅子上坐好,又搬来一只兀凳当课桌。姐姐说,请孙小刚同学翻开课本。弟弟就翻开课本。姐姐说,上一节课,我们上到哪儿啦?弟弟说,《种鱼》。姐姐说,那好,我们再把课文朗读一遍。

于是他们读道：

农民把玉米种到地里，到了秋天，收了很多玉米。
农民把花生种到地里，到了秋天，收了很多花生。
小猫看见了，把小鱼种到地里。它想收很多小鱼呢！

姐姐说，既然是上课，就要有一个上课的样子，我们要像正式上课那样，比如说，我们要有功课表，还要有作息时间表，还要有课间操。

弟弟说，我还要上体育课和音乐课，我想唱歌！

姐姐说，那是自然。

姐姐翻开文具盒。里面有她这学期的功课表。她把它做了适当的修改，比如班会课就可以不要了。还有电脑课，也没法上，因为家里的电器除了电灯和一台爸爸从旧货市场买来的老是沙沙响的彩色电视机，其他没有带电的东西。姐姐把功课表工工整整重誊了一遍，贴在墙上。开始不想贴，但不贴总觉得不太对劲，不像上课的样子。在她以前读书的班里，老师就是把功课表贴在黑板旁边醒目的地方。如果爸爸妈妈问起，就说老师教的。还有黑板，也可以这样说。反正只要说是老师要求的，爸爸妈妈从不会说什么。难道他们还会反对他们多多学习？说不定他们会很高兴呢。晚上，爸爸妈妈回来后的态度充分证明了这一点。他们不但没看出破绽，还夸他们会想办法，爸爸甚至还奖励了他们每人一块零花钱。以前，他最多是奖五毛的。姐弟俩决定把那两块钱留到关键的时候用。

姐姐制订的作息时间表是这样的：六点半起床，七点早读，八点上第一节课，九点四十分，课间操。十二点午饭。两点半上下午第一节课，四点半放学。六点看中央电视台的《大风车》和《动画城》。八点做完作业，开始批改。九点关灯，节约用电，睡觉。

弟弟说，不能总是你给我上课，你自己也要上。姐姐说，我当然也想上，可谁来给我上呢？弟弟说，当然是我了，我不能专当学生。姐姐笑了，把自己的课本递给他，说，你给我上吧。弟弟把姐姐的课本接过来，拿起的却是自己的课本。他煞有介事地教姐姐读起"弯弯的月儿小小的船"。姐姐说，我又不是读一年级。弟弟说，那不更好么？我希望年年读一年级，那我不用脑筋，每回都可以考一百分。姐姐说，你这个懒鬼。

其实弟弟说的，姐姐也早就在想了。她想来想去，就想到了姚燕燕。姚燕燕读书的学校，离这里并不远，就在爸爸和妈妈每天去上班的路上，是一所大学的附属小学。为了进那所学校，姚燕燕爸爸光插班费就交了两万块，并且还是找了熟人。如果没有熟人，就是有钱也交不进去。姐姐跟姚燕燕到那里去玩过一次。第一次进大学的门，她紧张得四处张望，生怕有什么人会发现她不是这里面的人，把她轰走，那多难为情。这可是大学啊，听说要读好多年书，还要考好多次试才能进去的。她不禁有了一种偷了人家东西的感觉。大学的门，一个门柱就有一间房子那么大。走过几条高大宽敞的水泥路，路面整洁干净，两旁全是耸入云天的白杨树。她的头完全晕了，一点也不记得来回的路了。她真佩服姚燕燕，居然记得那么清楚。看来姚燕燕天生就是该读这样的学校，她一点也不嫉妒她。但她羡慕她，羡慕那么好的教室，那么好的黑板。姚燕燕教室里的黑板漆黑漆黑的，没有一丝儿缝隙，不像他们的黑板，上面满是沟沟壑壑，像老年人的皱纹，老是看不清字。姚燕燕教室后面的黑板报像是一个小型的花园，上面开满了红花绿草。更让她想不到的是，姚燕燕的教室是斜坡式的，不用担心前面的同学遮挡了她，使她看不到黑板。无论是按成绩还是按个头，她都应该坐在比较前面的位子，但不知怎么回事，老师把她安排到了第五排，前面的一个高个子男同学的大脑袋，经常异峰突起似的挡住了她的视线，她不得不随着老师的板书而左右摇摆。

这一天，她在路上叫住了放学回家的姚燕燕。她跟姚燕燕说，他们学校关门了。姚燕燕说，那怎么办呢？姚燕燕是个好心肠的女孩。别看她爸爸赚了那么多钱，可他们家的人还是那么好。有时，姐姐听电视里的人说，人有钱就会变坏，她觉得并不正确。其实没有钱的人更容易变坏。比如，家里很有钱的人会去做小偷么？会成为抢劫犯么？说实话，当她四处找黑板的时候，看到挂在村委会（大概这片刚开发的城区，还没来得及把村委会的牌子换成居委会）的院子里的那块小黑板，她都想扯下来就跑。如果不是后来偶然发现了那块涂了漆的木板，她很难不做出那样的事来。每想到这些，她的身体就不由得有些发抖。原来，一个人的变好与变坏离得是这样近！那些戴红袖章的人为什么老在附近转来转去，还不是因为租住在这里的人大多没有钱。那些戴红袖章的人从来不敢对姚燕燕家里人怎么样。即使有人被叫去盘问，如果姚燕燕的爸爸或妈妈出面说情，也一定会马上回来的。姚燕燕像她的爸爸，也像她的妈妈。所以她在明了姐姐的来意之后，马上点头同意。她和姐姐都是读三年级。她答应每天放学后把当天的学习内容和作业告诉姐姐，并给她讲解一遍。姐姐再回去自己学习。

爸爸和妈妈终究还是知道了事实。虽然在他们租住的这栋房子里，没有跟姐姐弟弟在一个学校里读书的，但旁边的房子里有。以往下班的时候，爸爸妈妈总看到路过的几户人家的孩子都趴在小桌子或兀凳上做作业，现在却没有了。那些孩子在看电视，或在外面玩。再就是，他们每次回家时，姐姐都不在，只有弟弟一个人坐在那里，望着什么地方发呆。爸爸问，姐姐呢？弟弟说，上姚燕燕家去了。她怎么天天上姚燕燕家去？弟弟毕竟是弟弟，藏不住事，就说了。爸爸妈妈着起慌来，翻看弟弟的作业，上面批改的痕迹果然来自姐姐。又看姐姐的作业，却是来自她自己。爸爸妈妈的眼睛立刻就湿润了。

这天晚上，爸爸到外面去了很久。回来，叹了一口气。姐姐和弟弟已经睡着了。爸爸和妈妈关了灯，在黑暗里坐着。后来妈妈拿了脸盆去外面的龙头下盛水，没有端稳，脸盆里的水全泼在路面上。仿佛她没有了一丝力气。那是一种透入骨髓的无能为力。

姐姐说，下面，请孙小刚同学预习《乌鸦喝水》，我要给三年级的孙小霞同学上课了。

姐姐记得在他们老家那里，老师就是这么同时给几个年级的学生上课的。那时爷爷还活着。爷爷活着的时候身体是很好的，种地，养猪，放牛。爷爷是突然死的，事先没一点征兆。都说身体硬朗的人就是这种死法，是用勤劳和力气修来的，没有一点痛苦。所以看上去，爷爷仿佛在笑。那时姐姐只有四五岁的样子。至于弟弟，就更小了，还穿着开裆裤呢。姐姐很早就想读书了。两三岁的时候就拿根细竹棍在稻场上写写画画。她带着弟弟跑到村里的小学，趴在窗子上看老师上课。村里的小学只有一间教室，一个老师，三四十个学生坐成好几排，从一年级到五年级都有。老师上一个年级的课的时候，就叫其他年级的学生自习。姐姐很佩服那个老师，可以让这么多孩子听话。教室里安安静静的。如果每一个年级的学生同时读起书来，那抑扬顿挫的声音仿佛是一首动听的音乐。老师就像一个风度翩翩的指挥家。

现在，姐姐觉得自己好像也是一个指挥家。姐姐看过电视上的指挥家。她喜欢看他的两手。她一点也不觉得单调。当音乐骤然响起的时候，她仿佛看到指挥家的手像两只白色的鸟一样扑扇着翅膀飞起来了。

姐姐说，孙小霞同学，请你把《小蝌蚪找妈妈》这篇课文朗读一遍。

孙小霞就拿起了课本。

姐姐说，请你站起来。

孙小霞就站好了。姐姐看着设想中的那个自己，有些满意地点点头，说，读吧。

    暖和的春天来了，池塘里的冰融化了，柳树上长出了绿色的叶子。

  青蛙妈妈在泥洞里睡了一个冬天，也醒来了。她从泥洞里慢慢地爬出来，伸了伸腿，扑通一声，跳进池塘里，在碧绿的水草上，生下了许多黑黑的、圆圆的卵。

  春风吹着，阳光照着，池塘里的水越来越暖和了，青蛙妈妈生下的卵，慢慢地活动起来，变成了一群大脑袋、长尾巴的小蝌蚪。

  小蝌蚪在水里游来游去，非常快乐……

姐姐说，请坐下。刚才孙小霞同学有几处没有读准，下面，我们来学习这篇课文的生字。说着，姐姐就把生字抄在黑板上，然后查字典把读音写了上去。弟弟在座位上探头探脑的。姐姐说，请一年级的孙小刚同学不要东张西望。弟弟不情愿地把身子坐端正。为了表示些微的抗议，他用屁股把凳子翘了起来。姐姐不想浪费时间，便装作没看见。她说，下面请孙小霞同学跟我读生字。融，融化的融。蛙，青蛙的蛙。碧，碧绿的碧。蝌，蝌蚪的蝌。请注意了，蝌蚪的蝌字怎么写？孙小霞马上举起了手。姐姐说，请孙小霞同学回答。孙小霞便站起来说，老师，蝌蚪的蝌，左边是个虫字，右边是科学的科。姐姐说，对，这个虫字表示它的意思，科字表示它的读音。

弟弟又在下面搞小动作，姐姐有些忍无可忍了。她说我再提示一遍，请一年级的孙小刚同学注意课堂纪律。谁知弟弟也把手举起来，他说老师我有问题要问。姐姐说有什么问题你说吧。弟弟说，请问老师，乌鸦为什么一定要喝这只瓶子里的水，而不到别的地方去喝水呢？姐姐说，肯定是别的地方没有水。弟弟说，既然别的地方没有水，那瓶子里的水是哪里来的呢？姐姐被问住了。她想像老师以前斥责她那样斥责弟弟几句，但弟弟问得好像也有道理。老师是讲道理的，总不能斥责想弄清一个道理的同学吧。就像那次学《愚公移山》的时候，她问老师：愚公家的人都去移山了，他们家吃什么呢？谁给他们家粮食呢？结果被语文老师狠狠批评了一顿，吓得她后面的问题没有问出来。她还想问的是：愚公他们为什么不搬家呢？不管怎么说，搬一座房子总比移一座山简单得多。再说，把山移到其他地方还会妨碍别人，或许还要填掉许多良田呢。现在，无论是孙小刚还是孙小霞，都可以大胆地向她提问了。她决不会斥责他们。

是啊，同学们想一想，瓶子里的水是哪来的呢？姐姐自言自语道。但她马上明白过来似的说，孙小刚同学的问题提得很好，说明他是个善于动脑筋的同学。但我想，作者写这篇文章的目的，不是要我们思考瓶子里的水是从哪里来，而是要我们知道这只乌鸦是聪明的，它凭它的聪明喝到了水，解决了口渴的问题。孙小刚同学，你还有什么问题吗？

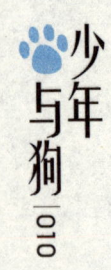

没有了。

那好,请你继续预习。

姐姐擦干净了黑板,在上面写下了布置给三年级孙小霞同学的作业。黑板擦是妈妈用布片做的。那天爸爸本来想给他们买只黑板擦,但在上班的附近找了很久,也没有找到卖黑板擦的店,心想它大概是像老师用的教学参考书一样,是买不到的。他还想买教学参考书和练习册答案,自然也没有买到。爸爸说几天来他一直在一所小学旁边走来走去,希望跟老师拉上关系,向他们借一本参考书或练习册答案。书读得不多的爸爸深知它们的重要性。

姐姐看了看放在电视机上的那只像老母鸡啄米一样在啄个不停的电子钟。它是爸爸从地摊上买来的,才十块钱。如果是夜晚,它会啄得越发起劲。一早起来,姐姐总觉得它是饱饱的。现在它正指向九点四十。姐姐对自己的准时感到满意。她说,下课。

姐姐拧了拧钟后面的一个钮,钟就叮铃铃闹了起来。姐姐说,做课间操啦。

姐姐和弟弟就都站起来了。一,二,三,四;五,六,七,八。二,二,三,四;五,六,七,八……他们一边喊着节奏,一边做操。因为弟弟做得还不怎么熟练,姐姐便站在他前面。弟弟其实很喜欢做操,正如他喜欢上体育课。姐姐不怎么喜欢体育。以前在学校里,上体育课时她总是躲在后面。因为她经常出错。所以上体育课时,弟弟便俨然是老师了。他们立正,稍息,向右看齐,向左转,向前三步走。弟弟不但把这些号令倒背如流,还让自己的动作完全跟上。而姐姐老是弄错,她老是把向左转弄成了向右转。向前三步走的时候,她的手和腿摆动得很不协调。越慌张,就越不协调。每当这时,弟弟便会得胜似的大笑起来。弟弟说,你真笨!

弟弟爱睡懒觉了。都六点半了,弟弟还不肯起床。姐姐说,你怎么还不起来?弟弟像一头小猪那样哼哼着。姐姐果真说,小猪小猪,小懒猪。弟弟听得耳朵吵,就拱了拱身子,缩进被窝里去了。姐姐不依不饶地拧他的耳朵，弟弟恼了，就把手一扬，叭地打在姐姐的脸上。

弟弟用的力很大，姐姐的脸立刻红了，好像有几条红色的虫子在上面爬。姐姐忍不住哭了。弟弟把被口扎紧，像个潜水员一样。不知过了多久，他把脑袋露出来，惊讶地发现姐姐还在哭。这一下，他也有些慌了。但他强装镇静，仿佛得理不饶人似的说，谁叫你骚扰我睡觉，我不是说了嘛，我好困，你怎么就不让我多睡一会儿，怪谁呢？弟弟又说，你别哭好不好，你又不是小孩子，哭什么嘛，我又不是故意的，不小心碰着你了，要不，你罚我劳动吧，好吗？姐姐依然没有理他。

在后面的时间里，姐姐没有给弟弟上课，也没有给自己上课。她搬了只马凳，到一旁去一边抹眼泪一边做作业。无论弟弟怎么故意招惹她，她都不理。弟弟后来急了，就跑到外面去捉来一条绿虫放在姐姐桌上，他知道姐姐怕虫子。谁知姐姐没有被吓着。她用一张小纸片包裹着，从容不迫地把虫子扔了出去。

弟弟说，没有老师，我自己上课。他说这节课上美术。他拿纸画了一个女孩，女孩扎两只辫子，圆乎乎的脸上有两个小酒窝。泪水正吧嗒吧嗒掉下来。过了一会儿，他说这节课上体育。他在那里做仰卧起坐，或接力赛跑。他把接力棒（一根筷子）从左手传到右手，又从右手传到左手。过了一会儿，弟弟又唱起歌来。他说这节课上音乐。他唱着唱着，忽然也大声哭了起来。他边哭边喊妈妈。

姐姐的心立刻软了。其实今天姐姐心里也不痛快。爸爸和妈妈昨天回来得很晚。他们是走回来的，爸爸的自行车丢了。他们互相埋怨。爸爸说，谁知道有人偷呢，它每天都是放在那里的。妈妈说，又要花一百多块钱。本来，我这钱是攒着给女儿买复读机的。她早就想买了。她想学英语。人家姚燕燕早就学英语了。爸爸说，什么都跟人家姚燕燕比，比得上么你？妈妈说，谁比了？没有人教，这复读机至少可抵半个老师吧。爸爸说，你光说我，那天你扫马路扫累了，不是刚坐了一下就扣掉了一百块钱么？你怎么就不忍一忍？你怎么就不说你那一坐就坐掉了一台复读机？妈妈哭了起来，边

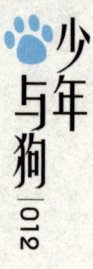

哭边说,我哪天不把那条街扫得干干净净的?那天我腰痛,刚坐了一下,公司的领导刚好路过,看到了,我这不是倒霉吗,做事的时候没人看见,刚坐下来就被人看到了。

　　姐姐意识到自己错了。她擦干了眼泪,又为弟弟擦干了眼泪。她拿起弟弟的课本,说孙小刚,别哭了,我们来上新课。

少年梅涵

1. 秘密或者苦恼

这几天,梅涵在课堂上老是走神。他知道这样下去是很危险的,就好像骑自行车下坡捏不住闸,一个障碍或一道沟坎都可能使他滚鞍落马,如果有人横穿马路那后果更不堪设想。但他无法使转动越来越快的轮子戛然止住。他几乎失声叫了起来。那天在饭桌上,爸爸还跟他的朋友聊过,说现在的中学生学习目的越来越明确,是好事也是坏事。家长都希望自己的孩子考重点考名牌,然后当画家音乐家政治家科学家,拿高薪进入白领阶层或上流社会。他们把未来的金丝笼做好,再把孩子硬塞进去,根本不顾孩子们的兴趣爱好和个性特点。爸爸叹息道,现在的孩子们根本尝不到什么学习的乐趣。爸爸说,他那时候读书是稀里糊涂的,玩过,耍过,然后大学也轻轻松松考上了。爸爸买了很多书,也读了很多书。每买来一本好书爸爸便把它们摸着,拍着,就像乡下的奶奶对待刚孵出的小鸡一样爱不释手。爸爸每读了一本好书便要讲给他听。梅涵喜欢爸爸。喜欢听爸爸和他的朋友们坐而论道。爸爸也从不因为他是孩子而呵斥、打骂、压制或娇惯、纵容他。他和爸爸是平等的。他们可以像朋友一样谈心。爸爸说,绝对是相对的,相对才是绝对的,任何一个问题都可能有两种答案,就好像一栋房子从不同的角度看上去就有不同的样子。爸爸从不掩饰自己的错误,他会跟他说,小涵,对不起。遇到他不能回答的问题,他也不会不懂装懂,他会说,这个问题我也不知道,要么,我们来查查资料吧。

现在,梅涵也想用爸爸的从容态度来对待自己目前的境遇。等自行车在

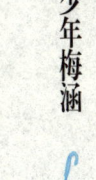

平坦处缓缓停下，他就下车来检查是什么地方出了毛病。这究竟是怎么一回事呢，他以前不是这样的。从小学到现在，他一直是个品学兼优的学生。上课认真听讲，心无旁骛。他热爱每一门功课，就好像树叶乐于吸收每一天的阳光和雨水。他和同学相处也很好，不小气，不霸道，也不猥琐。但是。但是。他终于找出事情的症结了。

这个终于水落石出的结果吓了他一跳。

班上的座位是每两个星期换一次的。中间的两组和靠墙的两组对调。老师说，这样有利于他们的视力。上一回，他是和三组的秦丽坐在一起的。秦丽是个银盘脸大眼睛的女孩，扎着一对蜗牛角似的麻花小辫，一生气好看的嘴巴便翘得老高，挂一只油瓶是绰绰有余的。他对秦丽本来没什么特别的印象，他不太喜欢娇气的女孩子。女孩子也应该像男孩子一样，脚穿运动鞋，在操场上咚咚咚地跑。凭什么女孩子就该比男孩子娇气呢。秦丽是从一种模糊的香气中冉冉升浮出来的。他说不清那是什么香。有些像风油精，有些像薄荷，有些像栀子花。为了防止上课打瞌睡，很多同学都在文具盒里放了风油精。秦丽是第一个把栀子花带进教室里的女孩。她把它戴在头上，放在抽屉，使教室里弥漫着一种白得有些耀眼的香气。花朵缀在女生们的黑发红绳间，大大促进了男生们的比喻能力。但秦丽的香不仅仅是花朵或其他化学品的香，她的香是有着某种温度、动态和柔软质地的。它像仙气一样笼罩在秦丽身上，或从她体内袅袅散发出来。它像一只兔子，从她的身体内奔跑出来，给人一种撞击的感觉，但很快便逃得无踪无影。因为它的撞击，他站在那里手足无措，脸微微发烫。不知从什么时候起，他开始暗暗盼着兔子的出现。他越来越喜欢上课了。他希望没有礼拜天，没有节假日。他每天来得最早，看到了秦丽，他心里满是欢喜。当秦丽和别的男生无拘无束有说有笑的时候，他那颗小小的心里便弥漫起淡淡的痛楚和忧伤。他上课开始有些神不守舍了。他的思想老是从他手里跑出去。他空空地坐在那里。梅涵，请你回答。老师在讲台上点他的名。同学暗暗捅了他一下，他才慌乱地站起来。但是他张口结舌。因为他根本没听到老师问他什么。为了掩饰自己的窘迫，他只好作冥思苦想状，然后低声说，我不知道。老师很吃惊。这么简单的问题，学习成绩一向十分优秀的梅涵居然不能回答！他的头低得更厉害了。他的脸上燃烧着难堪和羞耻。他用力掐着自己的手，下决心不再胡思乱想。但是，但是不一会儿，那只兔子又偷偷溜到了他的鼻子底下。

这个星期，他和秦丽分别换到了靠墙的位置，一个在这边，一个在那边。空间一下子拉大，使他很不适应，几乎有一种眩晕感。他的心也一下子空落了起来。他再也不能玩那种"守株待兔"的游戏了。他们相隔着一片过于广袤的原野，兔子跑不过来了。或者说，兔子隐逸在绿色的庄稼地里，他难以见到踪迹。为此，他不得不拿眼睛去拨开那些庄稼和灌木。他倾听着兔子的一呼一吸，一动一静。为了捕捉住它的信息，他希望自己扑扑跳动的心也变成一只兔子。它从桌子底下、从同学们的脚管间钻了过去，追逐另一只兔子。就这样，两只兔子在教室里你追我赶，发出轻快的奔跑的声音。这样想着，他的脸上显出莫名其妙的笑意。

他真的十分苦恼了。他知道这样下去是不行的，可是他管不住自己的意识。他的意识像一头牛，他怎么拉也拉不住。那一次，在乡下奶奶家，他就尝到了牛的厉害。牛欺生，他一跨上牛背，牛就奋力地奔跑起来。他大声喊叫，牛根本不理睬。牛背上的毛不长，他没抓住，摔了下来，致使手腕脱臼。现在，他害怕牛再次把他摔下来。同时，他也知道自己旁逸斜出的思想不正确。他内疚着，负罪着，惊慌不安着。但谁能帮助他呢？他想起了爸爸。他最信任的是爸爸，他最佩服的也是爸爸。他想，只有爸爸能帮助他。

他决定把一切都告诉爸爸。

2.爸爸如是说

爸爸认真听完了他的讲述，没有大惊失色，也没有怒加斥责。他只是理解而宽容地笑了笑。这使梅涵十分感动。爸爸说，小涵，你别着急，这其实是很正常的。你已经十四岁了，已进入了青春期，这使得你在生理和心理上都会产生一些变化。对异性产生朦胧的好感，正是青春期的心理特征之一。爸爸像你这么大的时候，也有过类似的感觉和苦恼。也暗暗地喜欢着某一个女同学。那时，我最希望的一件事就是，老师把我的座位安排在那位女同学的旁边。当时，我们的老师是按学习成绩排座位的，座位由学生自己挑。她的成绩是全班第一。为了达到目的，我不得不努力学习。老师对我在学习上的突飞猛进大为惊讶。他们不知道，其实是一个女生在激发着我的学习动力。后来，我在学习上终于可以和她并驾齐驱了，老师让我挑座位，虽然我很想和她坐在一起，但一转念，我还是和她保持一定的距离。因为经过这段时间的努力，我已经真正地尝到了读书的乐趣。我和她同学三年，我一直对她怀有好感，但从未表露，她也一直没有察觉到。但因为她，因为一种纯洁的向往和美好的情感，因为一种朦胧的异性间的吸引，我的学习一直在进步。所以我认为，你目前的思想状况并不可怕。每个人都要经历这样一个阶段。可怕的是你听之任之，信马由缰。这正是考验你意志力的时候。你以前不能把握自己是因为你还不了解自己。你不知道从哪儿下手。现在，你该知道怎么做了吧。

爸爸就是这样一个人。他从不回避现实和矛盾。他把它们摆在桌面上，然后说，你看。这样，它们就一清二楚无处可逃了。

3.作文

梅涵重新集中了他的注意力。他又对自己充满了信心。兔子虽然还在那里，但他不再受它的干扰了。它尽可以在他的脚边跑来跑去，但他不会再让它跳到桌面上来。也就是说，他已经习惯了那种来自异性的气息，不再那么心慌意乱了。他已经能自如地控制自行车的方向和速度了。他利用课余时间，读完了《三国演义》《水浒传》和《西游记》。现在，他开始读法布尔的《昆虫记》。他对自然和对历史、神话一样感兴趣。

爸爸说，自然是丰富的，多元的，你不应以一种狭隘的观点去对待它。比如在法布尔的笔下，任何动物都是有个性和尊严的，动物本身没有好坏褒贬之分。再比如，老鼠在我们看来，是那么的面目可憎，因此我们形容邪恶事物，说老鼠过街人人喊打；形容人物面貌猥琐，说贼眉鼠眼；形容人心胸狭隘目光短浅，说鼠肚鸡肠鼠目寸光。可是，它在格林童话和《米老鼠和唐老鸭》中，是多么的机智活泼惹人喜爱啊。这反映了人的不同的世界观和心灵的宽广程度。爸爸由此还谈到了东方神话和西方神话的区别。爸爸说，东方神话中的神是僵硬的，机械的，仅仅是一种道德或权力符号，完美得毫无生气；而西方神话中的神，则有鼓起的肌肉、粗重的呼吸，他们有着凡人一样的有时甚至是孩子般爱赌气的心胸和不可驾驭的七情六欲。东方神话中的神永远高高在上，不可侵犯，西方神话中的神却常常受到愚弄，遭到嘲笑。与前者相比，后者有人情味和平民意识，更显亲切和笨拙可爱。

昨天，语文老师布置了一篇作文，题目是《苍蝇和蜜蜂》。要求是，写一则寓言故事。于是，很多同学都写道，在一个什么地方，苍蝇和蜜蜂发生了一场战斗，结果是，自然而然，品德高尚的蜜蜂以尖利的刺向卑鄙下流的苍蝇狠狠螫去，苍蝇就一命呜呼了。全班五十二个同学，苍蝇则死了五十一次。苍蝇必死，这似乎是毫无疑问的。但梅涵却不是这样写的。他写道，苍蝇是个大大咧咧、性格耿直、工作勤奋的家伙，由于它的工作服上老是蹭着几块油污，因此不太受到人们的欢迎。因为它的工作是粗重的，甚至在某些高雅有洁癖的人看来，是不体面的，肮脏而下贱的。异性从不正眼瞧它，它的恋爱史仍是一片空白。凡是它坐过的地方，人们总要抹了又抹。但最近，它似乎交了桃花运，一个丰满白皙的小飞蛾爱上了它。它们由眉目传情发展到了手拉手唱啦啦啦。小飞蛾邻居的儿子蜜蜂为此十分恼火，它嫉妒着苍蝇。它到小飞蛾的母亲大飞蛾面前挑唆，说苍蝇是问题青年，不务正业。大飞蛾听信了它的谣言，阻止小

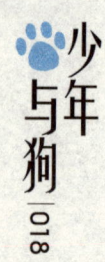

飞蛾和苍蝇来往。不但如此，蜜蜂还请了几个打手，想结果苍蝇的性命，它们是：蝴蝶、七星瓢虫、牛虻，还有驾着直升机的蜻蜓。它们对可怜的苍蝇围追堵截。苍蝇势单力孤，眼看就要毙命，于危急存亡之际，急中生智，跳入污水沟，这一下，蜜蜂和它的打手们面面相觑……

老师给他的作文打了个不及格。老师说，你的作文，简直可以说是跑了题。事情不是明摆着的吗，苍蝇和蜜蜂之间的战争，只能是蜜蜂取得胜利，这就像好人终会战胜坏人，正义终会制服邪恶。这是颠扑不破的真理。因为苍蝇对人类是有害的，而蜜蜂是人类的朋友，"蜜蜂是在酿蜜，也在酿造着我们美好的生活。"难道《荔枝蜜》那篇课文，你白学了么？我们怎能忘恩负义，置真理和公义于不顾呢！

梅涵跟老师说，他不是不知道关于苍蝇和蜜蜂的科学常识，也不是不知道善与恶的辩证关系。但这是作文，作文要求生动、创新、有想象力。他不想在作文中表达一个人人都知道或人云亦云的道理。他还举出《伊索寓言》作例子。他说，蚊子是吸血的，还能传播病毒，但在《伊索寓言》中，它照样战胜了百兽之王的狮子。这也是一种客观存在。他的这篇作文，不过是把苍蝇和蜜蜂的关系写得跟别人的不一样，或者说是作了一些还原。因为蜜蜂想要战胜苍蝇，恐怕也不是那么容易的。它们并不是天敌。再说，如果蜜蜂真的蛰了苍蝇，它自己也会马上死去。它们至多是同归于尽，打个平手。难道一定要让它们有高低贵贱或善恶胜败之分么？

4.遐想

晚上，做好了作业，梅涵走到窗前，望着县城参差错落的灯火和深邃无垠的夜空，又开始了他的遐想。

他很庆幸他们家住得这样高。假如住在逼仄的巷子里，是看不到这么泼泼洒洒的灯火和大面积的天空的。几点远光在天边闪烁，分不清是江上的灯塔还是天上的星星。江水阔大而悠长，远远的，似乎还有哗哗的桨声和鱼类跃动的鳞光。江水的波纹宛然在目，伸手可握。江水像奶奶织出的粗布，在夜空下微微地泛着白。奶奶还保留着好几匹她十几年前织成的棉布。那一次，他跟妈妈去乡下，奶奶还特意拿出来让妈妈摸过。奶奶要妈妈拿一匹回来给他们做棉衣。

梅涵对夜空第一次产生向往和神秘感正是在乡下奶奶家。那是暑假。白天，他跟着新结识的伙伴去湖边板罾，钓鱼，放牛，划水，摘菱角，捕蝉。当然，也有争吵、赌气。农村的孩子朴实大方，能力强，懂事，不像城里的孩子斤斤计较，自私，什么都不会干。晚上，他躺在竹床上听奶奶讲故事，后来，又和叔叔到屋顶的阳台上乘凉。蛙鸣阵阵，萤火闪烁，更增添了夜晚的岑寂。村前的肩山像两只神秘的星球轻轻地落在那里，仿佛马上会有一两个发光的外星人从里面走出来。奶奶说，这肩山，可是一座神山，传说以前比庐山还高，有一只蚂蚁，顺着山上的丝茅往上爬，结果就爬到了天上，咬了雷公的腿，雷公很生气，一雷劈下来，把肩山打断了，只剩下这么高了。他问，那另一半呢？奶奶说，那另一半，又分成了两半，飞到了长江里，一半是大雁山，一半是小雁山。奶奶还说，传说肩山罗汉肚里有一只玉兔，那里有很多金银财宝，那只玉兔，就是里面的一块玉变的。一到雨天，它们就变成各种动物，在山上奔跑，谁逮住了，它就立刻显出原形。有一个放牛的孩子，曾经捡到过罗汉肚的石头钥匙。他无意中打开了山门，到里面看过。但他出来时，把钥匙忘在里面了，从此，那门永远也打不开了。奶奶的语气里有一种惆怅。老年人的惆怅却勾起了少年梅涵的向往。他的向往像一条蛇，向神秘大气的肩山游了过去……

而在屋顶上仰卧，则是另一种感觉。阳台从乡村的夜晚突兀出来，有些摇摇欲坠。他从未感到天空离他是这样近，简直逼得他喘不过气来。他好像被谁一下子推到了天上，星星不断地和他擦肩而过，月亮像山顶的湖泊那样闪闪发亮，里面是否藏着尼斯湖似的怪兽？这颗星和那颗星之间究竟有多

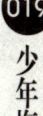

远？它们之间有没有一条秘密的通道？它们为什么要一刻也不停息地运动？忽然接近了庄严而神秘的事物，他有些害怕起来。他不敢仰躺着，而改成了侧卧的姿势。流星的弧线就落在不远的草堆里，他担心会引起火灾。多么神奇的夜空啊，这时，他才真正感觉到了自己的渺小。他不过是一只小小的蝌蚪，一个小小的逗号。然而他又忍不住瞪大眼睛，盼望着神秘事物的出现，比如说一个仙女，一座蜃楼般的宫殿，或某种不明飞行物。他痴迷过一段时间的关于飞碟的书。他喜欢那上面的种种猜想。金字塔，数万年前的精密金属仪器的残骸，庞大而神秘的玛雅文化，深海中的不明生物。他设想某一天在街道的转弯处忽然和外星人相遇。但他不会感到惊奇。他也不会用一种过于敬畏或有损对方尊严的莽撞而无知的目光打量他，就像小城里的人打量金发碧眼的外国人一样。他会跟他笑笑，说，嗨，你好。他经常仰望星空。那里有多少神秘的事物是人类所不知道的呢？他是希望有飞碟的。后来他放弃了阅读这类书籍是因为他觉得它们大同小异，没什么新东西，有的书甚至已是走火入魔了。他希望浩瀚的宇宙里还有别的太阳、月亮和地球，还有别的生物。他随时准备和他们相遇。

　　还有一个曾经困扰过他的问题是，人究竟有没有灵魂。因为照乡下奶奶看来，人肯定是有灵魂的。正因为如此，奶奶才活得有滋有味。她从不担心自己老，也不认为死是可怕的。她积德行善，多做好事。她说，那样，才不至于把自己的灵魂弄脏了。一个很脏的灵魂以后是没脸见人的。

　　梅涵是个早慧的孩子。有时候，他会想一些尽头性的问题。比如，他很早就意识到，人生是一件壮烈而又悲凉的事情，就好像把一条鱼扔在岸上，为了抵抗干渴和恐惧，它只有不停地翻跳，不断地奋斗。假如有一天，奶奶去世了，他会很难过，因为这个世界上不会再有奶奶这个人了。所以从这方面说，他是很希望人有灵魂的，那样，人就不会消失，他（她）还会作为灵魂存在着。可是，人真是有灵魂的么？假如没有呢？他冥思苦想了很久，得出这么一个结论，那就是，假如灵魂不存在，那自己完全可以造一个灵魂。也可以创造别人的灵魂。一个人，在造别人的灵魂的时候，把自己的灵魂也造出来了。是的，每一个人的灵魂都附着在他（她）所从事的事业上。农民的灵魂附着在粮食、蔬菜和棉花上，科学家的灵魂附着在他的创造发明上，作家的灵魂附着在他创作的文学作品上……是的，一定是这样的。那些灵魂，永远在闪闪发亮。

现在，梅涵把两肘支在窗台上，望着夜空，他在遐想着关于神话、宇宙和灵魂的事情。

5.梦境

虽然梅涵不太喜欢《荔枝蜜》的结尾，尽管语文老师把它吹得神乎其神，重要作用和深刻含义抄了一黑板，可他在夜里，还是做了一个梦。

梅涵是很喜欢做梦的。他想，梦是不是人的另一个世界呢？在那里，他可以飞，可以像神人一样在水面上行走。梦使不可信成为可信，不可能成为可能。他甚至有一个设想，把自己做的每一个梦都记下来，取名《梦日记》。那一定是一件很好玩的事情。他还有一个神奇的本领，他可以使自己反复做着同一个很有意思的梦，就好像一本他喜欢的书他可以连读几遍，或者像放映员从箱子里取出他要放的电影。有时候，他的大脑好像一个电视机，有很多不同的频道，他握着遥控器，飞快地从一个梦跳到另一个梦。他还可以在梦境被中断之后，把梦接着做下去。

今晚的梦起因是爸爸新买的电脑。他睡前学了一会儿打字，结果，在梦里，他打一个鱼字，就有一条鱼从电脑里跳了出来。他打一只鸟字，就有一只小鸟拍拍翅膀，从里面飞走了。

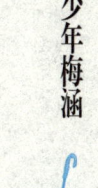

午 睡

那时候快放暑假了。记得天气是一天比一天热。他的头发差不多竖起来了。他很羡慕别人头发的温顺。自觉地向两边分开,中间黑白分明的一线,像在排队做广播体操。他的头发却永远是乱蓬蓬的。又长又密不透风。日光下,一只刺猬老是跟着他,甚至跳在他的前面。他讨厌它。恨不得赶上去踢它一脚。但他跑它也跑。他跑多快它也跑多快。

吃完饭,午睡的钟声就响了。很悠长的,一下一下。当——当——好像是钟发出的均匀的鼾声。其实并不是钟,而是一块废弃的铁板。但它可以用来指挥全校的上课、吃饭和睡觉。打钟的是一个大师傅,姓刘。他打钟的时候比打饭的时候神气多了。你看,事情就是这样奇怪,一样平淡无奇的东西,一旦被用于发出命令,就立即超越了它本来的存在,变得威严起来。有一段时间,他的心被它弄得痒痒的,很想去敲它一下。

一听到那恹恹欲睡的钟声,同学们的呵欠就上来了。饭碗没来得及洗,军棋只下了一半,要说的话被牙齿拦腰抱住,笑声像一只黄鼠狼从桌子底下溜出去了。午睡的时间是两个钟头。在这漫长的两个钟头里,值日老师戴着红袖章在走廊里走来走去,这时,偌大的校园里,蚂蚁没有爬,虫子没有飞,树枝没有摇动,只有蝉在高高的树梢上鸣叫。

这是他每天最难受的两个小时,他睡不着,他中午从来不睡觉,为什么要他跟别人一样呢?他不喜欢被人强迫。睡觉有什么好,只有到了晚上,他才喜欢睡觉。要是这时候,他变成一只蝉多好啊,那他就可以不管老师踱来踱去的脚步声和虎视眈眈的目光。他可以像一只蝉那样站在高高的树头上大声喊叫:我不要睡觉!我不要睡觉!有几次,他竭力想让自己睡,但身上的汗却不肯睡。它们在背脊上你追我赶跑来跑去。手也不肯睡，像兔子一样竖着耳朵。脚则在桌子下面朝别的脚做鬼脸。它们有了应答。于是他们的手和眼睛和脚变成了各种动物在教室里粉墨登场。他们为自己的种种发明而洋洋自得。但值日老师终于还是捉住了其中的一两个，罚他们去晒太阳。后来，因为寂静，动物们恹恹欲睡，还原成手和脚了。眼睛鼻子和耳朵也伸了个懒腰，回到了各自的脸上。渐渐习惯了午睡的同学越来越多了。这时，他便觉得十分寂寞。中午的广大的寂寞。

那时，他多想变成一只虫子，愿飞到哪里就飞到哪里，愿怎么飞就怎么飞啊。于是他匆匆吃完午饭，逃到了校外。

他到田野上去了，在棉花地里寻爆竹花，还可以去摘山上的野果，在树脚下乘凉。这时他比任何时候更热爱中午，它是那么透明，那么白亮，像蜻蜓的翅膀。在中午寂静的田野上，一切都带着些蓝色，他的影子缩到极小，简直可以忽略不计。他飘过树林、庄稼、小河、瓜田、菜地。他像一个亮亮的白点，在别人和自己眼里越来越小，越来越不真实。实际上，这时野外空寂无人，散发着各种植物的熟热的香气。他在棉花地坎上摘了一把野草莓。天很热，褂子全部湿透，牢牢地贴在背上。所以当他看到水塘边的那个小池子，就毫不犹豫地跳了下去。

咳——咳——他喝了一大口水，被狠狠地呛了一下。似乎是他被人往里面一按，又拎了出来。只有老师才有这么大的力。刹那间，他的脑子一片空白。幸亏他的手抓住了边沿，才得以湿漉漉地爬上岸来。他惊魂未定地坐在那里，渐渐想明白了。他刚才跳进去的是用来放抽水机泵头的水池，至少有两米深啊。幸亏他刚才是往里一跳，落到了底又被弹了出来。他傻傻地在那里坐了很久也没见人经过。假如……他不敢往下想。他第一次知道死亡原来也可以离他这样近。他害怕了，一骨碌爬起来，一边跑，一边莫名其妙地哭了起来。

这次的经历，他没有告诉任何人。后来他又做了几回噩梦。那个水池在梦里睁着恐怖的眼睛,深不见底。他想绕开它,小心翼翼地。但总有一股飓风,不由分说地推着他向它靠近。于是他喊道,不——不!

但他依然是一个人在中午到空旷的田野上去。不然他又到哪里去呢?他坐在一个太阳晒不到的地方用麦杆做喇叭。把麦杆轻轻一咬,就可以哇哇地吹响。麦杆的喇叭有一种麦子的清香。捋一把草籽在手上,对着它们吹气,看它们像小虫子一样成群结队地蠕动起来。捉蝴蝶,捕蝉,看课外书。

这天中午,依然很热。日光更白亮了,人的影子,像照相上的底片。他觉得奇怪,怎么在底片上,人的头发、眼睛和鼻子,反而都是白色的呢?他没有到野外去。他想在镇街上走一走。反正这么热,老师是不会到镇街上来巡查的。他在镇街上的中午里走着,感觉自己像是树脂里的一条虫。老师说,那叫琥珀。当午的太阳热辣辣的,有些刺眼。他用力眯了眯。店铺的门像狗嘴一样洞开着,从狗嘴里伸出一张竹床,人就赤条条地趴在狗舌头上喘气。袁老五的油条还没有卖完,它们竖在那里,居然没有苍蝇围着飞舞。连苍蝇都怕热了。袁老五四仰八叉地,肚子一起一伏,喉咙里发出呼呼的响声。他有些不怀好意地想,这袁老五看上去也像是一根油条。和他相比,他炸的那些油条显得太瘦太小了。要是他炸的油条有他这么粗壮,那多好啊。下了晚自习,他们饿得肚子咕咕叫,便到袁老五这儿来吃油条喝清汤。三两饭票一根或一碗。虽然油条是那么瘦小,可他们照样吃得如狼似虎津津有味。供销社对面有一个冷饮室。还没到门口,就闻到了一股沁凉的气息。里面有一台很大的制冰机。玻璃柜子里,摆满了一排排的冰棒,用薄薄的、半透明的纸包着。就是那纸,挨着也是很舒服的。吃冰棒的时候,他往往差点连它都吃下去了。还有冰绿豆、冰银耳、冰酒糟。就是冰水,也像是天上的水一样。一吃上它们,就仿佛做了神仙。

磨磨蹭蹭地,他来到了书店门口。

每次经过书店,他总是想,那个卖书的青年人要是他的亲戚多好。那他就可以经常到里面去看书了。站在书店里就是跟站在别的地方不一样。那是镇上唯一的书店，在文化站对面。那么长的玻璃柜台，可以清楚地看到里面连环画的封面和一排排的书脊。它们像树林一样。空气不同一般。他不由得深深地呼吸了几口。仿佛这样，就把它们的气息吸到肚子里去了。

现在，他走进了书店绿色的门。他对即将发生的事还一无所知。路上滚烫的石子硌了一下他的脚，他几乎要跳起来。他穿的是一双布鞋，鞋底被磨得很薄。有几次，他抬起了脚，想看看鞋底是否洞穿了。外面的光线太亮，显得书店里很暗，他几乎看不清里面的情形。他走进去，眼前霎地一暗。真的，书店里跟冷饮室差不多，一点也不热。有一股沁凉慢慢从什么地方爬到他身上来。他小小的喉结动了一下，就像一只小蝉沿树枝往上面爬了一爬。这时他才发现店里空无一人。那个二十多岁的青年人，每次，他都看到他在那里鼓捣着一台收音机。他把它拆散又把它合拢。现在，他又把它拆散了，摆在那张小方桌上。椅子上有一条褪了色的红白条纹的毛巾。他看到了柜台里的连环画的封面。不知怎么回事，他忽然紧张起来。他的大腿动了动。他看到柜台那边的门没有完全被拉上。敞口处刚好就是他最想看的一本连环画。他呼吸急促起来。他离它越来越近。他伸出了手。他踮起脚，把手从柜台上绕了过去。他的手像一条蛇。他想，我是不是在做梦呢？他的手触到了那些画面。他就要抓住它们了。它们伸手可及宛然在握。

于是他迅速地把它抽出，然后飞快地逃走了。

事情的可怕性是以后慢慢呈现的。事后他不止一次地想，他是多么的侥幸啊。而他，居然那么的莽撞。他以前还不知道这一点。它隐藏在他的身体深处。可是现在，它不顾一切地露出来了，像一只刺猬窜出了草丛。这只刺猬，差点就毁了他的一生。假如他被当场抓住，他还能继续读书吗？他以后的命运会怎样？

他不敢设想。

但在梦里，他的手被无数次地抓住了，任他怎样挣扎也不能逃脱。许多声音朝他大声喊道，贼！于是他大汗淋漓地猛醒过来，手腕仍隐隐作痛。

他感谢道德之神在那一刻的疏忽。

他不知道，就在那天午睡时，他后排的齐小峰偷了女同学樊素青的笔记本。那是一个漂亮的笔记本，上面有一些电影演员的照片和名言，很适合于在作文中引用。樊素青告诉了老师，老师立即展开了调查。当看到班主任何老师一脸阴沉地走进教室，他的耳朵嗡了一声，差点主动站了起来。他的手和脚在桌子底下一个劲地打战。老师没注意到他脸色的异常，径直走到齐小峰跟前，说，你出来一下。于是他看到齐小峰像一条尾巴似的跟在老师后面出去了。第二天，学校开大会。校长先说了一大通关于道德品质是一个人的灵魂之类的话，然后宣布对齐小峰同学的处分决定。校长说，像这样道德品质不好的学生，学校本来是要开除的，但看其认错态度较好，就从轻处理了。齐小峰始终低着头。在以后的日子里，齐小峰低着的头一直没抬起来。

本来，齐小峰的命运也就是他的命运。但命运之神包庇了他。他把那本连环画藏在书包的最底层，不敢在学校拿出来。因为它的后面没有章。没有盖章，别人一眼就会看出它是偷来的。他只有把它的最后一页撕掉。但他又把它扔哪里去呢？夜里，他把它撕碎，从窗口吹出去，像吹蒲公英一样。可这样就是安全的么？那本连环画是多么的新啊，大家会问，这么新的连环画，怎么会没有最后一页呢？于是他感到了害怕。为了掩盖这一点，他又撕去了一张。但人家照样会问：你不是故意多撕了一张吧？你以为这样，我们就看不出来了？于是他两手抱在胸前一步步后退，把一本连环画全部撕掉了。但仿佛越掩盖，他的行为反而越突出。蒲公英纷纷扬扬地吹了一个晚上。明天一早，大家就会发现它们来自哪里并把它们复原。他们会顺着它的方向找到他的手。看啊，他偷了书！

于是，为了彻底掩盖他的罪行，他把书包里所有的东西都拿了出来——课本、练习册、作业本，一一撕碎了。第二天，有人打开门，惊讶地发现外面好像是下了雪。

幸好那个学期快结束了。大家不知道他为什么一下子勤奋起来，下了课还躲在教室里抄书。

想入非非的小卷和我二爷

小卷是一个好玩的家伙。他经常和我到我二爷看守的瓜棚里去玩。我二爷姓姜名鼎。他是夜猫子转世，喜欢听老戏，看封神演义。白天迷迷瞪瞪，晚上两眼贼亮，在黑暗里走来走去，好像自己是姜子牙。有时，他还真的弄来一副没有钩的鱼竿，丢在水里，无为而钓。我二爷敞着胸，咕咚着茶水，唱着四郎探母或单刀赴会。西瓜就在我二爷的一走一滑的苍凉音调里慢慢长大了，以至后来人们在用刀破开西瓜的时候，都仿佛听到了老戏。我和小卷去玩的时候，西瓜藤还没有开花，望上去墨绿一片，像将来的瓜皮。一只像瓜地那么大的西瓜。这个美好的想象让我们想入非非。我和小卷都过早地蠕动了一下喉结。我们的喉结还小，像一只鹅黄的小蝉。我们听到了它悦耳的鸣声，但根本找不到它。我二爷一边睡觉，一边给我们讲封神演义。他一讲封神演义，就睡得特别香。他说，妲己那个小妖精啊。说着，咂巴咂巴嘴。而如果是晚上，我们就特别怕，怕他也现出或狼或狗的原形来。

那一天，小卷忽然对我二爷说，鼎爷，这几根瓜藤，你就送给我吧。

那几根瓜藤，是我二爷早上整枝整出来的。他忍了一个晚上，终于还是大义灭亲那样下了手。他说，它栽不活的，我已经试过了，你拿去喂猪吧，公猪比母猪喜欢。

小卷拿着瓜藤走在路上，他也不知道把瓜藤拿回去干什么。他才舍不得喂猪呢，这可是西瓜的藤啊。西瓜在我们的童年生活里就像天安门前的大绣球一样，我们可望而不可即。他的手在瓜藤上轻轻摸着，仿佛这样就可以摸到西瓜。老师说，顺藤摸瓜啊。他走走停停，停停走走。但忽然间，他猛地奔跑起来。他边跑边说，我也要让它结出西瓜。

小卷把被剪枝的西瓜藤接在他家院子里的瓠子藤和丝瓜藤上。他无师自通地把它们的接触面削平，还蘸了点口水在上面，说这样就可以消毒啦。再像村里的赤脚医生那样给它们上"夹板"，用他妈妈的缝衣线绑住，并糊上泥巴。刚好那几天天气阴凉。小卷一天几次地给它们浇水。他希望它们的伤口赶快愈合。它们能长到一起吗？小卷没有把握。而且，即便成活了，西瓜藤上又会结出个什么东西来呢？说不定到时候瓠子不像瓠子西瓜不像西瓜。它会开花么？它怎么开花呢？

有几棵西瓜藤获得了新生一般，竟奇迹般地活下来了。瓠子藤和丝瓜藤往墙头跑，西瓜藤往下爬。小卷兴奋地把好消息告诉了我。没多久，它们果真开花了。瓠子花洁白，西瓜花淡黄，丝瓜花像鸭蹼一样模糊的一团，西瓜花有清清楚楚的五瓣。没有走种。我们都很兴奋，看来可以吃上小卷偷偷弄出来的西瓜了。

其实小卷"杂交"出来的西瓜很小，皮色黄黄的，像是营养不良，以至我们都不敢认它了。小卷小心地把它切开。有一点点甜。还有一点西瓜的香味。但对小卷来说，这已经足够了。他兴奋得打了自己一巴掌，说，我怎么这么聪明！我怎么这么聪明！他打一巴掌，问自己一声。引得我们都笑起来。

从此他对杂交的热爱便一发不可收拾。他的杂交的概念其实很广泛。他到处寻找可以杂交的事物。比如雷电能不能和电线接在一起？能不能把日光收藏起来留到下雨天或晚上来用？人能不能一边睡觉一边走路？水里的鱼和天上的鸟能不能杂交出一种可以在天上飞的鱼或在水里游的鸟？黄牛为什么不肯下水？如果把各种果树的枝都接种到一棵树上，那么，是不是就有一棵百果树呢？

"杂交"西瓜的成功，使小卷和我二爷成了忘年交。我二爷也是一个好玩的人。他有时候从身上摁住一个虱子，并不掐死，反而和它说起话来。放了暑假，一有空，小卷就挤到我二爷的瓜棚里，和他一起乘凉，睡觉。西瓜熟了，二爷就没有精神给我们讲封神演义了。晚上他要对付各种各样的妖怪。他们打了花脸来偷瓜。南风像肉汤一样带着香气哗哗地流淌过来，瓜棚里那只简易木床上鼾声大起，压得铺板摇摇晃晃。小卷小小年纪，竟也有了如此美妙的鼾声。谁也不知道他们做了什么梦。在他们一起一伏的鼾声里，我感到了孤独。

出于无聊，我捋了一把小猪草，放在手心引唤起来。我一引，那些胖胖的颗粒就开始像小猪那样笨拙地挪动起来。不然，怎么叫小猪草呢。我就这样一边引唤小猪草一边看望瓜田里的风景。绿油油的西瓜已经像怀孕的女人那样腆着肚子摇摇摆摆地走出来了。身后一老一小两个人的鼾声在互相摔跤。我二爷的鼾声像长长的烟筒，一下一下地敲在鞋帮上。小卷的鼾声则像细细的水纹翻卷。又过了一会儿，我二爷的鼻孔里跑出一头老水牛，它追赶着从小卷那里窜出的兔子。兔子上了一个高埂，一扑，跃到了老牛的背上。老牛转起了圈子，但怎么转，也不能把那只兔子甩下来。

两个人终于同时醒过来了。我二爷说，有些事情是不能强求的。小卷说，试试看吧，鼎爷，我们再试试看吧。他们两个人，一个人去塘边抓了条蚂蟥，一个人扳开田头地角的石头，拉出一条蚯蚓。他们把它们放在一只破茶杯里。这次，他们还撮了点土放在杯子里面。小卷说，要是把蚂蟥变成蚯蚓，水里就没有蚂蟥了。

但他们的试验还是没有成功。蚂蟥一伸一缩，蚯蚓也一伸一缩。但它们根本就不想认识。不一会儿，分别从两个方向爬了出来。

他们又去捉跳蚤、蚂蚁、蜻蜓、蝉、金甲虫、地老虎、蜗牛、野蚕、卷心虫、七星瓢虫、棕毛虫、斗战虫、白涎虫、青辣虫。他们每天就这样兴致勃勃，乐此不疲。

当时，离我们不远的八队场里制水稻种。他们的禾一畦一畦的，像种小麦那样。中间还隔着一道道沟垄。小卷向他们讨教，他们说，这还不简单，一畦公禾，一畦母禾，公禾把它的粉，抖在母禾身上，种就制成了。但我们怎么也看不出它们的公母。小卷没有分辨出公母，就不相信他们的话。我来了一回就不想来二回了。但小卷似乎迷上了这里，他一个人又去了几次，还见到了那里的农技员。他回来跟我说，那些人的话果真说错了，技术员跟他说，根本不是一畦公，一畦母。一棵稻子，它既是公的，也是母的。

那年秋天，西瓜已经拔了藤，地里种上了芝麻，我二爷重新回到了他独居的土屋，我二爷的屋门前多了一头山羊。有人说它是跑来的。那个人说，不信你听，它说的是外地口音。它叫了一声，我们果然没听懂。这个双眼皮尖下巴的家伙在我们南方的丘陵地带并不多见。这一下，我二爷和小卷的瞌睡就全没了。他们的瞌睡，就像是泡桐树叶子，夏天浓荫匝地，又大又沉，而到了秋天，准掉个精光。没有了瞌睡的我二爷和小卷像一大一小两棵光秃秃的树，两颗光光的脑袋在阴雨绵绵的秋日发出古怪的智慧之光。我二爷的光头像一只老葫芦，金黄的皮上洒落着褐色的斑点，一按进水里它又顽固地浮出来。小卷的光头是因为生了疖子。小卷的头夏天不生疖子，到了秋天，反而生疖子了。秋天的疖子像青柿子一样，很久都不化脓。我们把它叫做宝塔。我们一摸宝塔，小卷就痛得嗷嗷直叫。只有在我二爷摸的时候，他才一动不动。我二爷眯着眼，像摸鸡屁股什么时候会下蛋那样摸小卷的神疖。他摘来一片癞蛤蟆叶，吐了一朵浓痰，把它贴在小卷的疖子上，说这样可以"拔毒"。疖子使得两颗光头有了祖孙的性质。他们把外地的山羊系在屋门前的小树上。怎么对付这头羊，他们动开了脑筋。通过实质性的观察，他们发现这是一头母羊。因为它没有长胡子。他们说，无论如何，要让母羊在这里生儿育女，留下后代来。但没有公山羊，这显然是一个问题。为此我二爷动开了脑筋。嫁鸡随鸡，嫁狗随狗，你呀，也就别挑肥拣瘦了。我二爷说。他和小卷用肉骨头招徕了公狗小黑，企图要它做出流芳百世繁殖千代的事体。小黑不干。它哼哼吠叫着后退，像一个新青年那样对包办婚姻表示出了强烈的反抗。我二爷说，不就是配一次种么？瞧你把自己看得比泰山还重，你要有开拓精神，你想想看，你一旦把母羊勾到了手，我们这里，可也就有羊了，而且下一代的小狗也会长出两只角，它们会加强你们的战斗力，这是造福千秋的好事。他每天做着开导的工作。小卷顶着一只越来越大的疖子在一旁帮腔。好不容易把公狗小黑的思想工作做得有点通了，但那边母羊又摆出一副烈女的架势，誓死不从。

这一出强扭瓜的闹剧最终以小黑在我二爷腿上狠狠咬了一口而告终。我二爷指着小黑的鼻子说，真有你的，不知好歹的家伙，就是当年的柳下惠，也没有像你这样坐怀不乱，你这个伪君子，滚吧！

小黑就连滚带爬地跑掉了。

我二爷十分惋惜地把那只母羊放掉了。

到了冬天，我二爷和小卷这一老一少就在光秃秃的田野上游游荡荡。小黑和母羊杂交失败的阴影早像落叶一样被风吹得比天边还远了。他们雄心勃勃，在田野上指指点点，计划着明年把瓜地变成一个百草园或百果园。他们要让大家同时吃上西瓜、甜瓜、金瓜、哈密瓜、葡萄、水蜜桃、猕猴桃、苹果、梨、柿子。他们要大家过上幸福的日子。他们还准备把稻子嫁接到杨树或柳树上。之所以选择杨树或柳树，是因为他们觉得杨树或柳树近水，比较符合水稻的生活特点。它们枝条众多，柔韧细长，便于收获。想一想吧，一到收获季节，田野上到处都是金色的帘子或喷泉。米粒有辣椒或红薯那么大。一顿饭只要吃一粒米就够了。而且，不用插秧，耘禾，脱粒。稻子已经不是草，而是结实的大树了。只要播一次种，就可以收获好几年呢。田地可腾出来做别的事，比如养鱼，栽花，种荸荠。那种暗红色的果实他们百吃不厌。它们在泥土里慢慢地翻着身。它们的隔壁住着泥鳅。泥鳅在梦里翻着跟斗。大家的生活丰富多彩。我们可以天天不出工，不上学，不吃苦。在家里纺织，劈柴，扎彩灯，讲故事，逮野兔，喝酒。我二爷说他可以天天唱老戏了。小卷可以天天看故事书，听封神演义。至于棉花，他们准备把它们嫁接到油桐树上。当时上面号召村里种油桐。每块地里都挖了几十个窟窿。油桐栽下去，但没有长出人们意料之中的果实。据说是种子出了问题。他们准备废物利用。油桐长不出桐子来不要紧，但可以爆出棉花来。一到秋天，油桐树上满是云彩。风一吹，她们就像仙女一样轻轻跳了下来……

超市与我们

两天前,我们住所附近又一家超市开张了。我敢说,这是我们城市最大的一家超市,就是很多大商场,其规模也比不上它。开张那天,大家从四面八方潮水般涌来,导致交通堵塞了两小时之久。一走出家门,我立刻就被挤得喘不过气来。关于这家超市开张的消息早在报纸上接二连三地登了整版。在它还没有装修完毕之前,"八八(这家超市的名字,也是指八月八日)开张"的红色条幅早就激动人心了。家里急着要买的东西,大人们暂时也不买。他们说,等等吧,等八八超市开张了,再去买个够。

到了大街上,我的手便被大人紧紧攥住了。虽然这是我们饭后散步的地方,但我还是一下子失去了方向感。那栋大楼挂满了绶带一样的东西,金光闪闪,以至那上面的字我一个也看不清楚了。虽然我知道那是先在地上写好再挂上去的,可我还是情愿相信它们是由一个技艺高超的人飞檐走壁跳上去写的。这种想法使人深受鼓舞。我就是这样的一个人,经常在平庸的事物上面,嫁接我的胡思乱想。比如在我的眼中,那辆笨拙的公共汽车忽然会像一只受惊的母鸡那样咯咯叫着飞了起来;在地上打一个洞就能通到地球那边,因此我老是幻想用竹竿去捅美国佬的屁股。

超市共五层,吃的穿的用的玩的,什么都有。其实刚到超市的时候,爸爸妈妈和我一样也是茫无头绪无所适从的。在令人目不暇接的商品面前,他们也像是初中生。爸爸口袋里有限的那点钱跟小老鼠似的,一会儿想往这个货架冲过去,一会儿又想向那个货架冲过去。他豪气冲天地对我们说,这个不错,买两袋回去吧,那个也不赖,是不是也来一点?而妈妈,总能极聪明地领会他的意思,说,别急,等会儿再买也不迟。爸爸大概是想引起导购小姐的注意，或为刚才的喋喋不休的询问找一个台阶下，但导购小姐不以为然见怪不怪，根本没把我爸这样的人放在眼里，这让他在离开此处往前走的时候意犹未尽。其实他身上带的钱从来没超过五十块，在疯狂抢购的人群中寒碜得要命。妈妈则伸出了手，把每一件货品都摸了一摸，一边摸，一边说，真便宜啊，恨不得每样都买一点啊。每样都想买的结果是后来什么也没有买。本来，在我趁他们犹豫不决便故意嚷着口渴时，妈妈还是动了动心的，她把一种色泽诱人的葡萄汁放下又拿起。但末了爸爸的一句话还是使她打消了购买的念头。爸爸说，在所有的商品中，我认为买饮料是最划不来的，不就是解个渴么，居然要花上好几块钱，再说我们马上就回家了，家里有的是水，可以让他喝个够！

这是白天的情形。到了晚上，超市一片金碧辉煌，很晚很晚了我们还睡不着觉。超市的灯光像鲜花一样撒满了它周围的每一条巷子和巷子的每一个角落。我们辗转反侧，兴奋的心情仍像小鹿一样在我们小小的胸膛里跑来跑去。从我们居住的房子里望过去，超市的天空像皇宫一样在我们的头顶闪闪发亮。以至于后来我终于睡着却又忽然醒来时，发现自己坐在彻夜不眠的灯光里，一时间我们不知道自己身在何处。这使我感到了小小的恐慌。

到了第三天头上，妈妈终于按捺不住了。那几天，大家在巷子里见了面，第一句话总是：你去买了吗？或者：你买什么了？然后站在那里，互相交流购物所得，零零碎碎地拉扯上大半天。如果刚好手头有现成的货品，那一定要拿出来让大家欣赏。大家说，真便宜啊。那个人说，不但便宜，还有赠品啊。说着就把赠品拿了出来。是一瓶一千毫升的果汁或酸奶。并说，如果买了空调或冰箱，送的东西会更多。沈林的妈妈说，秦天的妈妈为了拿到更多的赠品，一次买了五十公斤食用油。沈林的妈妈用穷人笑富人的那种样子说，够他们家吃上一年了。

每逢这时，妈妈便很窘。如果有人问她，她就支支吾吾地说，买啦买啦。如果对方继续问她买了哪些东西，她答不上来，只好胡诌两样。比如说空调啦，微波炉啦。但对方看透了她心思似的穷追不舍：是什么牌子，打了

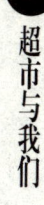

几折？这时妈妈就慌了，看上去十分可怜。她只好把责任推给我爸，说，都是他买的，具体的情形我也不太清楚。妈妈几次想从她们旁边溜走，但刚迈开脚又不由自主地走回来了。这时她的眼神更空洞，所流露出的向往也就更强烈了。她像是个犯了毒瘾的人，她的手在痉挛。后来，她成了包打听，把从别人嘴里得来的信息悄悄地记在心上，好讲给我那刚从厂里下班回来的爸爸听。他们反复商量，最后定下来，今天晚上他们也要拿一百块钱到超市里去买东西。妈妈是这样说服爸爸的：这些东西，平时也是要买的，只不过是零零碎碎地买，但钱还是要花这么多的，甚至比这更多哪，我仔细算过账了，超市的东西便宜不说，而且上了五十块钱还有赠品，你算一算，怎样花得来？

爸爸终于动了心。于是在这天晚饭后，我们一家兴冲冲地到超市去了。妈妈拉着我的手走得尤其快。晚上来超市的人一点也不比刚开张那天少。无论外面多么燥热，一到超市里就凉快了，浑身躁动不安的毛孔像一只只小兽那样安静地蹲伏下来了。以至于爸爸忽然生出了奇思妙想，对妈妈说道，我们住的房子那么热，以后你每天就和小虎（指我）到这里来歇凉吧，反正又不收钱。这时，妈妈表现得比爸爸有出息。她眼光远大地说，好啊，你以为这样，你就可以不给家里买空调了吗？告诉你，没门！

当然，面对超市里纷繁缭乱的景象，我的注意力很快发生了转移。平时我并不愿跟大人逛街，尤其是妈妈。我讨厌她琐琐碎碎查根问底的劲头。一个很小的东西她们也能津津有味地还上半天价，仿佛除了讨价还价她们便没事可干似的。每次跟她们逛街，我脚脖子酸疼却往往一无所获。她们每一家商店都要进去试一试比一比，查一查问一问。有几次快成交了，店老板都快露出接钱的笑容了，可忽然之间，她们摔下东西，头也不回地走了，弄得店老板莫名其妙。作为其中的一员，我的脸微微地发烫。

爸爸和妈妈计划着先把整个超市再参观一下。很明显，上次的走马观花他们还没来得及好好看。他们拉着我上了电梯。上楼的人很多，扶手上歇满了大小不同的手。我喜欢坐电梯。假如可能的话，我愿意从早到晚都呆在电梯上，那种感觉像是在飞。我喜欢所有像飞一样的东西。为了多坐一会儿电梯，我想后退几步，但被后面的人的膝盖顶住了。旁边下来的那辆人却不多。看着那条白白闲着的电梯，我忽然来了灵感。我从妈妈手里挣脱出去，说，我去坐电梯了。我往人缝里一钻他们就看不到我了。

我坐电梯下去，又坐电梯上来。对我来说，这栋五层楼的超市忽然不存在了，我的眼中只有电梯。为了延长这种快乐，我后来找到了一种更好的方法，那就是我在向下的电梯上不停地往上奔跑。这样它就可以在我的脚下无限地延长。

这天晚上，爸爸和妈妈买了整整一百块钱的东西。来找我的时候，他们面前的大塑料篮装得满满的，爸爸还装模作样地推了一辆购物车。里面有毛巾、牙膏、肥皂、洗发精、餐巾纸、田螺酱、豆腐乳、酱油、味精、紫菜。为了附庸风雅，爸爸还买了一瓶红葡萄酒。爸爸把酒瓶上贴商标的那面向下。我们到出口处去排队付款。这时我才知道，排队付款大概是世界上最难受的一件事情。虽然那么多收款机一字排开像奶牛吃草一样在切切工作着，可每一头奶牛后面还是排了很长的队。爸爸只好让妈妈和我先从别的通道挤出去。妈妈和我站在空调底下，凉风吹在妈妈的身上，她身上的衣服发出了幸福的叹息。我蓦然发现，被凉风吹着的妈妈是多么的好看啊，她显得那么整洁，那么漂亮。她的平时有些蓬乱的头发温顺地贴在头上，她的脸上散发出了光辉。

领赠品的柜台设在一个角落，旁边堆满了纸箱和红色的包装袋。两个穿制服的姐姐正在忙个不停。妈妈把购物单递上去，对方从里面拿出很大的一瓶橙汁交给妈妈，又去接别人递过来的单子了。妈妈说，哎，还有一瓶呢？对方说，只有一瓶。我妈妈说，不是满五十块钱就送一瓶吗？我们买了一百块钱的东西。对方说，超过五十块钱送一瓶不等于每五十块钱送一瓶。妈妈还想据理力争，但从后面涌过来的人把她挤到一边去了。

走出超市，妈妈还在愤愤不平。她埋怨爸爸没把情况打听清楚。她说，早知这样，我们不如分开付钱，那不就可以多拿一份赠品了么？这个超市，

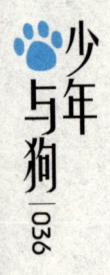

我再也不来了。

第二天早上,我们就把超市赠送的一大瓶橙汁饮料喝光了,妈妈还在唠叨不停。

在新开张的"八八"超市旁边,原先有一家"九九"超市。那时,我家的很多生活用品都是从这里购买。那时,我认为九九超市是我们这里最好的超市。可是现在,和八八超市相比,它显得那么低矮寒碜。自从新超市开张后,它就像压根儿不存在,很少有人进出了。我是那天傍晚和大人散步时才猛然记起并看到了它大门口贴的那些花花绿绿的小纸片的。妈妈说是散步,其实是还想到新超市去看看摸摸那些货品或吹吹空调。天气越来越热,我们要整夜整夜扇着电扇,喝着凉水。但对于那天晚上的赠品妈妈怒气未消,因此她赌气不让我们进去。于是我们从新超市门口走到了老超市门口。妈妈忽然叫了一声,对爸爸说,快看看墙上贴的纸上写了什么。爸爸便担负起察看的任务,上前了一步。他念道:

> 亲爱的顾客,俗话说货比三家,请你们一定要擦亮双眼。为答谢广大顾客的厚爱,我超市决定对一些热销商品再度降价,同时实行赠品大回报,凡在我超市购物满十五元者,赠西瓜一只,购满三十元者,赠春光牌酸奶一盒,购满五十元者,赠高山橙汁一瓶。限量赠送,欲购从速。

爸爸微笑起来,说,它们开始竞争了。

妈妈心里痒痒的,要进去看。还是爸爸比较理智,他说,日用品我们已经买了那么多了,再买就要变质了,你看,其实也就是便宜一两毛钱么,一支牙膏,那边卖三块钱,这边卖两块九。虽然如此,可我们还是看到慢慢有一些人在这家被冷落的超市里进出了。

一夜无话。第二天早上,我又被妈妈惊惊乍乍惊醒。她忽然从床上坐起来，边推爸爸边说道：晚上我们还是逛新超市去！爸爸嘟哝了一句：你发疯了。妈妈对爸爸的责备不以为然，仍沉浸在某种猜想之中，兴奋地说道：我忽然想到，今天新超市的东西会更便宜，你信不信？爸爸撇撇嘴。妈妈继续推搡着他，说，你这个傻瓜，怎么脑子不开窍，老超市的动作明显就是针对新超市的，你想，为了和老超市竞争，新超市能不把东西再降价吗？它财大气粗，有的是钱，老超市哪是它的对手啊！爸爸说，它们的东西已经够便宜了，再降价，恐怕就亏本了。妈妈说，哎呀！说你傻你真傻，有时候亏本也是有必要的，把竞争对手打败后再把价钱调回来不就得了！所以今天我们要再去买东西，等价钱调回来就迟了。爸爸说，疯了，真的是疯了。妈妈拧着爸爸的耳朵说，你去不去？爸爸还想睡觉，只好说，去，去。

　　就这样，在隔了短短一天后，我们再次光顾了新超市。那段时间，大家吃了晚饭，想到的第一件事就是去逛超市。他们上了瘾。冷静下来的时候，他们或许觉察到这样不正常，自己已经患上了可怕的购物癖。但他们还是控制不住自己的脚步。他们大概会说，这又有什么错呢，现在消费是一种时尚，做一件时尚的事情难道不好么？

　　我又开始在电梯上奔跑。电梯像一条大鱼从我脚底下滑过。我踩在鱼背上，它往下我往上，它往上我往下。它想甩掉我。它急遽地游动着，尾巴一甩一甩的，但对我毫无办法。难道它还会回过头来咬我一口么？后来，我不再像上次那样在一个地方跑来跑去。因为我发现一个保安模样的人已经注意到了我。他朝我这边接连看了好几眼。如果我不改变策略，他肯定会横加干涉的。我先坐电梯上去，在它快要把我甩下来的时候再朝下奔跑，这样我很快又回到了起点，可以从头开始。

　　吸取了上次的教训，这回，妈妈决定只买五十块钱的东西。多一分钱她也不肯花。仿佛这样，便可以把上次的损失弥补过来。瞧他们买了什么？一袋大米，还有面条、萝卜干。面条他们一下子买了十斤。其实我家的人并不怎么喜欢吃面条。妈妈每天早上煮面条给我们吃是想节约钱。这时他们蹲在地上一样样计算着，看看是不是超过了五十块钱。他们随时准备着把某一样东西拿出来塞回货架上。结果他们发现还差七毛钱。为了找到价值七毛钱的东西,他们又花了好一会儿功夫。最后他们不约而同地选中了豆豉。一包豆豉刚好七毛钱。他们拿起豆豉相视一笑。

那些日子,两家超市的价格战打得不可开交,赠品也花样繁多,令人欣喜若狂。为了提高自己的竞争力,九九超市也在请人装修,粉刷墙壁,安装电梯,电锯像驴子似的疯狂地叫起来,准备把业务延伸到二楼和三楼乃至更高的楼层去,和八八超市决一雌雄。人们都像发了疯一样,控制不住自己的购物欲,一忽儿涌进这家超市,一忽儿涌进那家超市,反正哪边更便宜人们就冲向哪边。开始大家还为自己的见利忘义不好意思,但时间一长,也就不记得到底是对哪一家超市有愧了,扯平了,总行了吧。再说,难道超市真的会吃亏么?有人说,还不知道它们究竟赚了我们多少钱呢,只是我们被蒙在鼓里罢了。这样一想,大家不但心里的愧疚一点也没有了,还对超市产生了不信任。

在那些难忘的日子里,我们跟在大人后面走进超市,每次都有令人惊喜的收获,看他们抱回来一大堆暂时用得上或用不上的物品,满怀喜悦地把它们放进柜子或堆在墙角。装橙汁或其他饮料的塑料瓶子已经有厚厚一摞了。爸爸要把它们扔掉,妈妈坚决不肯。她说,它们能卖七八分钱一个呢。各种饮料已经让我们的牙齿发酸,一看到食物就隐隐作痛,好像妈妈的关节炎一样。但是一看到它们,我们还是忍不住扑上去把它们抱在怀里,大人说,它们是不花钱的,不要白不要。爸爸和妈妈从采购各种食品,发展到往家里搬电器,买灶具,还有各种美容用品、时装……总之,看到别人家有什么,他们也要想办法买来,不然,他们会睡不安稳。他们成了赶时髦的人,奢华挥霍的人。他们在抢购的时候,是多么目光如炬颐指气使啊。家里的货物越堆越多,我们居住的空间越来越小,我们每天侧着身子走路,即使这样,还是经常不可避免地踩到它们,或在什么地方扯破了衣服碰痛了腿脚。大人把它们的位置移来换去,但总不能从根本上解决问题。他们花了许多时间来整理它们，结果发现完全是徒劳无功。而且，有些食品已经发霉变坏，我们不得不加速把它们消灭干净，或者把它们扔到楼下的垃圾箱里去。

终于有一天，我听到了妈妈的惊叫声：家里已经没有钱了！

自此之后，我们很久没再去超市了，像是得了厌食症。挂在超市外面的那些红底白字的巨大条幅早已悄然落下，灯光也不再彻夜不眠。已经习惯了在灯光里睡觉，现在忽然没有了灯光，我反而睡不着了。迷糊中，我闻到了一股馊味，像是超市在倾倒已经变质或卖不掉的牛奶。它们沿着大街奔跑，像是无家可归的羊群。

不过我听说，在街的另一头，有一家更大的超市正在装修，马上又要开张了。

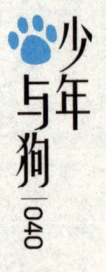

山子的秋天

爸爸决定带山子到城里去见见世面。

爸爸是个砖匠，在县城的建筑工地上干活，天天骑着一辆旧自行车，把砖刀插在腰眼里，神气得好像去什么国家单位上班一样。这把砖刀爸爸用了好多年，还是他"出师"那年师傅送他的。爸爸只用自己的砖刀，用别人的砖刀他会觉得别扭，如果别人用了他的砖刀他也知道。所以爸爸每天收工后，总要把砖刀带回来，不然他神不守舍的，好像剑客忘了他的宝剑，好像爷爷在湖滩上放牛忘了把牛牵回家。有一次，爸爸休假，把砖刀放在壁窗里，山子在用小木棍做一个玩具，觉得木棍长了点，就顺手用了一下爸爸的砖刀。那时他还不知道这把砖刀对于爸爸来说是多么的宝贵。第二天爸爸从工地上回来，说山子你是不是用了我的砖刀，今天我怎么用都不顺手。山子大为惊讶，难怪爸爸的手艺那么好啊，他砌的墙像人家过年穿的西服一样漂亮。大概爸爸手里的砖刀就像他手里的钢笔，如果他用别人的钢笔写字也不习惯。

本来爸爸可以到更远的地方去做事的，已经有好多人来叫他去，那里工价更高，但爸爸没有答应，他说山子还在读初中呢，我和他妈妈不能扔下他不管，赚钱当然重要，但我还是想跟孩子在一起，等他考上大学了，我再到外面去做事也不迟。爸爸就是这样一个人。山子喜欢爸爸的这种性格。别看爸爸是一个砖匠，可他懂得很多，爸爸说，要不是那时家里穷，他也去读大学了。

这个星期天，刚好逢上爸爸休假，他们做的那幢大楼已经竣工了。爸爸决定带山子到城里看看去。爸爸说，光把书读好还不行，课本才多厚，社会这部书，人可要读一辈子，现在我要带你去翻一翻。爸爸做了个哗哗翻书的动作。山子笑了起来。现在他不像以前那样，怕跟爸爸进城了。在他读小学的时候，爸爸就要他跟他到城里去，跟那些大人打交道，叫他们叔叔阿姨。刚开始他不愿意叫，爸爸越要他叫，他越把嘴唇咬得紧紧的。后来爸爸懂了他的心理，让他自自然然去叫。到了城里，爸爸便放开手，好像不管他似的，让他跟在后面。有时他快要丢下了，迷路了，好不容易才又看到爸爸的背影，忙跑着喊着追了上去。他听爸爸跟妈妈说，你把孩子的手抓得紧紧的，他反而有依赖，不用脑了。暑假，爸爸每天用自行车带着他，叫他到城里去卖报纸。爸爸说，你卖的钱归你自己。结果他赚了一百多块钱。妈妈说，孩子手头放钱不好，还是我帮他管吧。爸爸说，山子自己会管，让他学会管钱又不是坏事。他懂，爸爸是想让他多实践。

今天爸爸要带他到城里卖柿子去。秋天到了，田野一片金黄和雪白，好像阳光铺下来了，云朵飘下来了，树上的果实则像天上的星星在叶间一闪一闪，捏上去有弹性，闻上去有香气。当然柿子是比较倔强的，即使熟了，它们自己也不肯那么容易承认。他家里有好几颗柿子树，每年秋天，枝丫都弯了下来，伸手就可摘到果实。柿子摘下来后，埋进谷糠里，过了几天（一般要一星期左右），等柿子终于承认自己熟了，露出橙红的脸蛋，才把它们拿出来。但今年，爸爸忽然来了什么灵感似的改变了主意，提前把柿子从谷糠里拿了出来。爸爸说，城里超市里卖的那些柿子，皮像红绸子似的，虽然好看，但不好吃，那甜味甜得像虚假的热情，没有香气（山子注意到，爸爸说话喜欢用比喻了）。还有一种柿子，居然可以像苹果或梨子那样削皮，这哪是柿子呢？爸爸说，现在城里人喜欢土东西，就把咱家的柿子叫做土柿子吧。爸爸说，他今年要让城里人吃上土柿子。说这话的时候，他的神情像是个乡长。

爸爸说，我像你这么大的时候，经常跟奶奶到城里去卖东西，鱼虾、鸡蛋、芝麻、豆芽、黄花，都是自己家里舍不得吃的。卖得最多的是豆芽。你奶奶把豆子过水后，放在箩里用布盖住，然后看它们从里面一点点地长高，最后把盖布顶了起来,好像里面是一个梦。豆芽是什么,豆芽就是豆子做的梦。爸爸说。山子从爸爸那里知道,那时,奶奶卖豆芽,总是半夜起来,点起马口灯,把豆芽洗好,之后才叫醒爸爸。由于起得太早,一路上爸爸嘴里泛着酸水。此后爸爸落下了一个毛病,那就是,一起早嘴里就泛酸水,一泛酸水就会想起跌跌撞撞跟奶奶去卖豆芽时的情景。爸爸还记得城里女人的指甲很尖,称好豆芽后,还要飞快地在箩里抓上一把。卖完豆芽,奶奶便到旁边的水果摊上买几斤烂梨子或苹果。她舍不得买那些散发着面香和肉香的馒头包子。有一次,小偷把奶奶卖豆芽的那几块钱全偷走了,奶奶顿时不顾脸面地坐在那里大哭起来,让爸爸大惊失色⋯⋯

爸爸说,那时,一担豆芽,几十斤,从家里挑到县城,也就是卖四五块钱。

爸爸早把柿子摘好了,放在谷箩里。爸爸说,有二三十斤呢。这天,他蹲下身子,在谷箩外闻了闻,说他已经闻到柿子的香气了,明天就可以卖了。爸爸说,卖了柿子,就可以给你买《哈利·波特》了。山子对这本书向往已久,但听说要好几十块钱一本,就没敢向爸爸提出来,爸爸居然也知道哈利·波特,知道山子的心思,这点山子倒没想到。

爸爸是从不反对山子看课外书的。爸爸不但不反对山子看课外书,而且还准备买一台电脑放到家里来。这段时间,电视里都在说上网怎么怎么不好,影响了青少年的学习,并使有的人走上了犯罪道路,好像网络是罪魁祸首。但爸爸不这么看,他跟妈妈说,这哪是网络的错呢,首先要想一想,孩子为什么比上课更喜欢上网,难道因为高压电可以伤人就不要它了?我偏偏要让孩子上网,只有接触它才知道怎么掌握它,光对孩子说上网不好,孩子是不相信也是不愿意接受的。真的,山子为自己有这样的爸爸而自豪。

第二天一早,爸爸就把山子叫醒。山子,山子,咱们进城卖柿子去了。

山子满心欢喜地跟在爸爸后面。他盼着跟爸爸进城。昨晚,他遇见了哈利·波特,那个有魔法的英国男孩带他去了一个有魔法的地方,他在那里飞了起来。他奇怪自己的身体怎么这样轻,原来他的手臂变成了翅膀。现在,爸爸挑着担子，也像在飞。他惊讶地发现，爸爸空着手的时候，走路慢悠悠的，而挑着担子，反而走得快了，好像他身上有源源不断的力气。爸爸手臂和胸膛上的肌肉鼓鼓的。山子希望自己将来也这么健美。

山子和爸爸在路边等车，从村子里到县城有十几里路呢。山子想，当初，奶奶和爸爸就是挑着担子走到县城里的啊。爸爸说，快到县城里的时候，有一条长长的下坡路，到了那里，爸爸就要帮奶奶挑一肩。由于是下坡，好像担子在拉着他往前跑，他只要跟着就行，但跟着跟着，他觉得自己跟不上了，他想把担子拉住叫它别走，但它根本不听他的，他控制不住它了。他哭喊了起来。结果有一次，他把一担黄灿灿的豆芽全撒在了地上。那时，马路上铺的是沙子。沙子沾在豆芽上就像钻进了奶奶的眼睛里。

今天，搭车的人比较多。有人问爸爸，挑那么多柿子到哪去啊，爸爸说，到城里去卖啊。那人说，现在城里人哪吃这种柿子，超市里的柿子又好看又便宜。爸爸说，可我这柿子是土柿子，更好吃。那人说，现在做什么都要算个成本，以前大家只知道埋头干活，谁也不会把自己的劳力算进去，那时劳动力不值钱嘛。像你，起码也是个做手工业的，一天至少也能赚个二三十的，这柿子，卖贵了，人家不买，便宜了，你自己不合算。又有人说，现在谁还挑柿子到城里去卖，不如留给自己吃。他说第一次城里人问他有没有土鸡，他摇摇头说不知道土鸡是什么东西，后来才知道，自己家里养的鸡就是土鸡。就像红薯，在他们眼里只是红薯，而在城里人眼里是维生素。以后城里人再来问他，他也不回答，只伸出手指头，比画了一下，又比画了一下，意思是，每斤二十八。他把从养鸡场便宜买来的小粒鸡蛋当土鸡蛋卖，城里人也信以为真，以为只要是乡下人卖的，都是土鸡蛋。还有一次，他买了一只吃饲料的甲鱼，穿上雨裤，扛着鱼叉，往腿上抹两把泥，故意在城郊晃来晃去，马上有小车停下来，问甲鱼多少钱一斤，不用说，他一转手就赚了一百多块。大家笑了起来。山子看到爸爸皱了皱眉。他知道，爸爸是不喜欢这样欺骗人的。爸爸不喜欢城里人说乡下人现在好刁。爸爸说，干嘛要把城里人和乡下人对立起来互相捉弄或瞧不起呢，只是城里有城里的

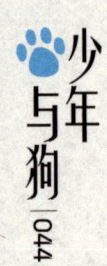

好处，乡下有乡下的好处，不尊重别人也就把自己作践掉了。

车来了。山子站在靠窗的那边，他想看到爸爸刚才说的那个长坡。但现在，沙子马路早就没有了，上面铺的是黑亮亮的柏油，跟缎子似的。爸爸说，那些很高很陡的地方已经降坡了。就像一页书，已把关于爸爸少年的那一章，轻轻翻过去了。车里有人抽烟，大家厌恶地皱了皱眉，用力盯着他看。开始那人还漫不经心地跷起二郎腿，但后来见盯着他的目光越来越密集越来越有力，连山子这样的小孩子也盯着他，他就不好意思了，终于讪讪地把烟头摁灭了。车子很快到了县城。山子跟爸爸一下子被人流冲到车站前的宽阔大街上。

这是新城区。车站前有一个广场，山子已经来过好几次了。那里有花坛，有喷泉，还有许多体育健身器材。由于是星期天，广场上人特别多。有卖气球的，卖糖葫芦的，卖各种工艺品的。爸爸指着新落成的一幢大楼说，那就是他们做的。爸爸的脸膛上透着黝黑红亮的骄傲神气。但爸爸并不想在这里卖柿子。因为他们的柿子没有熟透，买回家还需要捂上两三天，广场上的人都是来玩的，谁愿意买几斤柿子拎在手上增加负担呢？爸爸说，他们应该到居民区去卖。但爸爸还是挑着担子陪山子绕广场走了一圈。不知怎么回事，山子忽然觉得他跟着爸爸或爸爸跟着他让他有些不安起来。爸爸肩上的担子在广场拥挤的人群中间很扎眼。山子故意走快了一点。如果爸爸赶上了他，他又故意落后一点。他担心会在这里遇上同学。有几个同学说星期天也会上街来玩。说不定他们已经看见了他和他爸爸呢。他一会儿觉得爸爸的衣服旧了点，皱了点，一会儿觉得爸爸的脸黑了点，头发乱了点。但他马上又自责起来，觉得不该这么想。他被自己的情绪苦恼着。他问自己，为什么在家里和在学校他为有这样的爸爸感到自豪，而到了城里，他对爸爸就变得挑剔起来了呢？仿佛为了战胜自己的某种虚荣心理，他停下来等爸爸，他要跟爸爸走在一起。

在广场的出口那儿，他们遇上了村里的得贵。得贵看到了他们，马上难为情地低下了头，装作没有看到。得贵在那里做乞丐，身子蜷缩在破烂衣服里，面前摆一只搪瓷碗。这几年，来县城旅游和搞投资开发的外地人多了起来，得贵就装作一个瘸子，在那里乞讨。爸爸有些瞧不起这个得贵。别看得贵现在做出一副可怜的样子，但回到村里，可神气了，说那些给他钱的外地人都是傻瓜，他随便编一个谎话，他们就相信了。因为来钱快，得贵还在城里买了房子，把老婆孩子都接到城里来了。爸爸说，得贵是在利用人的善良钻空子。爸爸说，得贵这样的人，就像一条虫，迟早要把善良钻得像马蜂窝一样千疮百孔，以后就是真有需要帮助的人，人家也不相信了。现在，他似乎是故意要让得贵难堪一下，见得贵躲躲闪闪，他便大踏步走近去，大声和得贵说话。得贵只得小声告饶：兄弟，小点声。

爸爸朝山子做了个鬼脸。不过临走时，他还是挑了几个最熟的柿子塞到得贵手里。爸爸说，你现在也是城里人了，难得吃上这样的土柿子了。

得贵咧嘴笑了笑。

爸爸和山子向老城区走去。新城区只有车站、广场、宾馆和一些单位的办公大楼，老城区才是居民的生活区。那里有菜市场、各种专卖店和大大小小的超市。爸爸主动去向税警交了税。

他们看到一个农妇在卖完篮子里的鸡蛋后，跑到超市里买了一纸箱方便面，脸上带着灿烂的笑容。爸爸就叹了口气，说，你看，偏偏要拿好好的鸡蛋，来换这种没有任何营养的东西回去给小孩子吃。山子有点脸红了，因为他有时候也会拿饭票到校外的小店去换方便面吃。他常常抵挡不住那种香气的诱惑。

爸爸在一家超市对面放下了担子。这是一家大型超市，有好几层，看上去像是一幢玻璃房子。它前面停了好多摩托车、自行车还有货车和轿车。进进出出的人络绎不绝。他们手里拎着大包小包，好像在抢购。爸爸说，你想不想到超市里去看看？山子点了点头。隔着比天还大的玻璃，他看到了里面高大漂亮的货架、琳琅满目的商品和蜿蜒而上的电梯。进了超市，他的眼就花了。不过现在，他胆子比以前大了，什么也不怕了。他从电梯上下来，想仔细看看超市里的东西。超市分了好几个区，几乎应有尽有，吃的、喝的、穿的、用的、睡的，连厕所都有，如果一个人被关在里面，哪怕超市从此不开门，他也是可以活下去的。而且还活得挺美。超市里的东西，不但多，还便宜。以前山子一直有一种错误的观念，认为城里的东西一定比乡下的贵，现在才知道错了。山子跑到卖水果的地方，见那么大的砀山梨才卖六角钱一斤，他吸了口凉气。他最爱吃梨，可他们那儿的小店里，至少也要卖一块多。这里，方便面也便宜。面包也便宜，还新鲜。他们学校前面的小店里，面包都发硬了。他又打量那些买东西的人，心想，城里人真气派，他们买水果，都是一箱一箱地买，只有从纸箱的包装上才知道里面装的是苹果还是橘子。当然，也有的人什么也不买，好像逛街一样。好像他们学生到林子里早读，老师到田野上呼吸新鲜空气。他终于在令人眼花缭乱的水果架里看到了柿子，真的跟他们乡下的柿子不一样。那么它们是哪里出产的呢？难道是城里？当然不是。看上去它们简直不像柿子。它们像其他许多水果，比如梨，比如苹果。山子发现，超市里水果的形状大多比较夸张。颜色的一致性使它们看上去显得不真实。还有的水果，似乎是由几种水果混合而成的，比如有一种枣子，叫梨枣，看上去既像是梨又像是枣子。大概以后，苹果和梨也可以像香蕉那样剥皮吧。只是他抓起几颗梨枣闻了闻，似乎什么香味也没闻到。在他看来，各种水果蔬菜的气味都是不同的，他完全可以凭气味区别它们。但在超市里，他的鼻子几乎失去了作用。旁边的蔬菜架上，四季常青，以前不可能见面的生长在不同季节里的蔬菜现在都见了面，而且它们的颜色和形状也用了夸张的修辞手法。萝卜看上去像瓠子，辣椒看上去像茄子，茄子可以长到丝瓜那么长。山子又捏了捏手边的柿子，觉得它们也软和得不真实。爸爸说过，这种柿子产量高，而土柿子产量低，所以果园里是不会种土柿子的。现在很多水果蔬菜里都含有激素，对人没好处。山子又看了看价格，这种柿子才卖九角钱一斤。

他把超市里柿子的价格告诉了爸爸，爸爸说，跟他估计的差不多，但他们的柿子还是要卖高一些的，不然就显不出土柿子的金贵。爸爸有些骄傲地说。山子问卖多少,爸爸说至少要卖一块五。山子忽然觉得卖柿子很有意思,可以自己定价钱。不像卖公粮,是上级规定了价格的,你不卖也得卖。

爸爸吆喝起来:卖柿子,土柿子,一斤一块五,一块五一斤。这回爸爸没用比喻,用的是回文,听上去像是歌谣。有一男一女闻声过了马路。他们刚逛完超市出来,并没有买东西。还有几个人,大概也想过来看看,不管怎么说,他们听到了土字,还是眼睛一亮的。但看了看自己手里的大包小包,还是走了。这两个人拿起柿子捏了捏,说,这么硬的柿子,怎么吃?爸爸说,这是乡下的土柿子,买回家搁上两天,就熟透了,很好吃的。那男的瞄了瞄山子爸爸,似乎不太相信。爸爸说,这柿子的确跟超市里的不一样,不信你闻闻,很香。男的皱起眉头闻了一闻,没做声,好像做不了主。那女的说,这么贵啊,超市里那么便宜。爸爸说,一分钱一分货嘛。那女的说,九毛吧,我就买一点。爸爸说,我不卖。那女的说,一块?山子爸爸说,我说了,不卖。他们瞪了山子爸爸一眼,气呼呼地走了。

来问的人断断续续,但买的人很少。他们要么不相信这种柿子比超市里的好吃,要么是希望山子爸爸比超市里还便宜一点。他们说,超市里才卖九毛嘛。好像超市成了一种价格标准。而且他们在捏柿子的时候,用了很大力。刚才在超市里,山子就看到有的顾客若无其事地剥开橘子在那里吃。他瞧不起占小便宜的人。还有的人,用指甲在水果身上掐着,留下了很深的掐痕。他想,他们的柿子肯定被捏痛了。他有点愤怒,他把那只柿子从对方的"虐待"中夺下来。他甚至希望爸爸把柿子卖便宜一点算了,那样柿子可以少受些苦,他们马上可以把柿子卖完,他也可以到书店去买《哈利·波特》了,但爸爸就是不肯。他好像在说,卖得太便宜了,即使他没有意见,柿子也是有意见的。把柿子卖给不识货的人,他是很不情愿的。

过了一会儿,有个人也挑了一担水果在旁边歇了下来,有柿子,也有苹果和橘子什么的。不过他的柿子跟超市里的柿子是一样的。爸爸说,我们走吧。山子问,为什么?爸爸没有回答。山子想,那个人是城里人,难道爸爸

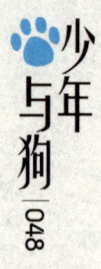

怕他等会儿来挑衅寻事？走了一段路，爸爸才说，那个人是个下岗工人，我们不要跟他抢生意。爸爸说，自从有了超市，它旁边的小店就开不下去了，好像它是一头老虎，把旁边的小店都吃掉了，那么这个人一天能赚多少钱也就可想而知了。山子感到爸爸的善良像秋天的阳光一样明亮而温暖。

爸爸的柿子终于在一条老胡同里找到了知音。听到叫卖声，一个瘪嘴老婆婆从院子里颤巍巍地走了出来。她看到山子爸爸挑的土柿子，一下子激动得热泪盈眶，说她好多年没吃到这么正宗的柿子了。她说她没了牙齿，就爱吃个柿子。她甚至有些嗔怪地跟山子爸爸说，它就是柿子，不许你叫它土柿子，不用叫，没有土哪来的柿子？就像你叫自己的孩子，是不用叫姓的。

这回，爸爸很慷慨，他把柿子全部很便宜地卖给了老婆婆。

山子想，他马上可以见到那个有魔法的英国男孩哈利·波特了。

| 崇　拜 |

一向斯文腼腆的初二（2）班的学生邹涛今天做了一件出格的事，他故意在班主任王秀生老师的物理课上大声说话，并且当王秀生老师说不愿听就出去时，他还真的收起书包大模大样地往外走。王秀生说你给我站住，他头也不回地说，是你说的，不愿听的就出去。

现在，邹涛在穿越宽阔得令人眩晕的操场。真的，他以前从没觉得操场有这么大，简直走不到头似的。在他的印象里，似乎总是嫌操场太小，他抬起一脚，一只足球就把操场踢破了。到了下课的时候，操场就拥挤得很，漂亮的女生在踢毽子，男生在你追我赶。他想到操场上去玩，但总找不到合适的位子。跟成绩好的同学站在一起，他的成绩又不好。跟成绩差的同学在一起，他的个子又太高，好像成了一个差生代表。

邹涛有些迷惘地抬起头。往日拥挤的印象像麻雀似的一哄而散，操场在他面前露骨地呈现出来。如果现在给他一只足球，他的脚一定会发软。这时操场白得耀眼。这也是他以往没意识到的。他从不知道操场居然可以白得耀眼。

不管邹涛怎么害怕呢，他还是穿过了操场，从学校的耳门出去了。可出了耳门又往哪里去？他就不知道了。他的心又一次悬了起来。他其实是个很胆小的人啊，从没逃过学，即使迟一回到也是心惊胆战的，像是走在薄冰上。刚才在教室里，他是强装得那么神气的。他把腰挺得那么直，把头仰得那么高，把话说得那么不屑一顾。可他的心，像一片树叶被大风吹得翻过来翻过去。离开了教室怎么办？他从没想过这个问题，因为他以前从没想到自己会和老师对着干。现在他才知道，他跑出教室就像一条鱼从水里跳了出来。回家？他敢！在外面游游荡荡？可人家一看就知道他是个逃学鬼。真不该把书包也带出来，碍手碍脚的，丢人现眼。他真是太蠢了，当时，他居然觉得把书包带出来可以增加自己行为的分量。

在学校里，许多同学最服气的是戴凌云他们。他们喜欢踢足球。没有球门，他们就把球乱踢，好像到处都是球门。因此他们一踢起球来就喊声震天。邹涛便也喜欢足球了。虽然他并没有痛痛快快踢过一回球。球总是在戴凌云他们的脚边滚来滚去，仿佛是他们养的一条小狗。他们总能从体育老师那里搞到球。有一次，他还看到戴凌云他们和体育老师盛启林在一块儿喝啤酒呢。

没有人敢欺负戴凌云。戴凌云，副乡长的儿子甄伟，供销社夏主任的儿子夏进军，是学校里三个最神气的学生。他不知道戴凌云是怎么成功地做到了这一点。如果他违反了纪律，老师就会尽量绕开他。有时候，老师解决不了的问题，比如学生宿舍失窃，或和外校的学生打群架，保卫科科长张凯都会把戴凌云他们找去，共同商量对策。如果戴凌云出面，失窃案就会告破，和外校的流血冲突也会得到阻止。戴凌云不是班干，也不是团员，但他就是比班干和团干还神气。他们戴着墨镜，穿着风衣，头发用电吹风吹得像波浪一样向后翻起。他们愿上课就上课，不愿上课就跟老师打个招呼，老师也不管。他们在食堂里打饭从不站队，随便往哪里一插，没有人不让。后来他们甚至像老师那样，到老师食堂里打饭，大师傅屁都不敢放一个。如果他们不愿吃食堂，就到镇街上去吃炒粉或点菜。不过他最崇拜的还是戴凌云。他们三个人总在一起，形影不离，戴凌云在中间，甄伟和夏进军像两个保镖似的跟随其左右。很多女同学对他们也喜欢得不行。有一次，邹涛晚上蹲在厕所里，听隔壁女厕所几个女生在聊天，她们在叽叽喳喳地讨论喜欢他们中的哪一位，一个说，戴凌云好酷。一个说，甄伟很白净，像个电影明星。还有一个说，夏进军家里有钱啊，听说去年移民建镇，他家光卖钢材就赚了一二十万。邹涛在这边听得很忧伤。

戴凌云他们吃完了饭票，甄伟和夏进军就到寝室里找一些同学要。开始没人给，但没给的人后来老是丢东西，被褥里也老是有死老鼠，而且经常会受到莫名其妙的攻击。此后大家就都给了。再后来，觉得他们来向自己要饭票是看得起自己，是一件荣耀的事，并且他们还真的以此为荣了。他们说，我给过戴凌云饭票呢。但马上有人纠正他：是给甄伟和夏进军，戴凌云才不会要人家的饭票。如果有人被要了饭票，来找戴凌云，他就马上把甄伟和夏进军大骂一顿，并叫他们把饭票全部退还给人家。因此大家都认为甄伟和夏进军是两个坏蛋，老是仗着戴凌云的势欺负人。有一段时间，邹涛却老是希望甄伟和夏进军来向他要饭票。他想借此跟他们拉上关系。不就是要点饭票么？这有什么？甄伟、夏进军和戴凌云比他高一个年级，读初三了。他不知道怎么才能跟他们拉上关系，他只有等他们来向他要饭票的时候才能和他们联系上。他甚至想好了，在把饭票递给他们的时候，他便像录像里那些人说道，来，这些你们都拿去，我早就想和你们交个朋友了。但甄伟和夏进军虽然到他寝室里来要过饭票，可是从未向他要过饭票，这使他很失落。

他想，他们为什么不来向他要饭票呢？是看他太老实，瞧不起他，还是觉得他没有资格和他们交往？是啊，跟他们关系好、经常在一起的，也是一些很神气的同学，西服穿得笔挺，头发卷曲，打了摩丝，像镜子一样亮。如果皮鞋上沾了一点点灰，就从口袋里掏出餐巾纸，弯下腰慢慢擦干净，简直比老师还神气啊。一个学生，如果比老师还神气，那全班的女生都会用仰慕的目光望着他。可是他有什么呢？仅有的一身比较好看的衣服，老是包不住他的飞速发育的骨骼，就像纸包不住火。脚上的旧皮鞋，还是他向爹爹磨来的。刚穿上时，鞋里残留的爹的脚臭仍像火苗一样不时地窜出来，以至他产生了错觉，以为套在鞋里的，仍是爹的一双臭脚。这使他对那双鞋和自己的脚都很讨厌。可自己的个子还偏偏不争气，好像要迅速树立目标一样，让他的自卑无处可藏。再说，他也太老实了。虽然他个子那么高，可他很听话，老师叫他干什么他就干什么，使他看上去像个木偶。他也知道，像他这样成绩不好又听话的学生，老师是最不喜欢的。如果他不听话，老师会把他成绩不好的原因归结为不认真，可他看起来比较认真，他不乱闹，也不乱动，老师就只有怀疑他的智力了。有哪位老师会喜欢一个智力有问题的学生呢？他让老师们空有诲人不倦的劲头却无从下手。老师喜欢有下手的地方的学生。久而久之，连他自己都觉得自己笨了。

跟在戴凌云屁股后面的人越来越多了。他班里就有人说他们已经与戴凌云他们取得了联系，在一起吃过清汤喝过啤酒。其中的一个说，戴凌云还递了支烟给我呢，红塔山啊。瞧他们那神气活现的样儿，他看不顺眼。他才不相信他们的话。如果戴凌云是那么好接近那么好打交道的，那还是戴凌云么？这样的谎言简直是自欺欺人，不攻自破。要说和戴凌云待在一起，他还真有一次。

那是寒假，快过年了，他和爹到县里去买干菜。爹走路慢吞吞的，看到一个熟人就要说一会儿话，偏偏爹的熟人又那么多，把他都急死了。总算上了柏油马路，他们拦了一辆中巴。春运期间，车费翻倍，还没有座位。爹讨价还价了半天，嘟囔了两声才掏钱买票，像是打冷战。这时，他一抬头，却看见戴凌云坐在后座上。他的脸红起来，为爹刚才的表现。他想对他笑笑，可他拿不准戴凌云是否认识他。所以他赶快把头低下，遮掩着自己的唐突。可他的心已经很快地跳起来了。爹跟他说话，他也表现出不耐烦的样子。爹说，你这个孩子，怎么回事嘛，一会儿晴一会儿雨的。他说，什么怎么回事，我就是这样嘛。说完这话，他有些惭愧。只有他自己知道，那些话不是说给爹而是说给戴凌云听的。和戴凌云这么近地待在一起，对于他来说还是第一次。虽然他没有和他说上话，可他已经很满足了。下车的时候，他还有意无意跟在戴凌云后面走了一段路。他想，要是有同学看到他和戴凌云走在一起，就会以为他和他已经很熟了。

所以，当那个同学说他和戴凌云在一起吃清汤喝啤酒时，他马上说，那有什么了不起的，我还跟他一起去过县里呢。说完，他不禁有些心虚。他知道这话是经不住推敲的。

这段时间，他老是想，怎样才能引起戴凌云的注意，和他真正交上朋友呢？毫无疑问，如果他还像以前一样，是永远也不会引起他的注意的。他首先得啄破自己的壳，不过这件事做起来很难啊，主要是那个壳太厚了，他怕自己啄不破，为此他先把自己关在寝室里练了一通拳脚。他用手掌去推墙壁，用拳头去打桌子。开始很痛，拳头被擦破了皮，但他咬着牙，还让它保持着拳头的形状。他找来一面镜子，对着里面凶起来。好像镜子里的那个家伙与他势不两立。他模仿着他想象中的戴凌云。当然他的想象除了道听途说还混合了一些从录像里看来的东西。在想象中，他不再那么好说话了，见人爱理不理的，走起路来一踱一踱，无论是在班里还是寝室里，动不动就发脾气。如果对方还不示弱，他就会用手了。第一次把一个同学的鼻子打出了血，他表面还很镇定，其实他早吓坏了。奇怪的是，对方也被他的凶样子唬住了。不但没有告诉老师，而且后来还对他又害怕又崇敬地笑了笑，像是在巴结着他。他想，他的名字快要传到戴凌云的耳朵里去了。说不定他会亲自来找他，对他说，你就是邹涛吗？久闻大名啊！说着，把手伸过来和他握了握。等他们很熟了的时候，他就可以把那次坐车的事情告诉他，戴凌云会哈哈大笑，他也笑着，但他的心中更多的是感动。戴凌云说，以后，你就跟着我吧。于是他就跟着他不离左右。至于甄伟和夏进军，他其实并不喜欢。戴凌云的身边怎么会有这样的人呢，简直是给他丢脸。他会想办法让戴凌云把他们俩赶走，赶得越远越好。

好了，现在万事俱备，只欠东风了。他只要大胆做一件事让戴凌云知道就可以了。他相信只要做得好，他就一定会知道的。如果戴凌云不来找他，那他可以主动去找他。做了事，他就有资格去找他了，他就不自卑了，他希望戴凌云拍拍他的肩膀。如果戴凌云不拍他的肩膀，那他就拍戴凌云的肩膀。戴凌云的个子还没他高，拍起来应该不难。但究竟做一件什么事好呢？犯法的事肯定是不能做的。戴凌云聪明就聪明在他从不做犯法的事，他做的事让人觉得狠，但别人又不能把他怎么样。难道狠也犯法么？做犯法的事是一锤子买卖，一下子就把自己送到劳教所里去了，那是傻事。就像一颗流星，谁会记得一颗流星呢？有一段时间，他老是在想，戴凌云的威力来自哪里呢？他不明白大家怕戴凌云什么。没看见他跟同学打过架动过刀子，没看见他抢人东西跟人要过饭票，没看见他蛮不讲理——甚至他是最讲理的一个。遇上什么事，他总是看见戴凌云在那里讲理而不是干其他的事。那么大家究竟怕他什么呢？结论只有一个，那就是怕他的"神气"。那么他的神气又是从哪里来的呢？他的神气大概来自于他的满不在乎，来自于他的旁若无人，来自于他的我行我素。听说他的一个姐夫是县里有名的罗汉，红黑两道都很吃得开，他以后肯定也会成为那样的人。跟戴凌云相比，甄伟和夏进军简直是小丑，没出息透了。而戴凌云，看上去像个大人物，有点非等闲之辈的味道，有点刘邦或朱元璋的味道。跟同学要饭票和打架有什么意思呢？太小儿科了，一点特色都没有，只配让甄伟和夏进军去干。他如果要干，不妨打打老师的主意，俗话说射人先射马。他想了很久，觉得还是在班主任王秀生的物理课上动手最好。如果说老师是马的话，那王秀生就是马中之马，射了王秀生这匹马，比射其他十匹马更有说服力。再说，王秀生跟姐夫刘左是同学，看在刘左的面子上，他不会对他处罚得太严厉。更重要的是，他在心里瞧不起王秀生这样的老师，一点都不神气。做老师时都不神气，做别的事就更不用说了。王秀生一直想做个副教导主任，听说星期天都去给校长家挑粪了，结果还是没做上。他一看王秀生心里就不舒服，就像他看到刘左心里也不舒服一样。

邹涛像一条黄鳝似的吱溜从学校的耳门里滑了出来。一出操场他就走得很快了。出门后忙回头看了一眼，看是不是还有尾巴留在门里。他捉过黄鳝。往往是，它的身子溜进了洞里，可尾巴还留在外面。它也许可以逃过他的眼睛却逃不过它自己的尾巴。这话听起来有些哲理啊。教语文的余志红如果发现谁的作文里有哲理，一定会给谁个高分。她经常给他们读《读者》。可他一点都不喜欢哲理。他把书包藏在耳门的水泥墩上。水泥墩很高，书包很隐蔽，不易被人发现。

这是一条小路，一边是学校的围墙，一边是一口快被垃圾塞满了的池塘。老师家属把塑料袋、烂菜和煤渣都倒在那里，成了一个小山包。向左是长满了庄稼的田野，向右是一个村子，村子背后就是中心小学、乡政府和医院。他星期三和星期六就是走那条路回家。在围墙转角的地方，还有一条路，直接通到街道上。他经过初二（5）班语文老师章超峰的家门口和驼背老七的诊所时，经常见老七坐在章超峰家的门槛石上和章超峰老婆聊天。他想了想，还是向右走。经常有老师在田野里散步，如果和他们碰个正着岂不倒霉？而街上人多，就是碰见老师了，躲起来也容易。章超峰那儿他不怕，一是他家里经常有人打麻将，二是章超峰在送了校长不少钱后，在学校边上做的这间楼房里，除了租给学生住（条件好的同学一般自己租房），还开了一个小店。他家里就像一个小型的工厂，流水线似的把学生的吃喝拉撒全包了。听说章超峰连自己班里的学生都不敢得罪，还敢得罪他？难道他不想做生意了？所以他昂着头从章超峰的家门和老七诊所的夹道里经过。他听到，里面还真有打牌的声音。

上午的街道不是那么热闹，要到放学后。放了学，学生就像羊群要吃草一样跑到街道上来了，大部分同学都要到街上来玩。细算起来，街两旁有几个开店的人不是在学生头上做生意呢？在食堂没吃饱的（他们在食堂里永远也吃不饱），要用饭票换两根油条。想吃水果和瓜子的，可以用饭票换水果和瓜子（一般是女生）。在镇街上，饭票的作用可大了。几乎什么都可以换。它好像是这里的一种新的钱币。他们用它可以到文化站去打桌球，可以到店里买烟和健力宝，可以到刘疤那里看录像打游戏，可以到袁老麻那里吃清汤喝啤酒。刘疤和他老婆都没做事，还一口气生了三个孩子，靠着那间小小的录像游戏厅，居然可以天天把嘴唇吃得油光水亮。邹涛攥了攥口袋里的饭票。爹从不给他零用钱，但米他是可以多拿几袋的。每当爹用怀疑而警惕的目光打量着他的米袋，妈就说，孩子正是长身子的时候，饭总要让他多吃几两。爹嚷道，已经赶上一头牛的量了。

走进旺财店里的时候，旺财老婆冬花正撅着屁股蹲在那里切菜。店里烟雾腾腾，还有几个人在打麻将。店老板旺财端着茶杯站在一边看着。这是个懒散的季节，到处都是闲人。冬花切好了菜，把刀往柜台边的一只老凳子上一放，就扭着腰到河边洗衣服洗菜去了。邹涛在柜台边站了一会儿，对旺财说，买包烟。旺财抬起眼皮，望了他一眼，才慢吞吞地走过来。旺财的左眼皮有点烂，看人的时候，眼神有些凶。他说，要什么？烟。邹涛说。哪一种？他本来想说海鸟，学校里的老师都抽海鸟，王秀生抽海鸟，他姐夫刘左也抽海鸟，刘左孝敬他爹的也是海鸟。过年的时候，他学着抽了一些，味道很好。但是，他忽然想到，他为什么要跟他们抽一样的呢？红塔山太贵了，那就月兔吧。他说月兔。旺财扔了一包月兔给他，说，五斤饭票。这个旺财，在说五斤的时候喉咙一点都不打阻。最多四斤，他居然说五斤。他有些后悔到旺财店里来了。他又不是不知道旺财的厉害，以前每次在他店里换零食、作业本和圆珠笔，他都要在针尖上削铁燕子嘴里抠泥。那他为什么还要来呢？可是其他地方不也差不多么？一根油条都要三两饭票呢。不行，他今天要跟这个尖头尖嘴的旺财较个真。他连班主任都不在乎，还怕旺财？要是旺财知道他将和戴凌云拉上关系，那还不对他又是递烟又是傻笑？不但在学校里，就是镇街上，谁不知道戴凌云啊，如果有人问起戴凌云来，没有人不说他的好话。他们为什么怕戴凌云？还不是因为他姐夫是县里有名的罗汉。听说闲着没事的时候，他姐夫就去帮交警队罚款，比交警队里面的人管用多了。你看，同是姐夫，可戴凌云的姐夫和他的姐夫相比，就好像一头狮子比之与一头猪，就好像一只雄鸡比之与一只老鼠。所以他也要旺财尝尝他的厉害。他不能再让这个家伙欺负他了。他一瞪眼，对旺财说，贵了，四斤。旺财说，不买把烟拿回来。他说，不拿回来你又怎么样？旺财说，不拿回来我就把你揪到董胖子那儿去。董胖子是学校的政教处主任，保卫科科长张凯就是归他管。他说，什么董胖子不董胖子，我才不怕。旺财说，那好，我现在就给他挂电话。旺财说着，就拿起了话筒。他把话筒抢下来扔在一边。旺财伸出手来揍他，一拳打在他下巴上，打得他嘴里涌起一股甜味。他抹抹嘴角，把那股甜味吞下去，然后顺理成章地拿起了旺财老婆冬花放在墙角的那把菜刀。

他听到旺财嗷呜叫了一声，还有麻将乱成一团的声音，紧接着他就被牢牢掣住，怎么也不能动弹了。

他徒劳地挣扎着，泪水涌了出来。这时他多么想见到戴凌云啊。他要向他表达自己由衷的敬意。戴凌云就是戴凌云，他想他真的是给戴凌云提鞋都不配，居然干出了如此鲁莽的事情。

深深的自卑再一次使得他低下了头。

破 蛹

在小柒搬到村子里来之前,小细从来不知道蚕蛹是可以吃的。他也养过蚕,用一只铁盒盖子,从小贵那里讨来的蚕种。不,也许是小贵主动给他的。他们交换这些东西就像是交换着某种秘密。蚕种密密麻麻布在一张又粗又黑的纸片上,像是爬满了虱子。刹那间小细甚至有了一种冲动,想用指甲壳去一个个按它们。那时候,小细经常有这样的冲动,比如对从头发上掉到桌上来的虱子,还有整整齐齐布满了一个个泡沫点的塑料袋,他只要按响其中的一个泡沫点,就忍不住噼噼啪啪不停地按下去,当然这时用的是指肚。叭叭的快感让人欲罢不能。小细看到蚕种的第一个反应就是想去按它们。他好不容易才抑制住自己这种奇怪的冲动。

几天后,蚕种有了动静,好像真的变成了小虱子,在粗纸上爬动了起来。它们从粗纸上爬到了铁盒盖子里,有了头尾,成了一条又黑又细的虫子。它们实在是太小了,以至小细根本找不到它们的眼睛,只看到虫子的一端微微昂起,像是在找吃的。这时小细就慌忙跑出门去,到背后山上去摘桑叶。但他不知道它们能否吃,它们连眼睛都没有睁开啊。他把桑叶摆在盒盖里,想看它们怎样爬到桑叶上去。对于那些幼小的蚕子来说,桑叶显得十分巨大。蚕子在桑叶周围蠕动着,却没有看到这新鲜的食物,小细不禁为它们着急。他想把它们捉起来放到桑叶上去,但他不知道怎么下手。他从没意识到自己的手有这么大,骨节这么粗,他着急了一会儿,也没有办法,只好把盒盖子扔在那里去玩别的了。但等他回来的时候,奇迹发生了,他看到桑叶上亮起了许多小洞,每一个洞里都养着一条黑细的幼蚕。

以后,桑叶上的洞越来越大,小细每天摘的桑叶也越来越多了。这时村里的孩子们都在摘桑叶，小细这才发现背后山上的桑树是那么少。

他已经可以用手把蚕子抓起来了，蚕的身子渐渐白亮起来。开始像萤火虫似的亮着一头，后来全身都亮了，像一列列灯火通明、在夜间行走的火车。它们不再在桑叶上打洞，而是伸出许多手来把桑叶抱住，用嘴从上到下地吮推，桑叶的版图在轻微的呷喋声中很快减少。那是多么神奇的声音，小细可以一动不动地听上一上午，像是听优美的唱片。这时是礼拜天。如果要上学，有时候他也会带两条蚕到学校里去，铁盒盖子已经装不下那么多蚕了，他便到大队诊所的后面捡了几只装注射液的纸盒把它们分开，就像兄弟多的人家分家一样。他喜欢在上课的时候偷偷从书包里摸出纸盒瞅上两眼。下了课，还可以和同学比一比谁的蚕养得好。虽然他养的蚕比有的同学的瘦一些，但奇怪的是，他就是看自己养的蚕顺眼。如果把他的蚕和别人的蚕混淆在一起，他一眼就能认出来。

再摘桑叶已经要爬到树梢上去了。这时他才真的知道了那些蚕的厉害。它们把村子里和背后山上的桑树叶子几乎吃光了。小细天天为到哪儿去摘桑叶而发愁。放学时，他用力看路边的那些树，希望忽然发现一棵没人看到的桑树。他眼睛里时时储蓄着那种惊喜的光芒，以便在发现桑树时尽情放射出去，就像拿弹弓射树上的鸟一样。只是他眼里的惊喜还一直储蓄在那里，没有机会成为事实。这时他只有希望背后山上的桑树尽快地长出新叶来。为了摘到更多的桑叶，他在努力地学习爬树。作为一个男孩子，有几件事他一直不行，一是爬树，二是捉鱼，三是划水。划水是家里大人不让，捉鱼就奇怪了，鱼明明在他手边翻滚，可他就是抓不住它们，一条都抓不住。每当这时，小贵就笑他提过女人的鞋。小贵是很会捉鱼的，仿佛他的手是磁铁，一到水田里，别说鱼，就是泥鳅和田塍洞里的黄鳝也像铁屑一样被吸了过来。他的手指可以钳制任何鱼类。小细就不行。哪怕他把两只手捂得再紧，鱼还是轻巧地从他手里优美地逃走了。爬树也一样，别的孩子噌地飞了上去，好像手和脚上长了勾子，他却在光溜溜的树下干着急。他胆战心惊地试了好几次，等他终于爬上了桑树，才发现上面已经没有什么叶子了。他不禁抱怨起那些蚕来，为什么一定要吃桑叶呢？吃别的叶子行不行？他摘了几片别的树叶扔在盒盖里，结果蚕理都不理它们。

好在蚕的身体渐渐滚圆和透明起来。小贵说，它们快要吐丝了。一吐丝，就不用喂东西给它们吃了。瞧小贵说得那么有把握，小细不禁又羡慕又嫉妒。你看，小贵是多么的趾高气扬啊，仿佛蚕做什么不做什么都听他指挥似的，由他说了算。小贵老是给他取外号。小贵跟他走军棋，走到一定的时候，可以用团长吃他的师长。在路上，小贵喜欢摸他的头。如果他不让，小贵就说，来，你到田里去走走看，说着，一肩膀就把他撞到田里去了。很久以来，他对小贵就是这样既憎恶又依赖。因为村子里只有他和小贵两人在大队学校里读书。其他孩子都在村子里读。因为他的学习成绩比小贵好，小贵便经常在别的方面表现他的优势。小细经常受小贵的欺负，就像他爹爹还有其他许多人受小贵他爹的欺负一样。小贵的爹是队长。

在蚕吐丝结茧的时候，小柒来到了村子里。

小柒是忽然来到了村子里的，就像是从天上掉下来的一样。不，准确的说法应该是，小柒回到了村子里。这之前，小细从来不知道有小柒，虽然两家离得很近。他问大人，才知道小柒很小的时候就被人抱养了，后来，抱养的人自己生了小孩，就把小柒退回来了。小柒比小细大两岁。他长得和村里的孩子仿佛有很大的不一样，穿的衣服也不一样。但到底哪里不一样，小细也说不出来，反正感觉就是那样的。以至小细暗暗遗憾自己没有被谁抱养一段时间，不然他就知道另一个家庭是什么样子，一个人有两个爹和妈，那多好，又是一件多么新鲜而有趣的事情啊。仿佛是为了弥补这一缺憾，小细总喜欢到小柒家去玩了。他故意疏远了小贵。现在，即使小贵不要他跟着一起上学，还有小柒呢。小柒高他们一年级，已经开始学写作文了。如果小贵再吓他说菜籽地里有豺狗，他也不怕了。小贵愿怎么样就怎么样。小贵感觉自己受到了冷落，自然也不甘心，便有意无意地在小细面前说小柒的坏话，说小柒肯定有什么问题，那边不要他了才回到村里来的，根本不是那边的爹和娘重新生了孩子。而且听说他们好像还犯了什么严重的错误。不管如何，小细都不想受小贵的影响。小柒读过很多书，还带了一些书到家里来了。一有空他就偷偷地看书。他也养蚕。正是他跟小细说，蚕蛹是可以吃的，不但可以吃，而且很好吃。

这时小柒的爹正好在院子里用篾片补筲箕，听了小柒的话后，忍不住咕哝道，蚕蛹也可以吃，那还有什么不可以吃的，难怪说城里人狠心。

小柒说，蚕蛹的确是很好吃的，又香又鲜，我吃过的。我听说，蚯蚓也是很好吃的，比鸡肉还有营养。

小柒的爹呸呸地朝地上吐着痰，对小柒说，幸亏你回来得早，不然，以后你大概会说人肉最好吃了。

小柒朝小细做了个鬼脸，说，我爹就这副臭德性。

这时，小细养的那几只蚕已经结茧了。最开始的一只，把茧结在了盒盖里。小细忙把其他的蚕捉到菜籽箕上，两天后，它们全部躲进自己结的茧子里去了。那些茧子，有黄的有白的，很好看。透过茧壁，看到蚕还在动，仿佛想把茧结得更厚一些。当然也可以不让它们结茧。小贵就是把它们放在已经固定好的扇架上，蚕在上面结不成茧，只好一边吐丝一边在上面乱跑，结果就把扇子蒙好了。小细本来也想做一把丝扇，但一想到小贵也在做，就不想做了。他不想做跟小贵一样的东西。他把结了许多蚕茧的菜籽箕插到条台上的帽筒里，它们像是五颜六色的灯笼悬挂在那里，闪闪发亮。他知道，现在蚕在里面睡觉，它们要睡上一段时间，才会醒过来。当它们醒过来以后，还认得出自己吗？它们在睡觉的时候，已经悄悄长出了翅膀，就像他在梦里有时候也会飞起来一样，蚕茧里面大概就像他的梦境一样亮堂，就像一间屋子，盖的全是那种透明的玻璃瓦。这样的瓦，他家的屋顶上一共也只有几块，即使有太阳，他也经常觉得屋子里很阴暗。他问爹，为什么不多买几块亮瓦呢？爹说，亮瓦贵。爹又说，亮瓦有什么好呢，把屋里的什么东西都看得一清二楚。而小细是喜欢亮瓦的，躺在床上，可以看到蓝天和星星。他想蚕在茧里是多么好啊，那么明亮，又那么柔和。

自从知道蚕蛹是可以吃的之后，小细对蚕蛹又多了一层喜欢。如果不知道这一点，说实话，他觉得未来的蚕蛹还有一点点让人不舒服的感觉，那是一种类似于死亡的东西。它们浑身湿漉漉的，没有一点知觉。可现在，他觉得它们完全活起来了。它们没有死去，它们在做梦。小细不喜欢看上去没有生命的东西。哪怕是一片树叶，他也觉得它在枝头上摇曳得十分好看。他当然不会吃蚕蛹，他怎么会吃那些正在做梦的蚕蛹呢？但知道它们可以吃，一下子拉近了他与它们之间的距离。这说明它们就像天空的鸟和水里的鱼，他不由得对它们亲切起来。它们一个个那么饱满，那么洁白或金黄。它们可以互相说话吗？它们是不是也经常感到孤独？不，有那么亮堂的屋子，它们不会孤独的。

于是，当爹抱怨结着蚕茧的菜籽箕占了条台上的地方时，小细也忍不住说道，蚕蛹是可以吃的，不但可以吃，而且很好吃。

小细继续说，不但蚕蛹可以吃，连蚯蚓都可以吃呢。

话刚说完，小细就愣在那里，他看到爹也在盯着他有些发愣。他想，刚才根本不像自己说话的口气，他很快明白过来是小柒藏在他的嘴巴里。

他赶快到房里去照镜子。他想看看小柒究竟藏在他嘴巴里的什么地方。他对着镜子里怯生生地喊：喂，小柒，是你吗？

蚕蛹还在做梦。小贵又死皮赖脸地来邀小细一起上学，小细虽然很不愿意，但也不好意思把话说得太绝。大概他日后就是一个优柔寡断的人。

小贵把蚕茧拿在手里玩。他说别听小柒瞎扯，他已偷偷地吃过蚕蛹，一点也不好吃，他咬了一口就吐了。他在蚕茧上划了一个口，把蚕蛹挤了出来，开始抽茧上的丝。蚕蛹湿漉漉的身体很快变得僵硬。小细想，小贵真是一个狠心的人，他是不可能这么做的。小贵手里的蚕丝像轻烟一样散发了出去。小贵在前面，他在后面，因此他觉得那些蚕丝老是缠绕在他的脸上，他怎么也摆不脱。

而小细是多么喜欢和小柒在一起啊，他喜欢看小柒做事，说话。喜欢跟小柒一起走路上学。小柒的动作和声音里，永远有一种既新鲜又不变的东西在吸引着他,尤其是,只要他跟小柒在一起待一会儿,小柒就会藏在他的身体里跟他回家。谁也没有发现这个秘密,只有他自己知道。现在好了,他有一个伴了,他不再怕黑夜了,也不怕大人们讲鬼故事了,也不怕墙上的黑影了。他可以大胆地延伸他的幻觉。他可以把墙上的篾器想象成一张老脸,也可以把门角的什么东西想象成一个人影。他不再躲在被窝里大汗淋漓地下坠。他跟小柒说话。他说,小柒我知道你藏在什么地方,我什么也不怕了。他知道他的哪一个动作是小柒的,说的哪一句话是小柒的。小柒有时候藏在他手里,有时候藏在他嘴里,有时候藏在他跑动的双脚里。他跑小柒也跑。小柒跑他也跑。后来他都不知道是谁跟着谁跑了。爹和妈肯定也发现了小柒,但他们不认识他。他们疑惑地盯着他的脸,或看他投在墙上的背影。油灯下,他投在墙上的背影是那么大。爹和妈不知道,小柒就藏在他的背影里,他在和他们捉迷藏。

　　小细觉得这件事很有意思。因为有小柒,他说话和做事比以前都果断了,对小贵的那种依赖心理也完全没有了。遇上不会做的难题,他也开始自己动脑筋了。因为他知道,这时不仅是他一个人在动脑筋,小柒也在帮他动脑筋。晚上,他对小柒说,来,我们做个恐怖一点的梦吧,于是他们肩并肩地躺在那里,眯上眼睛开始做梦。仿佛为了表明自己的胆大,他还让小柒睡里边他睡在外边。他说,现在你看到了吧,墙上的那个鬼脸在向我们奸笑呢,看,他听到了我跟你说的话,在一点点地向我们移动过来了。他的手有很大的阴影,他的脚上好像还有铁链子,一走动就会发出哗啦啦的响声。真的,小柒,跟你在一起,我一点也不害怕了。他把脑袋从被窝里伸了出来,把手也从被窝里伸了出来。他对小柒说,你把平日里跟我说过的话重说一遍,小柒就在他的袖子或嘴里把白天说过的话重新说了一遍。小细张开耳朵听着。过了一会儿,小细仿佛听小柒跟他说,我们也来捉迷藏吧,小细说,好。于是他们从被窝这头钻到那头,又从那头钻到这头。爹在黑暗中喊了一声什么,小细吓得不敢动,但很快他们又开始在被窝里追逐了。后来小细就找不到小柒了。他迷迷糊糊的,进入了一个又长又深的隧道。隧道的顶端是一个十分明亮的地方,他刚爬上去,就

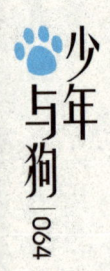

看到了小柒，他对他说，原来你在这里。

第二天，小细看到小柒，脸红了红，仿佛忽然有了一个秘密。他在心里对小柒说，你肯定不知道，昨晚我们一直在一起。

小细的眼睛忽然潮湿了，他看了小柒一眼，轻轻别过脸去。

这天是礼拜六，他们可以整天待在一起。蚕蛹还没有睡醒。已经不用为找不到足够的桑叶发愁了。倒是桑葚在树梢上看着将熟了。有的孩子爬树去摘了来，吃起来有一股青气，还有点酸。小细跟着小柒去钓鱼。小柒是很会钓鱼的，他永远知道哪里有鱼，哪里鱼最多。往往是小细什么也没钓到，小柒已经钓了一大串。小细纯粹成了陪钓，但他乐意。后来他干脆不钓了，看小柒钓。他帮小柒去捉蚂蚱。到了中午，他们回家煮鱼吃。小细吃了一肚子的鱼。小柒妈还要小细带一碗回家，小细怎么也不肯。而且他也不愿回家。其实，小柒家里很穷，土砖墙，地面结结巴巴的，桌子都不容易放稳。但小细就是喜欢呆在小柒家里。如果家里人找他，只要到小柒家找就行。

可是今天，小细和小柒待在一起，却好像没有话说了。他不知道说什么好，什么都是多余的，好像没话找话，那他还不如不说。他根本没有说话的想法。虽然他们没说什么话，但他并没感觉到他们没有说话。恰恰相反，他以为他们之间一直是喋喋不休的，好像从来没停止过。

只有离开了小柒，到了夜晚，小细才重新活跃起来。在饭桌上，床上，或其他地方，小细就看着小柒从他的袖子里、嘴里跳出来。不，或许那不是小柒，而是他自己装扮成小柒的样子从那些地方不停地跳出来。他模仿着小柒站着的样子，说话的姿势，还有常用的词语和语气。以至有几次他在说话的时候，有人认为不是他而是小柒在说话。那个人朝他家院子里喊道：小柒！小柒！直到他从小柒的姿势和语气里脱身出来，那个人才走开。小细很有些得意。这说明，他和小柒是多么的好啊，好得像是一个人了。晚上躺在床上，他有些感动地想道，有谁知道，他现在不是一个人，而是和小柒两个人躺在那里呢？以前，他总是睡在床的最里边，用被子蒙住头，他妈妈担心他不在床上躲到别的什么地方去了，总要不放心地伸出手去按一按。现在，他已经不用被子蒙头了，也不躲床里边了。他大模大样伸伸展展地睡在床的外边,脸上挂着笑容。妈妈起夜,看到他的模样,悄悄对爹说,孩子长大了。于是爹也下床看了他一回。

蚕茧里似乎有了动静。有时候,小细半夜醒来,忽然听到堂前条台上好像是翅膀和什么摩擦的沙沙声。第二天,小细把蚕茧举到门口对着亮光仔细察看,果真,昨夜的动静就是从蚕茧里发出来的。他看到蚕茧里面模模糊糊有一对翅膀。它们一抖动,就会发出昨晚的那种声音。开始是一只蚕茧在响,后来很多茧子都响起来了。它们微微抖动起来的时候,听上去像是呜呜的风琴。这样的琴他们学校就有一架,但老师只在上音乐课时才请个子高的同学帮忙抬进教室,从来不许大家摸一摸。现在,小细自己也有这样的风琴了,他不禁把耳朵贴在蚕茧上听了很久。每个蚕茧发出的音似乎不同,就像白山黑水的琴键按下去会发出高低不同的音一样。

又过了几天,他听到了蚕蛾咬茧的声音。真的,那些茧在菜籽箕上一动一动的。过了不久,茧上面就露出了眼睛和湿漉漉的脑袋。蚕蛾从茧里爬了出来。它们长出了翅膀。它们从茧里出来时就像电影里的漂亮女人提着曳地的长裙。不一会儿,裙子张了起来,它们飞到了桌子上。它们的身体有些笨重,像四月天的鲤鱼。

小细找来两张干净的白纸。以前听小贵说过,其实不管什么纸都是可以的。小贵说,蛾要产卵就像鸡要下蛋,着急起来什么地方都会产的。小贵总是把产卵的蛾放在脏不拉叽的粗纸上。小细觉得这样不好。他狠了狠心,从美术本上撕了两张白纸。以前他从没撕过作业本上的纸啊。他把纸放在抽屉里,再把要产卵的蛾放在上面。他觉得那两张纸就像又宽又舒坦的床单。他高兴地想到,他也快要有许多蚕种了。

正是这时,他和小柒之间的关系有了一些微妙的变化,那就是,他发现他的生活里到处都是小柒,或者说,很多时候,大家以为他就是小柒。刚开始,他还为这些沾沾自喜。他崇拜小柒,大家说他是小柒又有什么不好呢?但小贵后来说的一句话使他很生气,他说他是跟屁虫。小贵说这话当然是因为嫉妒。其实他恨不得小细天天做他的跟屁虫。因为小细不肯老跟在他后面，他才老是欺负小细。不过小贵的话还是使小细猛吃了一惊。他想，是啊，我都忘记以前自己是怎么说话的了。现在，他说的每一句话都像是小柒说的。原来不是小柒藏在他的袖子或嘴巴里，而是他一直躲在小柒的影子里。他用小柒的声音在说话，用小柒的手在打着手势，用小柒的姿势在走路。以至有几次，在他说话的时候，小柒也有些奇怪地看了他一眼。

小细想，不能这样下去。他不怕得罪小贵，但他不能让小柒瞧不起自己。更重要的是不能让自己瞧不起自己。他要把自己身体上属于小柒的声音和动作掰下来。他对着镜子，朝镜子里的自己做手势，说话，想看看究竟哪些话或哪些动作是小柒的。这一看他还真的吃惊不小，他发现他说的话和做出的动作几乎都是小柒的。甚至连他表示否定或反抗的动作都像是小柒。他已经不是他自己而完全是小柒了。如果不看相貌，大概就是小柒的爹妈也分不出哪是他哪是小柒了。

于是小细对着镜子想努力把小柒从他的身上掰下来。说实话，在做着这件事的时候，他心里有些难过。因为他是多么的崇拜小柒啊。只要一想起小柒，他的心里就充满了温暖的崇敬。他甚至不许别人在他面前说小柒的坏话。那天，小贵又跟他说小柒的坏话的时候，他就毫不客气地反驳了小贵，把小贵说得脸上红一阵白一阵。可现在，他自己却要暗暗地把他身上的小柒掰下来，不用说，当他看到小柒，一定要羞惭地低下头来。他在心里说，对不起啊小柒，真是对不起。

小细是个多么自觉的孩子啊。那么小，就开始懂得崇敬和跟从的区别。那种区别是既细微而又本质的。然而真的要把他身体上的小柒掰下来，又是多么不容易。他已经和小柒连得那么紧，好像骨头和肉都在一起了，所以他首先感觉到的是疼痛，一种被撕裂的疼痛。这种疼痛因他的警觉而无处不在，比如他在回答大人的某个提问的时候，发现自己说话的方式和语气是那么的像小柒，于是他马上打住，他的身体因为向前的惯性甚至猛然打了个趔趄。他毫不犹豫地换了一种方式说话，他的语气和先前判若两人。爹有些吃惊地瞪着他。爹不知道他这时正像那些蚕蛾艰难地从茧里逃出来一样。有时候，小柒还藏在他的袖子里或其他什么地方，但都被他及时发现了。总之他一定要把小柒从他的身体警戒线上驱赶出去。

晚上，又是他一个人了，他又有些害怕。这是他软弱的时候，他希望小柒回到他的身体上来。因为没有小柒，他又睡到了床里边，而且有几次，又用被子蒙住了头。后来他完全是凭着幼稚的毅力，固执地把脑袋伸出了被子外。他在和某种恐惧做着斗争，他命令自己不许退缩。他的手在下面推着自己，要自己顶住。

有一段时间，小细甚至故意疏远了小柒。他也不和小柒一起上学了。他独自一人，走在上学的路上。小柒说，你怎么不等等我？他只好撒了一个谎，说他要到学校去做作业。而对小柒撒谎，又给他带来了新的内疚和不安。所以后来他干脆说，没有别的原因，他想一个人上学。他看见小柒的脸上有些不自然。他真担心会失去小柒这么一个好朋友。但小柒毕竟是小柒，他说，有什么事，你就喊我，我会马上过来帮你的。小细使劲点了点头。

有一次，他们还真的互相生气了。事情是这样的，那一天课间操的时候，大家都在操场上玩。女孩子跳橡皮筋，踢毽子，男孩子"撞油"，"打飞机"。小柒忽然从背后撞了小细一下，小细没提防，摔倒在地。很痛。大家笑了起来。小柒过来问他痛不痛，他理也没理爬起来就走。上课的时候，他越想越委屈。如果是别人从背后把他撞倒了，他也许没什么。但因为这段时间在故意和小柒疏远，所以这一下，他的委屈全化作了伤心的泪水。放学时他还不肯理小柒。小柒也生气了，第二天也不理他。直至几天后，小柒不跟他计较又主动来邀他上学，他才破涕为笑。

小细虽然故意和小柒疏远了，可只有他自己知道，其实他在心里和小柒更亲近了。

小细的那两张美术纸上布满了蚕种。现在看上去它们倒成了两幅画。他把它们向阳光举起，秋天的阳光透过纸背。明年，它们会长出多少幼蚕啊。明年，他又要四处摘桑叶了，又要为摘不到桑叶而发愁了。

让他意想不到的是，秋天还没有过完，有一天，他拉开抽屉，忽然发现藏着蚕种的那两张美术纸上有什么东西在动。他仔细一看，竟然是小蚕。还没有到季节，它们就提前孵出来了。他想，怎么会这样呢？他想，也许只是一部分蚕种会这样，大部分还是会等到明年的。可第二天，他发现有更多的幼蚕从美术纸上伸出头来。它们源源不断，仿佛要把纸张、把它们乘坐的大船淹没。

天气已经是一天比一天凉了，桑叶掉光了，蚕子吃什么呢？

口吃

不知从什么时候起,唐小军发现自己的说话出现了问题。它在舌尖上爬不上去,像装满了煤的板车在上一个陡坡,祖父颈上的筋暴涨着,轮子在咯吱咯吱地响。又像喉咙里有一把大剪刀,他要说的话,一到了那儿,就战战兢兢的,畏缩不前了。如果他在后面催得很急,它也只好抱头鼠窜地、不顾一切地往前冲。其结果往往很悲惨,它被剪成结结巴巴的好几段,像剥了皮的青蛙,令人心惊胆战地乱跳。说话成了他空前的灾难。为此他甚至害怕下课,害怕放学回家,因为那时,他就不得不面临着口语的独木之桥。他在桥上如履薄冰,下面是万丈深渊。在学校,他一张嘴,别人就会笑他。即使他很想回答老师的问题,也不敢举手。在家里,每当唐小军张着嘴巴眼珠子乱翻红脸涨颈的时候,祖父便要猛地一拍桌子,桌上的茶壶之类便要整齐地一跳,没有站稳的,就摔滚到了地上。

祖父说,你这个丢脸的东西!

对于唐小军来说,这声断喝不亚于打雷。于是他就跟他的说话一样也战战兢兢站在那里,等着祖父严厉的目光从他的身体里穿过。祖父的手影黑暗地飞起。

祖父有着一双奇大的手。上面布满树疖一样的伤疤,像秃鹫一样不离祖父左右。在唐小军的印象里,祖父一般是坐在那里一动不动的。他往那儿一坐,屋子里的一切立时恢复了秩序。声音静止了,茶杯和茶壶自觉拉开了距离,倒在地上的椅子自己爬起来了。扫帚则不由自主地往门角落退去,仿佛它已预感到小军祖父的手会突然闯过来,一把把它抓起,朝着小军的脸或屁股上狠狠抽去。唐小军惊恐万状,可等他回过身来,发现祖父依然坐在那里。祖父并没有动身。那么，刚才是谁揍了他？这个问题让唐小军迷惑不解。仿佛祖父的手和他的身体有着一段极大的距离，但祖父像使用铜锤一样，使他的手随心所欲。它们在屋子里虎视眈眈，晃来晃去，任何动静都休想逃过。

但即使如此，祖父对唐小军的口吃还是毫无办法。有一段时间，他企图对唐小军的口吃进行强制处理，就像把弯曲的铁丝拉直或像一个古代笑话里讲的把拱起的驼背压平一样。祖父瞪着唐小军，眼睛在他身上睃上睃下，想看看唐小军究竟是什么地方出了毛病。末了，他紧盯着唐小军的脸下部。突然一个巴掌刮了过来，唐小军来不及躲避，就结结实实挨上了。祖父看着他脸上的指印和嘴角的血水，很满意。祖父叫他开口说话。唐小军就说了。这时，奇迹发生了，唐小军像一个杂耍艺人，要说的话像一条绸子似的从他嘴里源源不断地拉扯出来。那是他肚子里原来就有的吗？唐小军很吃惊。祖父在向他招手。祖父叫唐小军走上前去。唐小军仍畏畏缩缩的，因为他不相信那些话是自己说的。祖父伸出手来，抚摸唐小军。祖父的手隐去了秃鹫的面目，像张开了巨大的温柔的鸟的翅膀。在祖父的抚摸中，先前的那个耳光愈来愈柔软愈来愈亲切了，它变成了祖母在锅里烙的油饼，散发出葱油香味。祖父手里的茧也化作了万般慈祥和疼爱。他的眼泪流了出来。祖父仍沉浸在喜悦之中，他看着自己的手掌，自言自语道，想不到它还真的这么有用。祖父说，老细，你再说几句话我听听。唐小军还有一个姐姐，家里人总是叫姐姐老大，叫他老细。他张了张嘴。但这回，它又和从前一样了。他紧张起来。他拉拉下颌的缰绳（假如它有的话）。然而他越着急它越不听使唤。汗珠像豆子一样从唐小军苍白的脸上滚落下来。祖父终于明白自己高兴得太早。他不甘心。他的手再次扬起。他说老细啊，你的嘴不听话，打得还不够，我想再打你一下，好不好？唐小军的脸痉挛了一下，肌肉鼓起，做好了挨耳光的准备。他真希望祖父这一巴掌能把他的结巴打好。或者说，把结巴从他的喉咙里赶出去。一道阴影在他脸上掠过，他先感到一凉，然后一热。祖父说，快，你快说。唐小军忍住痛，咳嗽了一声，忙开始说。

他说——

可是，还没等他说出话来，就有一颗牙齿，从嘴里跳出来了。

他说——

他说——

祖父吼道，滚，你给我滚。

唐小军的眼泪再次流了出来。它们沿着已有的道路，急急行驶。

祖父也擦了擦眼泪。他的手那么粗糙，他的眼泪大概也很粗糙吧。祖父说，你看，村子里什么人的忙我都帮得上，可是自己的孙子，我怎么就帮不上了呢？

祖父的眼泪比他的耳光更令唐小军五雷轰顶。父母在他读小学的时候，就到外面打工去了，过年才回来一次。对于他来说，祖父就好像天空一样大。假如家里的小猪生了病倒在栏中，祖母一阵大呼小叫，祖父往往不慌不忙地上前翻翻猪的眼皮，再从墙上刮点土硝，给它灌下去，不一会，小猪就摇摇晃晃地站起来了。所以只要有祖父在，祖母的眼泪和惊慌并不能使唐小军吓倒。而假如刚健凶猛的祖父一旦坐在那里忽然流下泪来，那么小猪就一定没救了。祖父就这样用他的眼泪为唐小军的说话宣判了死刑。

细想起来，唐小军的口吃源于对小云的模仿。至于小云又是模仿了谁唐小军就不得而知了。口吃就是这样，它可以像虱子一样从他身上倏忽跳到别人身上去。看着别人红脸涨颈结结巴巴，你觉得他是骑在一头尾巴上浇了汽油并点着了火的水牛上，很好玩。可等你骑上去了，才知道下来是那样的难。口吃就这样以一种苦肉计的形式使唐小军们上当。口吃不是蛋糕，每个人只能分吃它的几分之一。它是一本书，有多少个人看，它就变成了多少本。

有一段时间，唐小军热衷于模仿。模仿没有错，连语文老师也说，写作文是可以模仿的，每到考试的时候，老师就会在黑板上抄几篇范文，叫他们背熟，考试的时候，照印象写下来就是。但有的同学，往往抄得文不对题，就闹出了笑话。他们还模仿电视里明星的招手，模仿老师的拿腔拿调，模仿武打动作，模仿精彩对白。模仿的好处是，使他们可以把自己喜欢的、远不可及的东西在一定程度上据为己有。他们乐此不疲。比如天上飞的雁，它们只在秋末初冬的时候，从他们的头顶飞过，从不停留，它们从哪里来到哪里去他们一无所知。唐小军看着天空那个飞着的人字，生出了向往。因为他的生活里，只有鸡、鸭、麻雀，从来没有过大雁。末了，唐小军也像大雁那样张开翅膀，嗷——嗷——地叫了起来。遗憾的是，他的声音不够嘹亮。大雁的叫声只有在天空里才能发出那种嘹亮的光芒。有时，为了表达某种亲切的感情，他们也会模仿。在村子里，他们捏着鼻子模仿鸡鸣，模仿牛叫。他们一发出牛的哞叫声，牛就抬头望他们一眼。这说明他们的模仿得到了老牛的认可。而小云模仿鸡鸣是从来不捏鼻子的，他用的是肚子，他把肚子一瘪，就发出了某种动物的声音，以至唐小军怀疑小云的肚子里养有无数动物。这是他佩服小云的主要原因。正是这种佩服，使他把小云的口吃当成了他发明的玩具，把它拿了过来。唐小军不知道，口吃正是通过这种方式生生不息，口口相传。

为了矫正口吃，唐小军费了很大力气。大庭广众之下，他学会了冷静。他做出三思而后行的样子，不急于表达自己的观点。他躲在某个人的背后，对方的肩膀刚好能遮住他的说话部位。当然，如果没有遮掩物，唐小军就习惯把手放在鼻子下面，像屋前的雨檐似的。他的嘴张着，像一个巨大的黑洞。它已经张了好久了，它在酝酿。他拼命地吸气，上腭和下腭不停地翕动。他高度紧张着，假如有人打扰，他大概会走火入魔的。仿佛他的喉管里有一条虫子，他张大嘴巴等着它小心翼翼地爬出来。很久很久，它终于瞻前顾后探头探脑地爬出来了。万事开头难，因为有了这条虫子的突围侥幸成功，后面很快会跌跌撞撞跑出一群来，挡也挡不住。所以那时候他给人的印象是，要么就好久不说话，要么就一说一大堆。它们拥挤着，不顾一切地往外冲，以至他自己都认不出它们谁是谁了。

事实上是，当唐小军不说话的时候，他全身都在用力。他的喉咙像被一柄放大镜烧着了。而当他终于把话说出来，他就开始休息了。

因为口吃，他的自信心受到了严重损害。老师对他的关心开始有所保留，同班的女同学不敢和他接近，仿佛生怕口吃这只虱子跳到她们身上去，男孩子则很随意地把他们的手在他头上摸来摸去，或模仿他气急败坏张口结舌的样子。其实他是很愿意和同学交往的，他希望老师经常重排座位，那么他又和另一个人同桌了。他甚至暗暗希望老师把他和女同学安排在一起，那样他的学习肯定进步更快。在村子里，小菊本来和他是最要好的，可现在，她看他的眼神很陌生。她瞪眼看着他，他刚想和她说点什么，她就飞也似的逃走了，好像他嘴里会吐出蜈蚣。后来，他也不敢朝她看了。

不管在学校还是在村子里，渐渐地，他变得孤独了，承受着为模仿口吃而带来的严重后果。而这时，"唆使"他模仿的小云早已逃之夭夭。小云转到县城中学读书去了，小云爸爸在县城里做包工头，买了房子。小云是城里人了。唐小军觉得自己再也没有什么知心朋友了。虽然他刚染上口吃之疾时，小云甚至还打了他。像他很早的时候看过的那两个结巴的故事一样，小云以为他在学他，嘲笑他。唐小军说不……不是。然而他越分辩越结巴得厉害，小云则越斥责也越结巴得厉害。结果两个人打到了一起。等小云发现他不是假装而是真的已经结巴了时，竟高兴得跳了起来，说：哈哈，结……结巴有伴……伴了。

星期天，唐小军躲在家里，不敢出去。因为出去就要说话，说话就会露出马脚。有时候，他希望自己是哑巴。祖父和祖母到田间劳动去了，屋子里大而空荡。唐小军望着黑魆魆的屋顶，忽然产生了说话的欲望。这时他旁若无人，胆大包天，像是在电视里的舞台上。他曾无数次地设想自己拿着话筒，站在那里大声地唱歌。他不顾一切、翻来覆去地说着。反正，又没有人看到，也没有人听到。他把门关上，又把门打开。他想起了那个此地无银三百两的故事，为什么要关门呢？终于，他嘴巴里的厮杀开始了。有一些巨大的石块滚了出来，挡住了他的道路。他毫不犹豫地推开了它们，虽然姿势有些难看，像他打乒乓球的姿势。后来，他在一块石头上绊了一跤，结结实实摔倒在地上。他爬起来，一瘸一拐地往前走。这一天，他作为一个结巴的所有丑陋都暴露无遗。就

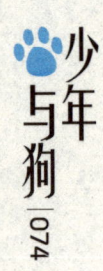

像什么地方长了一个疮疤,他一定要把那个血痂揭开来,不然,就像小狗抓心一样难受。嘴巴从未经历过这样宏大的场面。他要说的话像敢死队一样往上冲。它们企图从悬崖峭壁上攀缘上去,搭起了人梯。假如上面滚下一块石头,它们将死伤过半,前功尽弃。它们像羽毛一样离开了鸟的翅膀。双方都在拼力厮杀,谁也不肯投降。一时间,山崩地裂,血肉横飞。就这样,他在嘴巴里把自己摔得鼻青脸肿,自己和自己同归于尽。

唐小军绝望了,几乎号啕大哭起来。

大概只有哭,是不会结巴的。

他忽然愣住了,为什么哭泣不会结巴呢?它那么流畅,像风一样,像河水一样,没有什么能把它阻断。然而,这又能说明什么问题呢?难道一个人,可以用哭泣来代替他的说话吗?他很快就把这个想法丢开了。

事情的转机在于那年元旦,班里要举行一次联欢晚会,班主任刘老师要求每个同学都要表演节目。起初,唐小军有些害怕,他从未在那么大的场面上表演过节目。众目睽睽,多难为情啊。但刘老师说,举办晚会的目的,就是要帮助同学们克服胆怯和自卑心理。唐小军想来想去,就报了一个唱歌的节目。为了把节目表演好,他从同学那里找来歌词抄。有时候,边做作业,边在心里哼着那首歌。如果寝室里没人,或在家里,他还会忽然唱出来。他唱道:

> 不要问我从哪里来,
> 我的故乡在远方……

他喜欢这首《橄榄树》,听上去有些说不清楚的忧郁。唱着唱着,他忽然想道:是不是唱歌就可以不结巴呢?他又试了几次,果真如此。他很高兴。于是他开始研究唱歌和说话的关系。他发现,唱歌和说话虽然都是顺着同一条声带爬上来的,但它们完全是井水不犯河水。那么,有没有一种办法可以把它们联系起来，就像把板车从小路上拉到马路上来一样？有一次，他正在唱歌，祖母从外面回来了。祖母口渴，要喝井水。祖母问他看到瓢了吗，因为他刚喝过水，所以他马上脱口而出：瓢在桌上。祖母惊讶地瞪大了眼睛。她说，你再说一遍！他说，瓢……瓢……瓢在桌上。祖母眼睛里的火花又暗了下去。她四处打量着，以为还有一个人在家里。她大概想问，刚才是谁，但她急着喝水，又急着到外面去干活，所以她抹抹嘴角，又忘了。

祖母的惊讶却提醒了唐小军。是啊，刚才是谁？是他自己。刚才的他没有结巴。他跟在一句歌词的后面，就像进城搭上了便车。他高兴起来了。他又唱了一句歌紧接着说话：瓢在桌上瓢在桌上。真的没有结巴！过了一会儿，他再说，又结巴。他唱了一句，又不结巴。哈哈，他终于找到对付结巴的办法了，那就是，唱一句歌词，再接着说话。仿佛唱歌是电动机的电源，一接上它，电动机就呼呼生风地转动起来了。

有一段时间，唐小军成了学校和村子里唯一一个与人见了面就轻声唱歌的人。唱歌有一种使声带软化的功能，它能让悬崖峭壁上长出柔韧的藤条来，让他攀缘而上。奥妙就在这里。每当他悄悄哼唱或放声高歌时，他心里是多么高兴。他从来没有如此深切地感受到，唱歌是一件多么美好的事情。他以唱歌的形式把第一句话说出来。这样，第一句话就被他赋予了华贵的色彩。他感到，他的声带柔软起来，可以像秋千那样荡来荡去了。但这样说话的缺点是，过于浪漫。大家会不会以为他的口吃虽然不治而愈，却又染上了羊角风呢？拿政治老师的话来说，干什么都要符合国情。

事情发生本质性的变化在于后来唐小军听到了普通话。其实以前他多次听过，但一直没注意。因为在学校里，老师都是用方言上课的。听说他们这里的人学普通话比较困难，怎么也学不准。有一个人在外面当了很大的官，但普通话还是农民水平。一次，出于好玩，唐小军跟着电视里的播音员说了一段普通话，大概有三四分钟。当时并没意识到什么，但后来躺在床上，他忽然瞪着眼坐了起来。他仔细回想了刚才学普通话的全过程，竟没有一个有疙瘩的地方。他兴奋起来，翻身下床，又打开电视。不幸的是，电视歇台了。他火烧火燎地等了一个晚上。第二天一早,他终于发现了一个重大秘密:普通话在他嘴里一点都不结巴!即使有时候不标准,也能把嘴巴骗过。普通话就像一辆国产红旗牌轿车,从他嘴里大模大样地开出来,线条优美,畅通无阻,他高兴极了。从此,周末放假回家,他就在家里练普通话。在他看来,普通话就像绸子,比其他布料好多了。没多久,他的普通话就说得和播音员一样准确好听了。当然,只有他自己知道,为了练好普通话,他口干舌燥,舌头在嘴巴里翻了多少跟斗。

那年,教育主管部门在全县中小学推广普通话,举行普通话大赛,他出人意料地拿到了冠军。

小二黑告状

1

小二黑是洲心中学初三（2）班的学生。

小二黑是绰号，因为他个子小，人却很灵活，一暑假能抓好多鱼卖呢，足可以凑够他上学的报名费。人呢，也晒得跟条泥鳅似的。不过他学习不是很认真，因此免不了要常受到老师的"警醒"——把食指弯成一勾，在你的额角上轻轻一敲。

他本名叫刘展昕。

这天下午，他又迟了到。因为他中午回了一趟家，到家里拿钱交校服费。班主任詹老师说，倘今天下午再不交的话，明天你就不要来上课了。学校几乎每学期都要学生做校服，听说班主任可以从每个学生那里得到三块钱的回扣，所以才收得那么起劲。本来，小二黑是不想交的，一则，听父亲说，棉花和稻子这时急需施肥，迟一天便要影响一份收成；二则，他倒想看看老师是怎样不要他上课的。他想，只要老师不让他上课，他便马上去告诉校长；校长不说公道话，他要去告诉教育局长。

但他还是回家向父亲把钱要来了。他身上的衣服已经很旧了，在女同学面前都有些不好意思，而母亲一直舍不得给他换新的，他想，何不趁这个机会给自己换套新衣服呢？父亲不在家，他问了人，在坂头上的地里找到了正在施肥的父亲和母亲。他把事情说了，并夸张地说："老师讲了，不交就不要上课呢！"老实巴交的父亲慌了神，忙回家把钱数给了他。父亲说："家里只有这点钱了。"他接过钱，朝父亲做了个鬼脸，说："我暑假一定还你。"

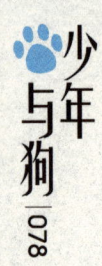

就这样，迟到了。

下午第一节是语文课。教语文的王老师说："刘展昕，又是你！站在那里！"小二黑站在门口，努力地看着黑板，可怎么也看不清，那边的反光太厉害了，他的头左右摇摆着。王老师说："你站好，别乱动！"小二黑说："我是在看黑板。"王老师呵斥道："老实点，不要狡辩，我还不知道你吗？"小二黑感到十足的委屈。

王老师像很多老师那样，最喜欢的是成绩好又听话的学生，其次是成绩好但不大听话的学生，最不喜欢的是成绩不好又不怎么听话的学生。在老师们的眼里，小二黑无疑属于最后一种。

就这样，小二黑站着听了一节课。

下课铃响了，王老师夹着教本走出教室。小二黑挡住了他。王老师说："你想干什么？"小二黑说："您还没有叫我上位呢，我只有好好地站在这里了。"王老师大吼一声："刘展昕，不，小二黑！你搞什么名堂！"王老师用手拨开他，径自走了。

眼泪顺着小二黑的脸颊淌下来。

"王鸭头！"小二黑朝着王老师的背影啐了一口。

他把校服费交给了班主任詹老师。詹老师正在打麻将，很高兴。

第二节课是政治。小二黑很喜欢听这位肖老师的课。原本枯燥的政治被肖老师讲得生动有趣，并且他每节课还要拿出一定的时间给学生讲最近发生的国际国内的大事。这时，肖老师正在讲俄罗斯的政坛动荡，小二黑听得津津有味，詹老师忽然出现在教室门口，说："刘展昕，你出来一下。"

2

小二黑怎么也没想到有这么大的一件祸事降临到了他的头上。

詹老师把小二黑叫到了他的房间里，关上门。这所乡村中学像其他许多乡村中学一样，还没有单独的教师办公室，老师们大都是把房子一分为二，一边放床，一边放办公的桌椅。詹老师盯着小二黑的脸看了半天，看得小二黑心里直发毛，忽然说："刘展昕，老实告诉我，你中午回家还干了什么？"

小二黑摸不着头脑，他说我找我爸拿钱，不是你叫我去拿的吗？来回六七里路，才迟到了。

詹老师说："不是问你这个，这个我知道，我是问你还干了别的什么。"

小二黑想了想，说我自己炒饭吃了，还到了坂头上找我爸。

詹老师说："不是跟你说了吗？不是问你这个，直接说吧，你做了什么不应该做的事？"

小二黑说没有，我没有。

詹老师笑了笑："没有？真的没有？"

小二黑说：没有。

詹老师说："你好好想想吧，现在你说出来，是主动坦白，可以从宽处理；如果进了派出所审问了出来，性质和这个就不一样了，刘展昕同学，你好好想一想吧。"

没有，没有就是没有。小二黑勇敢地抬起头，望着老师说。

第二节课下了。小二黑说：我要去上课。没能把肖老师的课听完，他觉得很可惜。肖老师在讲课时，还经常涉及法律知识，并善于把各国的法律作比较。听肖老师讲课的时候，小二黑把其他一切都丢到五老峰外边去了。肖老师是第一个使他感到上课也可以是一种享受的老师。

詹老师说："你不把事情交代出来，不能去上课。"

小二黑想说：你没这个权利。但他忍住了。

一直到放学，詹老师也没问出个所以然。他有些生气，对小二黑说："跟我走！"

小二黑问：去哪？

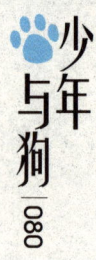

詹老师脸一黑:"派出所。"

小二黑说:我又没犯法,你带我去派出所干什么?

"你去了就知道了。你怕啦?"詹老师露出期望的神色。

去就去!小二黑一脚跨出了房门。

詹老师把他带到派出所,对一位正在打电话的人说:"方所长,这就是刘展昕,交给你了。"说毕转身离去。

方所长打完电话,打量着小二黑,尤其是注意了一下他脚上的鞋子:"你就是刘展昕啊,看不出,年龄不大,胆子不小啊,现在承认还来得及。"

小二黑说:"我没做坏事。"

"没做?真的没做?人家有证据呢,你现在说了,只要把钱拿出来就行,我们不对你怎么样。"

小二黑说:"我不知道你在说什么。"

"刘更生是谁?"

"我家的邻居。"

"他家里你熟不熟?"

"不熟。"

"既然是邻居,怎么不熟?分明是撒谎!"

方所长说:"刘更生既然和你家是邻居,你怎么不熟,快说。"

"去年他家做新房子时,无端把地基向我家这边移了半米,把原先好端端一条路给毁了,弄得几乎没法过人,我爸跟他理论,他和我爸吵了一架,因此两家关系不好,自从他家新房子做好,我就没去过。"

"从你家厨房屋上,可爬上他家的阳台?"

"我没试过。"

"你试过,屋瓦上有你的鞋印。"方所长盯着他的眼睛说,希望从那眼睛里发现蛛丝马迹。

"没有。"

"刘更生和你的班主任詹老师下午来找我。你中午回家趁他家没人时,从你家厨房屋上扒上他家的阳台,再下楼,刚好刘更生的房门没有关,刚好他昨天在户上结了账,抽屉里放着他收来的六百块钱。是不是这样?"

"我没偷他家的钱,我从来就没偷过别人的东西。"小二黑急忙分辩道。

"不承认也不要紧,你先好好想想吧。"方所长说着,拉开抽屉,拿出一副手铐,铐了小二黑的左手,把他拉出门外,铐在楼梯间的铁栏杆上。

这时早放了学,有在镇上借住的同学,三三两两从门口过,忽然看到了被铐在那里的小二黑,很惊讶,说小二黑,你怎么啦?

小二黑说:有人诬我偷了东西。

他们想围拢来,但方所长挥了挥手,把他们赶走了。

等他们都走得没了踪影,小二黑才后悔没叫他们送点吃的来。这时,他的肚子饿得咕咕叫了。

后来又有几个同学走过,但不同年级,不熟,他扬了扬另一只手,想朝他们喊句什么,可他们一看他被铐在那里,唯恐避之不及似的走开了。

他垂下了头。

方所长拿着一瓶水,踱了出来,问:"刘展昕,想好了吗?"

他说:"没什么想的,我没做贼。"

方所长没说什么,上了楼。他的家在楼上。刚才他妻子在上面喊他。

日光暗尽了,灯火亮起来,学校晚自习的钟声响了。

方所长端着饭碗,朝楼下喊:"想好了吗?"

"我说了,我没做贼。"

楼上传来碗筷的细致的撞击和小孩子说话的声音。过了一会儿,楼上的灯光暗下去,电视的声音大了起来。

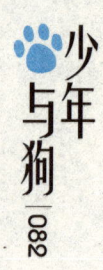

　　小二黑开始想学校，想家。在他的想象里，平时枯燥刻板的学习生活，也忽然和蔼可亲起来。和此时相比，学习简直是一种无比的幸福了，以前怎么不珍惜呢？他有些后悔了，后悔自己学习不认真，假如他成绩好，老师就不会对他这样粗暴。他也想家。这时要是在家里，多好啊，奶奶会从枕头下拿出蜜饯给他吃，妈妈忙下厨给他弄一碗蛋炒饭。爸虽然不大做声，但他自有他特殊的表达感情的方式，比如拿出一个笔帽，说是在路上捡的，特意留着，你看看有没有用。或者问：本子写完了吗？要不要买？如果没写完，他会很吃惊：怎么还没写完？是不是偷懒了？

　　小二黑想着想着，眼泪流了下来。

　　夜深了，小二黑觉得有点冷。他想抱紧身子，但由于一只手被铐着，由于铐得高了些，他怎么也抱不紧。他打着哆嗦，又冷又饥又乏，但最终，乏还是占了上风，他昏昏沉沉地踮着脚，抱着栏杆睡着了。

4

　　在小二黑父母的强烈要求下，直到第二天中午，派出所因为拿不出任何证据，才不得不把人放了。

　　他爸带着他到小卖部吃了一顿包子。

　　妈妈摸着他的头，眼泪吧嗒吧嗒往下掉："昕儿，你脸色真难看，他们打你没有？骂你没有？"

　　小二黑摇摇头。

　　妈妈擦了擦眼泪："我要去告他们。"

　　爸爸说："告？告谁？"

　　妈妈说："先告刘更生诬告昕儿，再告班主任和派出所，他们合伙整昕儿，我听说了，派出所的方所长和那个该死的更生有点拐弯的亲戚，昕儿班主任的爹和更生早些年常在一块做木匠。"

爸说:"这告状,要好多钱吧?"

妈妈说:"钱再多,我们也要告,不弄个清白,昕儿以后还怎么做人?"

爸觉得没把握,便望着儿子:"昕,你说呢?"

小二黑抹了抹额上的冷汗,一夜工夫,他像是大病了一场。他想了想,说:"妈妈刚才说的那些,万一告状,都不能作为证据,他们关我并没有超过二十四个小时,还是算了吧,先回学校,看老师怎么说。"

他没有叫父母同去。

可是詹老师说:"这个声明我不能讲,没有证据不等于你没有偷,多行不义必自毙,迟早有一天会搞出来的。"

小二黑背着书包,蹓达着,觉得特没劲。他蹲在学校背后的池塘边,抓起小土块一下下地往里扔着。那一圈圈的涟漪并不能排解他心里的不平。他拿眼往地里瞄着,他想这时要是发现一条蛇就好了,他就可以把蛇抓住,摔死它。

微妙的变化从老师和学生们那里产生了。原先很好的同学忽然一下子疏远起来,开始有意或无意回避他了,谁买了一只好笔,正在给大家看着,倘若他走过,对方会赶忙放回文具盒。老师们也经常会有意无意用眼角的余光扫他几眼,最令他伤心的是,他最喜欢的肖老师也这样。而且,其他同学和老师似乎也都知道这件事了。

他想朝他们喊道:"别这样看着我,我没有做贼!"

但谁会相信呢?或者说,你这不是此地无银三百么?因为他们嘴上并没有说你什么。

流言真是一把看不见的软刀子啊,你用力,它就不见了;等你回过头来,它又迅猛地刺向你。

是谁把它散播的,还须谁来把它消除。既然詹老师不同意帮他消除影响,他想他只有找校长了。

校长听他讲完,说:"在全校的师生会上做一下说明?唔,不过我们要

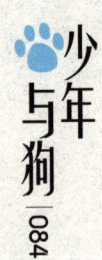

研究研究。"

过了一个多月,全校师生会也开了两次,可校长并没做什么说明。

他又找校长,校长说,关于这个问题嘛,我们还是同意你们的班主任詹老师的看法,没必要做这个说明。假如你没做那件事,时间长了,影响会自然消除;如果你做了,我们不是在包庇你么?你以后不就更加有恃无恐了么?

假如不是肖老师跟他讲过,报复同样也够成犯罪的话,他说不定就会做出非常不理智的举动来。

他用力咽了口唾沫,决定写一封信给教育局长。

5

教育局长伯伯:

您好!

我是洲心中学初三(2)班的学生,今年四月六日中午,我回家拿钱交校服费,班主任詹作霖说,不交者不让上课,我们不得不交。可是那天中午,我邻居刘更生家不幸失窃,被人偷走了很多钱。因为我们两家关系不大好,因为我平时读书不怎么认真,给人一个调皮捣蛋的印象,他家便怀疑是我作的案。当天下午第二节课,班主任詹老师把我叫到他的房间里,审问了我两节课。我说我没做坏事,他不相信;我要求去上课,他不答应。放学后,他在没和学校其他任何人打招呼的情况下,把我送到了镇上的派出所。我又冷又饿,一直被关到第二天中午,才在我父母的强烈要求下,放了出来。我被无端剥夺上课的权利六节,身心遭受巨大的伤害。出来后,我忍受着同学和老师们的猜疑和歧视达一月之久,我曾两次要求詹老师和林校长在公开场合为这次事件做个说明,以免消除误解和不好的影响,可他们对我的要求置之不理，甚至嘲讽挖苦。我在极端苦闷和走投无路的情况下，给您写了这封信，请您考虑到一个未成年人的名誉和此事对我今后人生的影响，帮我想出一个解决的办法吧！

　　祝您工作愉快！

　　此致
敬礼！

洲心中学初三（2）班学生　刘展昕
×年×月×日

　　小二黑的信引起了教育局领导的重视，他们很快派专人来调查，并要求：一、迅速召开一次全校师生大会，还刘展昕同学一个清白；二、初三（2）班班主任詹作霖老师工作方法不对，应向刘展昕同学公开道歉；三、把校服费全部退给学生，并杜绝此类事件的发生。

　　开大会那天，小二黑被感动得哭了。同学们朝他翘大拇指，有个同学还为此编了一首歌谣：小二黑，了不起；一封信，三效果；还了自己的清白名，免了大伙的校服费。

走 麦 城

那个人嚷嚷着,被一伙兵卒簇拥着从城门那边走进酒馆里的时候,孩子正骑在树上射果子。树是苦楝树,叶子已经掉光了,满树的苦楝子金灿灿的。更小一些的时候,孩子曾从地上捡起来吃过,但马上又吐了。他像只猴子似的,摘下一颗苦楝子,夹在弹弓上,去射另一颗苦楝子。弹弓是他自己做的。他把从城外捡来的弓改了改,就成了。每打一次仗,它们和那些被折断的刀枪一样,被扔得到处都是。因为不愁子弹,孩子乐此不疲。这时的苦楝子硬邦邦的,正适合做子弹。再过一段时间,它们就会掉下来,在泥土里烂掉,它们的核,又会长出极小的树。它们真漂亮啊,苦楝树长大了不漂亮,可它们小时候真漂亮。就像一个人说的,小时候聪明,大了不一定聪明。这时,孩子身体的颜色几乎和树身融为一体,不仔细看根本注意不到他的存在。大家只听到树上有噼噼扑扑的声音,说,下雨了吧?有人跑到外面来看。有时候,雨总是先下两三点,然后越下越大,噼噼啪啪响成一片的,可以清楚地听到雨脚从东到西或从西到东的奔跑声。

就是这时,孩子看到了那伙兵卒。他们和城头的兵卒穿的一样。其实也就是这几天的事情。几天前,城头的兵卒穿的还是孩子熟悉的衣服,现在,他们的衣服和模样看上去都显得陌生。昨天深夜,孩子被急促的敲门声惊醒,他听到一个熟悉的声音说,我回来了。孩子马上翻身坐起来。那是爹的声音。爹拍打着衣服,好像上面满是尘土。奇怪,他没听到厚重的盔甲的声音。以往,爹回来是穿着盔甲回来的,孩子喜欢听盔甲上金属的撞击声。还有刺鼻的汗馊味。娘烧了热水给爹洗澡。夜很深,爹打了一个喷嚏。娘说,你不会受什么处分吧?爹说,不知道,反正他们让我回来了。娘说,你们这样也不好。爹说，有什么办法，听说城里被吴侯的人马占了，我们就没心思打仗了，要打就拼命，后来又听说你们安然无恙，我们就不想拼命了，这不，我们几个人瞅了个空子，就跑回来了，被吴侯的兵卒捉住，不但没挨打，反而还送了一些吃的叫我们带回家来。娘说，这么说来，你不用再去打仗了？爹说，是啊，我已经下了决心，不再去打仗了，不管怎么说，关将军待我们也不薄，叫我以后去跟汉中王打仗，我也不乐意，穷就穷一点，只要能跟你和孩子守在一起，我也知足了。娘叹了口气说，就怕由不得自己。

孩子这才知道爹当了逃兵。后来他听说，失去了荆州城的关将军很狼狈，连连吃了败仗。荆州的士兵已偷偷跑掉了一大半。孩子很难受。第二天起了床，爹过来摸他的头，他没让，爹拿点心给他吃，他也不要。他拿了自制的弹弓，跑到外面来了。

孩子最喜欢去的地方是城门口。那里最热闹，从早到晚，热闹得就像蒸锅里的开水，止也止不住。卖馒头包子的、炸油条的、过血肠的，还有馄饨、凉面、大汤。汤里有大块的牛肉和炖得很烂的蹄筋。有时候，他会从家里偷来铜钱，到城门口来美美地吃上一顿。但今天，孩子对这些置若罔闻。这段时间，娘也没心思管他。爹跟着关将军打襄阳，可一夜之间，东吴的人马打扮成做生意的，渡江来夺了荆州城。本来，娘以为他们要被抓起来，没想到不但没被抓，还有人送了东西到家里来。

瓮城那边，有兵卒在走来走去。进城卖菜的人都要停下来检查。实际上，这几天进城卖菜的人比以前少多了。住在城里的人，倒是可以自由出去。有的便跑到军营边，大声朝里喊。孩子想像以往那样爬上城墙，可被东吴的兵卒赶了下来。城墙边也有许多树，不过不是苦楝树，是枸叶树。它们的叶子，像蝴蝶似的，是彩色的。每年到了这个季节，便好像有万千蝴蝶在风中飞舞，孩子看呆了。

那帮人一下子把酒馆塞满了。他们闹闹嚷嚷地要老板把酒坛子都搬出来，他们要开怀畅饮。老板小心翼翼问道，有什么好事情，值得军爷们这样高兴？一个小兵说道，你还不知道啊，我们马将军立了大功，把那个山西佬

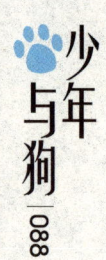

捉住了！吴侯赏了好些银两，还升了职，并且把吕布骑过的那匹马也赐给了马将军。

老板吃了一惊，说，真的？手里的东西掉到了地上。

孩子哧溜从树上滑了下来，可能是这帮人的盔甲太新了的缘故，他觉得有些刺眼。

有人揪住了老板的衣领，说，你这是什么态度，难道我们马将军捉住了山西佬，你不高兴？告诉你，如果我们把这件事跟吴侯说了，你的脑袋就保不住了。

老板弯腰把东西捡起来，原来是舀酒的勺子。他拿布巾把勺子揩了揩，说，真是老了，不中用了，手老是拿不住东西，昨天我还失手打破了一只碗。说着，老板从柜台下把昨天打成两边的碗拿出来给他们看。他不舍得丢，大概是希望有什么奇迹，能让那只碗复活。

这时，那个被叫做马将军的矮矮墩墩的家伙摆了摆手，说，今天大家高兴，别说不吉利的话，老板你只管拿酒来，让兄弟们喝个痛快。

其他人听说后也围过来了，瞧着那个家伙，带着一些不信任的神气，说，将军您是怎么捉住关将军的？不是说他去了麦城吗？

那个家伙轻蔑地笑了起来，仰脖灌下一碗酒，抹了抹嘴角，说，什么关将军，我听着刺耳，你们要是看到了他那落魄的样子，看还叫不叫得出关将军，我只叫他山西佬。告诉你们，他已经被关在大牢里了，刚开始，吴侯给他松绑，他还不肯，给他赐坐，他也不坐。如果不是看在亲戚的分上，吴侯对他肯定没那么客气了。

有人把板凳往他们那边移了移，酒馆里板凳总不够用，因此有的人一占到板凳，便不肯把屁股挪开，好像要让板凳长在屁股上似的。他说，姓关的真的有那么厉害吗？这次，他的眼睛睁开了没有？是不是他一睁眼，就真的要杀一个人？

那个人咬着一口外地口音，看打扮，也不像本地人，大概是来荆州做生意。荆州是做生意的好地方。但这几天，大家对做生意的人都有些提防，一开始，故意离他远一些。这不，他主动跟那帮兵卒套上近乎了。

一个兵卒说，屁，真的有那么厉害，还能让我们马将军给捉了？这次，他就是想把眼睁开，我们马将军也不会给他机会，就是睁了，也没用，他已经被绳子绑住了。

另一个兵卒说，即使山西佬有那么厉害，可我们马将军更厉害，这段时间，我们马将军练功可刻苦了，把土砖绑在大腿上练轻功，晚上要打好几套拳才睡觉。

大家都点头表示佩服，纷纷把头转向那个家伙。酒馆老板也满脸堆笑，他重新镇定下来，他才不管谁做城里的领主，只要不影响他做生意就行。他发现东吴人用钱很大方，而且都以为荆州的东西比江东便宜，不禁暗暗高兴。他仰脸望着姓马的说，马将军，来，这一碗我敬你，说实话，以前，我担心打仗会让我做不成生意，现在我放心了，关……姓关的在城里的时候，也太严了些，对我们和江东做生意，不是很赞成，为此，我的一个亲戚还挨了打，现在好了，我们是一家人了，可以放心地做生意了。

又有人问，听说吴侯的眼珠子是绿色的，是真的么？

姓马的家伙仰了仰脸，说，可不，正所谓奇人异相，我家吴侯虽然年轻，可行起事来显得比谁都成熟。当初，把孙夫人嫁给刘皇叔，就是我们吴侯的主意，其他一些老臣是很反对的，为此有几个老臣还闹了别扭，可那个山西佬，根本不把这件事放在眼里。

酒馆老板说，开始，我真的以为他个子比我们高许多，可那次，他带着人骑马从城门口过，我看也不过如此，他的眼睛倒是老眯着的，可一个人老眯着眼，能办得成什么事？我甚至担心他睡着了，当年，他千里走单骑，其实哪里有一千里？再说，曹丞相也不是真的想杀他，不然，恐怕十个关云长也不够他杀的。还有啊，那个刮骨疗毒我看也是假的，反正我们又没看到，都是听他手下的人讲的。

哎哟一声，酒馆老板忽然捂住脸叫了起来。等他把手挪开，大家看到他的脸立即肿了，有人到地上找，只看到几粒苦楝子。老板号叫道，哪个在暗算我?

那帮人立时操起了家伙,警惕地四处张望。可周围并没有什么可疑的人。他们怀疑那暗器是冲着他们的马将军去的。

老板揉着脸。他的脸变得一边大一边小了。

过了一会儿,又有人说,关……姓关的怎么不投降呢?如果投了降,说不定还可以做我们的领主,他又不是没投降过,当年,不是也投降过曹丞相么?

另一个人说,他和刘备张飞桃园三结义,天下的人都知道,当年他投降曹操,也是为了两个嫂嫂的。

那个人哧的一笑,说,你倒是善解人意啊,照我看,当初刘备留他守荆州,说不定就是怪他投降过曹操,才不肯带他一起到益州去享福的,那可是天府之国啊,比我们荆州还要好。再说,他跟两个嫂嫂,一路上孤男寡女的,谁知道发生了什么事情。

正说着,那个人脸上也挨了一下。那个人杀猪般地叫起来。他跑到姓马的跟前来,说马将军救我,附近肯定有关羽的爪牙!

那帮兵卒又四处找了找。

姓马的家伙按了按手里的剑,咳嗽了一声,往里避了避,继续刚才的话题说道,其实,也不是那个山西佬不投降,而是我们不肯给他投降的机会,吴侯倒是爱才,但有人提醒了他,说当初曹丞相对他那么好,还不是没有用,反而杀了曹丞相几员大将,吴侯这才打消了劝他投降的念头。

一个兵卒说道,我们把山西佬捉住的时候,他一个劲地朝我们吐唾沫,马将军很生气,扇了他几个耳光,谁知他竟像条疯狗似的扑上来咬人。我们马将军想了一个妙招,他让我们把山西佬摁在地上,搔他的胳肢窝。马将军说,多少英雄豪杰,可以过金钱关美女关,但就是过不了胳肢关,这是我们马将军的发明,果然,那个山西佬大笑着在地上滚动起来。我们一伸手,他就笑,我们停下来,他就在地上碰自己的脑袋,说他但求速死不想活了,你们说有意思吗?

说着,说话的人脸上也挨了一下。这一次力量尤其大,差点把那个人的眼睛打瞎。他抱着头蹲了下来。紧接着，姓马的脸上也挨了一颗。这一下非同小可。他们咆哮起来，终于发现一个孩子手拿弹弓，从酒馆旁的苦楝树上溜了下来，一转身，飞快地跑开了。

孩子已经听到娘在喊他，但不肯回家。娘的声音从七拐八弯的巷子里传了出来，到处追着他。他躲避着，不让那声音碰到他。他一口气跑到了那栋大房子前，眼里含着泪水。不用说，门前兵卒的衣服跟以前不一样了，旗上的字也不一样。孩子曾跟着娘到这里来过。他躲在娘背后，好奇而贪婪地打量着里面的一切。他还看到了那匹马，他从没见过它，可他觉得，他对它早已熟悉了。他上前去摸了摸马的尾巴，又摸了摸马背。马正在吃草料。这只马槽，看上去也比别的马槽大许多。马抬了抬头，这时孩子产生了一种幻觉，以为马的脸也是红脸，它的下巴上好像有长长的胡子。孩子听到了一种响声，那是一条青龙从大刀里破锋而出的声音。孩子惊呆了。

院子里闹嗡嗡的，很多人在进进出出，有人在大笑，有人在呵斥。听说里面的人已经换了衣服逃跑了。孩子不知道那只马槽还在不在那里。他企图从什么地方溜进去，但很快被人发现了。他被人当做已经逃跑又不小心跑回来了的人。那些士兵赶忙把他抓住向上汇报。但有个人过来翻了翻他的眼睑，又看了看他的牙齿，就把他放了。他被赶了出来。在他的脚快要迈出门槛的时候，他的小腿狠狠挨了一鞭子。

全城的人似乎都把那个高大的人给忘记了，仿佛荆州城只不过换了一面旗，其他什么也没变。不，这话也不对。这几天，孩子看见街边的一些店铺把原来的匾额撤下来了，换上了新的。有的匾额是那个高大的人题的字。不出征打仗的时候，他会读读书，练练字。有人趁机把他的字拿到外面去卖钱。买的人就把字裱起来，作为一种荣耀。据说他用的毛笔和他的青龙刀一样大一样重。写字的时候，他叫人把成桶的墨汁倒进大缸里，把纸在操场上铺开，提了大笔，在缸里蘸了墨，骑了赤兔马，双腿一夹，就在宣纸上舞动起来。赤兔马奔腾跳跃，可宣纸并未曾被踏破半点，墨迹也丝毫不乱。写最后一捺时，大家瞪直了眼睛，关将军仿佛落荒而逃，就在大家暗暗替他捏了一把汗时，他忽然回笔一溯，大家这才明白，他用的是拖刀计。当年，他大战老将黄忠的时候，就用过拖刀计。一些饭店和酒楼墙壁上，就画有关公战黄忠的画。除此之外，还有桃园三结义，三雄战吕布，温酒斩华雄，千里走单骑，夜读春秋，华容道义释曹操，向孙权拒婚，等等。孙权那个儿子长得那么丑，居然想利用亲戚关系来娶关将军的女儿，他肯定不会答应了。再说这种婚姻又有什么幸福可言？孙权的妹妹孙尚香不是要守一辈子活寡么？其中，被人们津津乐道的就是"千里走单骑"了，甚至有一家酒楼干脆就叫"千里走单骑酒楼"，生意好得不得了。可似乎在一夜之间，墙壁上的字画都不见了，那家酒楼改成了"火烧赤壁"。原来，吴侯认为刘皇叔名义上高喊联合抗曹，其实暗地里在偷偷发展自己的势力。这不，打败曹操后，东吴的领土没怎么扩大，刘皇叔却轻易地取去了荆州的四乡八郡。现在，吴侯要让荆州的百姓了解当年的事实真相。酒楼的老板就是为了贯彻这一好笑的政策，才及时改了这一店名的。

　　孩子在大街上走着。不时有兵卒鞭打着马大声吆喝着，灰尘扬到了他的脸上。孩子掏出弹弓来，把苦楝子射到了那些匾额或厅堂里。他口袋里塞满了苦楝子。他听到了陶器或其他物什破碎的声音。在有的地方，他把苦楝子换成了小石子。他射了就跑，仿佛他要用苦楝子或小石子把这个城市砸烂。后来，他还是被逮住了。他大哭起来。他什么也不顾，站在那里哭个不停。围观的人很吃惊，不知道一个孩子的体内，居然储蓄了那么多的哭声，它们歇斯底里，源源不断，抓住他的人大惊，末了不得不丢下他抱头鼠窜。孩子也暗暗吃惊。他发现，哭喊让他获得了前所未有的快感。他不管不顾，旁若无人。

　　孩子只见过那个高大的人一次，而且还是背影。虽然孩子很想见到他，可那个人总是那么忙，即使每天的巡城，也是打着马疾驰而过。他想看看他的脸是否真的像传说中的那么红，胡须是否真的有那么长，到了冬天，还要用一只锦囊把它们套住。天下还有谁像他那样爱惜自己的胡须呢？据说他的胡须从来没修剪过，打仗时也没有弄断。每次回来，总要仰着脖子，叫人清点一下胡须少了没有。晚上睡觉的时候,他睡一个枕头,他的胡须睡另一个枕头。他读春秋的时候,胡须就从春秋里飘了出来。夏天,他在厅堂里睡午觉,胡须就像一只老虎似的守着他。那天,孩子在城门口的集市上玩,忽然有人喊:看,关将军来了!孩子猛一回头,刚好看见了他的背影。孩子追了几步,站住了,他眼含热泪,在心里喊了一句什么。让孩子激动异常的是,那个高大的人仿佛也心有所感,在遥远的地方忽然回过头来,微笑着望了孩子一眼。

此后,他又打仗去了。他老是出征,出征。听说曹操被他逼得要迁都了。那个高大的人,他后来的事情,孩子是从酒楼的壁画上知道的。过了一段时间,增加了一幅画,叫《战庞德》。过了一段时间,又多了一幅画,叫《水淹七军》。孩子最近看到的一幅画是《刮骨疗毒》。那幅画让孩子又难受又钦佩。他耳朵里一直是那种声音,像是瓦片刮在石头上。为了让自己胆大起来,孩子用瓦片一遍遍地在石头上刮着。

这时,街上的人忽然向前奔跑。他们要去干什么?孩子疑惑起来。他以为后面来了军队。如果真的那样,也不是坏事,说不定是救兵来了。可一时间,孩子无法想象那个高大的人被人从大牢里救出来是什么样子。他也无法想象他被俘虏时是什么样子。在孩子看来,他根本就是不能被俘虏的。既然被俘虏了,他就不会让自己活下去,即使有人来救他,他也不会从牢房里出来。他是一只老虎,情愿手无寸铁地被人在牢房里杀死。这时,孩子恍若知道,那个高大的人是必死无疑了。他可以为了兄嫂投降曹操,但不会被人从吴侯手里救出来。孩子看了看后面,并没有看到救兵。从益州到荆州这么远,哪里来的救兵呢?他从不停地嚷嚷着奔跑的人那里知道,他们是要去看那个绿眼睛的人。今天,绿眼睛的人将带着他庞大的部队穿街而过,让大家一睹他的真容,瞻仰他的风采。可孩子不想看到他。再说,一个人长着绿眼睛也没什么稀奇的。巷子口卖糖炒板栗的老蔡的小儿子,就长了一对猫眼,皮肤白白的像是没有血。他猜想那个长绿眼睛的人,皮肤下面也是没有血的。

孩子站在那里,忽然觉得自己很渺小,无法抵挡向前奔涌的洪流。他沿着和他们相反的方向艰难地迈着步,好几次,差点被撞倒。他不禁有些憎恨

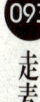
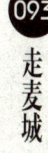

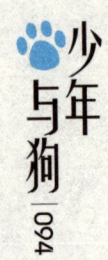

起来，憎恨他们每一个人。那时，他们也是这么奔涌着去看那个高大的人。有一个家伙，还蹲下身子，用手去摸关将军脚下的灰尘。

回到家里，爹狠狠揍了他一顿。不用说，许多人来告了状，说他用弹弓射破了他们家的东西。孩子一声不响地承受着落在身上的鞭子。娘扑上来夺了几次都被爹推开了。鞭子落下去，立刻有一匹红色的小马从皮肤上跳出来。后来孩子的身上仿佛踢踢踏踏奔跑着一个马群。

孩子拒绝吃饭。娘说，你已经一天没吃东西了，这是凭证件刚刚领来的新米，你看，多香啊，你吃一点吧。孩子不为所动。他已经作出了一个大胆的决定，那就是，要把自己饿死。他想象着自己正在一点点地死去，身体慢慢变得冰凉。和外面越来越热闹起来了的城市相比，他愿意自己的身体变得冰凉。

娘还在企图说服孩子吃饭。娘说，你吃一点吧，哪怕吃一点也是好的。孩子发现，因为他不吃饭，爹和娘也吃得没滋没味的，这让他暗暗高兴。他拿起筷子，便看到娘的眼睛亮了一下，爹的眼睛也亮了一下。但他并没去扒饭，而是在碗沿敲了起来。他不停地敲着，一边敲一边望着爹和娘。爹把碗端了过去，他就敲桌子。爹把筷子抢了过去，他就摇动着身子，让椅子脚和地面碰击发出声音，或者用脚乒乒乓乓踢桌子。爹终于忍耐不住了，大喝道，你烦不烦啊，嫌老子在战场上天天听人拼刀拼枪还不够啊！

孩子仿佛没听到，或者说正因为听到了，才把脚下的力度加大了。嘭嘭嘭嘭。爹气得甩了他一个耳光，说，兔崽子，从我回家到现在，你没朝我笑一下，倒好像我是你儿子你是我爹，早知这样，我还不如在战场上死掉，让你娘找个后爹来收拾你！

孩子说，对，你就应该死掉！

娘哭了起来。

事情并不像人们想象得那么美好。原先跟着关将军、又在关键时刻离他而去的，都被召去开会。爹回来垂头丧气的。原先的购粮优惠券也被取消了。起先孩子以为爹是因为背叛了关将军而受了处分，不禁还对吴侯产生了一些好感。这样的事情也是有的，比如当初勾践王利用夫差手下的伯嚭灭了吴国后，马上就把伯嚭杀掉了。因为他要防止自己的手下再出现伯嚭这样的人。可爹受处分的原因，并不是因为这一点，而是因为爹根本就不应该参加荆州军。这就莫名其妙了，难道当初爹不参加荆州军还会去参加东吴军不成？就为这一点，吴侯要所有参加过荆州军、没有在战斗中死掉的人写一份检查，对过去的一切作深刻检讨。还有几个人，因为说话间对关将军充满尊敬，被砍掉了脑袋。

孩子的绝食没有进行下去。爹重新被征入伍。家里又只剩下了他和娘。娘又变得可怜兮兮的，经常站在门口盼爹回来。爹每天到城外去训练。听说他现在参加的军队还叫荆州军，只不过换了军服。跟其他兵卒不同的是，他们在训练的时候，还有人看守他们。他们的军服上有特殊的记号，伙食也要差许多，吃的都是东吴兵的剩菜剩饭。如果在不远的将来，爹真的要跟汉中王的人马开战，毫无疑问，他们是要打前锋的。他们这些逃兵或降兵将最先被从成都或许昌来的军队杀死。等他们死光了，才轮得着东吴原来的军队上阵。

那个高大的人，不知道现在怎么样了。孩子向爹打听过，可爹没好气地说，他也不知道。那些东吴兵，说话闪闪烁烁的，好像故意瞒着他们。本来正在说什么，但看到他们走过来，就连忙把嘴闭上了。爹后悔自己贪生怕死，从麦城跑了回来。

爹的日子变得很难过。一次，因为在训练的时候，他误口说了一句"以前在关将军手下的时候"，就被揪出队列，挨了一顿鞭子。吴侯的人规定，不能叫关将军，只能叫那个姓关的，或山西佬，或红脸的家伙。爹为此写了一份检查，贴在操场门口。这个月的饷银也被扣减了，而且被允许回家的次数越来越少。看上去，爹苍老了许多，面上没有一点血色，显得很憔悴，唉声叹气的。他不回家还好些，一回家，家里就好像阴惨惨的。他坐在那里望着外面发呆，娘跟他说话，他也是前言不搭后语，经常像是被忽然惊醒的样子，问道，刚才是你说话吗？你说什么？以前，他回家时，好像带回来许多老鼠，到了半夜，它们就在爹娘房里上蹿下跳的，吱吱叫个不停，把孩子弄醒了。现在，爹带回来的老鼠越来越少，晚上一点动静也没有。有一次，娘似乎问到此事，爹颓然说道，不行了，已经不行了。爹回家干了什么，他第二天归队时，娘也要一五一十地写清楚，并摁上手印，让爹带回去做证明。幸亏以前刘表当领主的时候，很重视文化，像娘这种妇女都读了书。不然大概娘只能亲自把爹押回去证明他在探家期间没干什么坏事。还好，爹和娘没吵架。巷子里，有和爹一样当兵的人，回家就和老婆吵架，甚至大打出手。老婆要跟他离婚，坚决要离婚，谁也劝不住。男人不在的时候，有人看到他们家半夜有东吴兵卒进去，天快亮时偷偷出来。这期间，出了一宗案子，一个人半夜从军营溜回家，发现一个东吴士兵跟他老婆在床上，两个人打了起来，荆州兵杀了东吴兵，结果，荆州兵也被砍了脑袋，因为他不遵守军纪，半夜偷偷回家。但如果东吴兵杀了荆州兵，反而会没事。那段时间，爹每次回家，总要下意识地到处寻找什么，以为家里藏了外人。孩子猜想，这是他不肯带老鼠回家的原因，爹要保持灵敏的听觉和高度的警惕。爹的怀疑不是没有理由的，有一次，他半夜起来撒尿，看到窗户上闪过一个人影，他拉开门追了出去，看到一双脚在屋角消失了。爹对娘说，不行，真的不行了，我总感到暗中有眼睛在盯着我。即使是吃晚饭时，风把一粒苦楝子吹下来，爹也会赶紧拉开门追出去，警觉地问：谁？

有人说，关将军早已被吴侯秘密地处死了。吴侯怕夜长梦多。可杀了关将军，吴侯又十分后悔，怕汉中王带人马来报仇。当初，刘关张桃园结义，不能同年同月同日生，但求同年同月同日死，这是天下人都知道的，现在关将军被杀掉了，汉中王怎能坐视不管呢？有人给吴侯出了一个主意，把关将军的首级给北方的曹操送去，就说一切都是按曹丞相的吩咐做的。谁知曹丞相一点也不糊涂，没中吴侯的栽赃之计，把关将军的首级按礼节厚葬了。吴侯为这事已经两天吃不下饭。奇怪的是，那匹赤兔马自从离开了关将军，也闷闷不乐，没多久便郁郁而死了。又过了两天，那个姓马的家伙也忽然七窍流血而亡。紧接着，吕元帅在庆功宴上揪住吴侯大骂，吴侯急令将吕元帅斩首，之后才明白杀的是自己的爱将，为这事吴侯又有两天没吃饭。一时间，人心惶惶，都说关将军显圣了，有人亲眼看到关将军骑着赤兔马，提着青龙偃月刀在天上来来去去，仰天长啸，骂不绝口。骂的是，孙权小儿，还我命来！又有人说，关将军的首级送到许都后，曹操打开盒子，笑嘻嘻地说，公别来无恙？谁知关将军忽然凤目圆睁，须发倒竖，把曹操吓了个半死，自此落下了头痛的病。

听到这些，孩子很兴奋。如果关将军真的能显灵，那说明他还活着，这给了他很大的希望和安慰。在听人们说着这些事情的时候，他总是悄悄流下泪来。他的泪水在黑暗中闪闪发亮，像城门外的护城河一样。他在黑暗中一动不动，谛听着外面的动静。风从树枝上纵身一跃，落尽了叶子的树枝立时抖动起来，发出金属般的颤音。苦楝子被风吹落了不少。爹已有一段时间没回家了。据说汉中王已经在成都对天发誓，一定要把东吴踏成平地。现在，爹回到家里只有一件事可做，就是站在那里撒尿。每次孩子想撒尿时，就看到尿桶边有一个人影。爹咳嗽了一声，断断续续撒下几滴尿。孩子冷得发抖。他重新上床后不久，听到爹又窸窸窣窣地起来到尿桶边去了。

几天后，爹战死了。他是在和益州来的军队作战时被杀死的。虽然东吴大获全胜，但他们荆州兵，几乎都死了。他们的家属，没有领到抚恤金，因为据说他们死得太快了，算不上为国捐躯，看上去更像是自杀。

孩子拉开屋门，望着外面的月白风清或乌云滚滚，这时，奇迹在他眼前出现，他看到天空出现了一个剪影，一个人骑在马上，提着大刀，长须在胸前飘摆，从天空的这边走向那边，又从那边走向这边。

一只美丽的苍蝇

从童年到今天

我的双手已长满语言的老茧

——于坚

一只苍蝇飞进了人住的地方。它很轻易地飞进来了，是一阵风把它刮到了这里。它在风里翻了个身，风呛得它一趔趄。但它不愧是一个聪明伶俐的家伙，一翻身就坐在了风上。风像一条鲶鱼那样用力掸了掸尾巴，差点把它摔了下来。它尖叫着。末了，风落在地上，它也就跟着落在地上了。它和风每天不知要玩多少次这样的游戏。这是一只灰黑色的、麻壳的苍蝇，看上去有些像黑色幽默。

人住的地方门窗洞开，没有纱窗之类，门外是一个很大的土场子。边上有一排树，几棵杉树，几棵桃树。杉树是人预备着日后孩子结婚做家具用的，它那漂亮的纹路目前还在缓慢地生长，就像小提琴协奏曲刚拉了一个开场。桃树下部的枝丫已经被损坏了一些，倒挂着，断裂处颜色已经发黑，好像在渐渐遗忘。下垂的枝梢出于一种本能，从逆境中向上翘起，慢慢地把手伸长，想把自己重新拉上去。日渐浓密的叶子参差披拂，但给人以扑空之感。那些果实，在还未成熟时就被自家和别家的小孩子摘去了，只剩下树梢的几只，在风里隐隐约约，让心存不甘的孩子睡不安稳。孩子没有耐性等到果子成熟。总有一天，他们要用更加强硬的手段把更加成熟的果实打落到现实的地面上。土场子上还有几粒新鲜鸡粪。那些鸡，一边唱着歌，一边就把这些标点符号样的东西撒下来了。鸡粪有一股结实的香味，苍蝇是很喜的。一头小猪大模大样地走了过来。猪从小就有这种大模大样的气度。不过这时候它要是奔跑起来，和一只兔子是没什么两样的。它要等阉掉后，才被关进栏里，一门心思地长人所希望他们长的东西。小猪一点也不商量，就像小孩子捡棋子似的，把鸡粪全捡到了嘴里。苍蝇有些生气。它朝猪狠狠地进攻了两下。但比蚂蚁撼大树好不了多少。所以它飞进人的屋子里是带着一股气的。它在地上呆了好一会儿，手脚还在颤抖。它的手脚其实永远在微妙地颤抖，可能它是一个心胸狭隘、容易激动的家伙。

玻璃的反光照在地上，苍蝇刚好就泊在那光亮里，像微型的战斗机。它是不是感到了些耀眼，它的复眼威风凛凛的，它的翅膀一张一翕，十分生动。人的孩子喜欢蹲下来，看光明里的苍蝇。它在一小方块的光明里，人的孩子像是在看电影。这给人的孩子一种神奇的感觉，仿佛这电影是由他操纵的。苍蝇在电影里十分孤独。人的孩子想起了一些电影镜头，比如一个侠客走在一望无垠的沙漠里，前面有一个神秘的客栈。人的孩子根据他的经验和想象，设置了种种情节。他的顽皮拱了出来。他想捉住苍蝇。但它太小，远不如麻雀和知了容易上手。人的孩子上树捉知了是很有一手的。吱溜他就上树了，连狐狸都很吃惊。捉知了要从前头下手，知了来不及转弯，就给逮住了。很多人不知道这一点，所以总捉不住知了。孩子也想这样捉苍蝇，但他担心一下子把它弄伤了。它太娇嫩了。人的孩子喜欢这个季节，大地成熟了，有各种果实，和细小的动物，蜗牛、金甲虫、牛角虫、苍蝇、蚊子、蝴蝶、蜜蜂、萤火虫。蚊子的嗡嗡声在人的孩子听来，是很美妙的音乐。它的歌声，适宜于有月光的晚上唱。人的孩子才不怕蚊子吸血什么的，他有的是血，牛都不怕他还怕什么？有一次，他做了个试验。拿枣刺往指头上一扎，鲜艳好看的血竟源源不断地滴下来，好像他小小的身体是一个天空，可以不停地下雨一样。

还没等人的孩子想出一个主意，苍蝇已经嗡地飞起了。它有点热，它扇扇翅膀，歇到了一个阴凉的地方。在那里，它遇到了另外一只苍蝇。这一下，人的孩子糊涂了，他分不清哪是刚才的那一只苍蝇了。谁能分清楚呢，只有苍蝇自己才分得清楚。但人的孩子不这样认为，他固执地认为这只苍蝇就是这只苍蝇，那只苍蝇就是那只苍蝇。它们虽然形状一模一样，就像孪生兄弟，但仍是完全不同的。孩子这种固执的念头来源于若干次大人们把他们毫不当回事，随便混淆他们之间的区别。比如亲戚或父母的朋友还有村里的叔伯，就经常分不清他和他的堂兄弟以及其他孩子的区别。他们经常张冠李戴，这让孩子很生气，觉得受了伤害。他简直不明白大人们是怎么做的。看起来做大人比做孩子更简单、更不讲道理。

为了区分这两只苍蝇，人的孩子还真的动起了脑筋。他一动脑筋，办法就像熟透的桃子一样从树上掉了下来。他踮起脚，从五斗柜上把奶奶梳头的镜子拿下来。镜子像银瓢一样，把屋外的阳光舀进屋里。你愿把它舀到哪里就舀到哪里。这一招，他还是跟姐姐学的。姐姐大他五岁，已经读到小学三年级了。再过两年，他也要被送进学校。不过他一点儿也不渴望读书的事。读了书的姐姐说话总有一种教训人的口气，好像是站在凳子上。什么了不得的。

他喜欢暑假里的姐姐。暑假里——每年这个时候，村下首的湖滩便茫茫一片，大水龇牙咧嘴地爬了上来——姐姐带他去挖野菜，捉泥鳅，划水。姐姐从水里站起来，就像莲杆戴着荷叶。有一次，姐姐就拿了镜子，切了一片阳光在屋里，叫他去捉。阳光像瓷盘一样丁丁当当跳跃，像车轮一样到处滚动。他就去捉，但狡猾的姐姐总是及时地让它从他的手里逃脱了。最后，当他完全捉住它的时候，他却忽然发现它牢牢粘在地上，他怎么也揭不起来，就像煎面饼放少了油。然而地面在那明亮的光影里纤毫毕现。

现在，他就切了一片阳光盖在那两只苍蝇身上，被惊起的无疑是开始那一只苍蝇。因为它刚从亮光里脱离出来，十分不愿意呆在里面。果然有一只苍蝇马上从阳光、从瓷盘里飞出来。人的孩子为自己的计谋得逞几乎跳了起来。他跟上了那只苍蝇。

苍蝇飞上了桌子，飞上了条台。条台上有一对不知是什么时候的青瓷帽筒，一只帽筒上画着一棵松树，一个大额头长胡须的人在问一个脑袋剃得光溜溜、扎着两只朝天撅的孩子，孩子用手一指，这一指就指到了另一只帽筒上。那里一片青山，几朵卷着的白云。帽筒里插了一只鸡毛掸子。人的孩子听说这帽筒和鸡毛掸子都是祖上传下来的。祖上都已经做了神仙，在天地之间能上能下，飞来飞去。人的孩子觉得祖先真是神气。条台上还有两只铁壳开水瓶，一个茶盘，上面放着几只白瓷青花的茶杯，有的已经裂了缝或磕出了口子。桌上的茶杯没有盖，杯口黑黑的，杯里也黑黑的。是茶釉。

苍蝇在条台上绕了一下，又飞到了桌上，趴在茶壶嘴上往里看。但并不敢往里爬，里面黑咕隆咚的。想了想，它还是一转身，歇在茶杯上。它大大地吃了几口茶釉，大概是觉得香，便得寸进尺地翘起屁股往里爬。人的孩子很奇怪，这苍蝇怎么像他爷爷，也喜欢吃茶釉。爷爷把茶喝干，再用指头把茶叶拈出来嚼，最后还要舔舔杯里的茶釉。爷爷的舌头像一头牛在墙上擦痒那样，在茶杯的边沿擦来擦去。孩子特别觉得有趣。苍蝇在茶杯里呆了好一会儿。孩子踮起脚，想看看它在干什么。他刚伸出头，苍蝇也伸出了头。它又从杯里爬出来了。它的复眼傻乎乎的，十分地温柔。好像表演杂技似的，它沿着杯沿匀称地爬了一圈。要是姐姐看到了，非用巴掌把它拍死或把它轰走不可。姐姐讨厌苍蝇。她说：细菌。病。拉肚子。姐姐说，你知道它们是哪来的吗？是厕所里的白虫子变的。她看着沾在手上的苍蝇的尸体，会恶心得直吐，然后把手和茶杯都洗三遍。现在，她一边说，一边又要吐。她嫌奶奶不卫生，吃菜也挑挑拣拣，不敢夹碗面上的。她一放学回家，便鸡飞狗跳，一切都不得安宁。奶奶对她十分不满，对她说，就是你，名堂多。奶奶差不多六十岁了，身体还很硬朗，硬朗得像刚浆洗的棉布，发出了光。奶奶叫苍蝇不叫苍蝇，叫蝇蠓哥哥。奶奶管很多东西都叫哥哥，比如月亮哥哥，蚕豆哥哥。奶奶对着月亮教他唱：月亮哥哥，下来坐坐；月亮姐姐，下来耍耍。

孩子是支持奶奶的，他不觉得这种灰黑的、麻壳的苍蝇有什么不好。他讨厌的是绿壳的苍蝇。因为它总是和粪便打交道，它在粪缸里爬进爬出，一点脸面都没有。一不小心，就歇在了人的屁股上。它偷看男人和女人解手，这使得人对它们心存戒心。姐姐怎么把它们混为一谈了呢。

苍蝇在吃了桐油的桌面上爬行，有如一个人在游泳，或如一只小船在

水面飞一般划动。它那么多脚一齐用力，像小船的桨。这时，地上的那只苍蝇，也飞上来了。它三级跳高似的，先跳到了凳子上，再往桌子上跳。它们互不相干地游了一阵，趁孩子不注意，突然飞到了一起。它们上下飞舞，让孩子有些眼花缭乱。这回，孩子真的是没办法分辨出它们谁是谁了。好在现在孩子也懒得分辨，分辨干什么呢，只要它们自己高兴就行。两只苍蝇很起劲地相互翻飞了一阵儿，然后一只在上面、一只在下面伏着不动了。开始，孩子还以为它们是真的不动呢。孩子有些兴味索然，他没想到它们这么快就累得趴下了，他可不是这样的。从早到晚，他的手脚没一刻停息。即使是晚上睡着了，他还会手舞足蹈地把被子什么的蹬下地来，害得奶奶老担心他受了凉。受了凉，就发烧，就要吃药。他有些瞧不起地瞥了苍蝇一眼。这一瞥，发现了新的情况。原来，它们不但在动，而且和猪和狗和鸡一样在动。上面的苍蝇屁股一翘一翘的。孩子很奇怪，苍蝇也会这样。他以前只见过猪和鸡和狗这样。每逢这时，他便和别的孩子一起，惊惊乍乍地大叫起来：不得了啦，又要生小猪啦！或又要下蛋啦！大人们便像稻谷那样笑弯了腰。难道小苍蝇也是这样生下来的么？孩子认真地盯着苍蝇屁股，想看看小苍蝇是怎么生下来的。但孩子看了很久，小苍蝇也没生下来。孩子有些生气了，他想捣蛋了，就像他们曾经一哄而上，把那些重叠的猪和狗赶跑。他用力朝苍蝇吹了一口气，它们一起被吹了起来。但它们仍重叠着，它们重叠着被吹了起来。

两只多么要好的苍蝇啊。比他和他姐姐还要好。

一眨眼，那两只苍蝇便不见了，它们藏起来了。孩子一时便寂寞起来。鸡在窝里下了蛋，马上咯咯咯叫个不停，向别的鸡表功。他到奶奶房里翻箱倒柜，想找出一点好玩的东西。奶奶房里有一只大衣橱，很老，老得看不清上面的木纹了，黑乎乎的，发出一股树的沉静的香味。橱门上安了铜扣，铜扣紧紧贴在橱上，不仔细看，是看不出来的。因为它和橱已长在一起了。铜和木头已经长在一起了。假如把它取下来，就好像给掉光了牙齿的奶奶忽然栽了一口好牙，不但不像奶奶，还很难看了。当然，奶奶是永远也不会做这样的事的。即使是爸爸妈妈叫她做，她也不会做。

奶奶的房里很暗，有一股神秘的味道，还有些阴凉。只有铜环，像个月牙儿一样，发出了光。整个衣橱便也发出了光。它仿佛是奶奶的聚宝盆，要什么，只听橱门好听地叫了一声，奶奶便把什么拿出来了，衣服、针钳、楦头、鞋样，即使是布角，奶奶也拿手巾包着，塞在里面。橱里还有一格抽屉，孩子很小的时候就想知道里面有些什么。说不定，是满满一抽屉好玩的东西或金子呢。孩子喜欢金子，它那么有光泽，那么柔软，不上锈。奶奶用金子打的耳环多么漂亮哦，戴着金耳环的奶奶像菩萨。奶奶还有银项圈、银手镯、银帽花、银铃铛、银簪、银针、银圆。银圆是会走路的。像土行孙。把银圆埋在地下，它会跑到另一个地方去。为了防止银圆的逃跑，奶奶把它们装在一个小小的布袋子里。奶奶说：等我死了，除了留一块银圆给自己咬牙，其他的，就都分给你们，做个纪念。东西还不就是这样一代代传下来的。但孩子不想奶奶死去，孩子只要奶奶。孩子搬来一只凳子垫脚。他拉开抽屉，一股陈年的香味钻进了鼻孔，他差点打个喷嚏。抽屉里除了奶奶用的针钳和楦头外，还有几只颜色不一的毛线球，几截红绳，一只骰子，好多枚铜钱，一个针线包，几粒大大小小的扣子。孩子认出有一粒是他去年过年的衣服上掉下来的小铜扣。还有一只纸烟盒，里面装着壁茸，可以压在伤口上止血。还有一把上了绿霉的小铜勺，一面小铜镜，一只裁缝用的小线圈，两枚说不清是什么时候的钱，反正是现在买不到东西。有一次，孩子惊喜地在里面发现了一枚五毛的硬币，他忙偷了出来，去小店里买了一根冰棒。孩子吃了冰棒，那冰棒好久还在他肚子里又惊又喜地跳着。孩子把那只骰子拿了出来，又放下了。都玩了好几次，不好玩了。孩子还在张望。

廊口传来了农具碰出的响声。孩子知道是奶奶回来了，他忙关了橱门。可恨的是，橱门上的铜环还在不停地晃动。但孩子已经顾不了那么多了。孩子赤着脚，咚的一下从房里跳了出来，像一条泥鳅那样悠闲地躺在地上。

奶奶手里就提着一串泥鳅，这使孩子惊奇不已。奶奶说，你爷在田里捉的。奶奶问了他几句什么，然后去喝茶。奶奶筛了一大碗茶，咕咚咕咚灌了下去。茶水使奶奶的胸口有了小小的起伏,她喘了口气,抹抹嘴角,把茶碗放下。

奶奶开始做饭。奶奶拿了砧板和刀,坐在堂前的马凳上切菜,有茄子,还有辣椒,豆角。孩子喜欢茄子,也喜欢辣椒豆角。辣椒一棍一棍地,打得他的肚子很舒服。

天气越来越热,更多的苍蝇飞进了屋里。它们歇在奶奶的膝上,头发上,手上,奶奶也懒得去赶。如果胆大者爬上了奶奶的脸或鬓角,奶奶便摆一摆头,好像是孩子想挠奶奶的胳肢窝奶奶不让一样。奶奶说,奶奶老了,不怕痒了。如果他不屈不挠,奶奶就让他挠。奶奶果真不怕痒了。不知怎么的,孩子有些难过。所以再有苍蝇歇上奶奶的脸,孩子便挥手去赶,好像把自己的手羞愧地从奶奶的胳肢下抽出来一样。苍蝇歇在奶奶面前的地上、凳子上、菜篮子上,歇在辣椒、茄子、豆角、还有泥鳅上。它们就像是奶奶养的一群猴子或一窝小鸡,看到奶奶来了,就亲热得不得了。在奶奶面前,它们和孩子是平等的。也就是说,孩子也是一只苍蝇,或者,这些苍蝇也叫奶奶奶奶。其他的苍蝇很快也发现了泥鳅,它们围着泥鳅嘻嘻哈哈,兴奋地点头,比孩子还急切。奶奶切好了辣椒、豆角和茄子,就拿剪子来剪泥鳅。奶奶把泥鳅的肠抠了出来,放在脚边,给苍蝇吃。苍蝇一哄而上。

但苍蝇的欢乐很短暂,很快有两只下蛋的鸡走过来,耀武扬威地把泥鳅肠子啄去了,脖子一伸一伸地吞了下去,然后左一下右一下地在地上揩了喙。苍蝇很委屈,又嗡地飞上来。奶奶说,你们自己争不赢,怪谁呢。奶奶一边说,一边把最后一条泥鳅肠子放在门外的墙墩上。苍蝇飞着跟去了。这边的一只鸡趁奶奶走出门、孩子没防备,从篮里啄了一条泥鳅就跑。孩子大惊失色地追赶。等奶奶回到屋里,那只鸡正把泥鳅猛吞下去。奶奶骂了一声鸡:也不怕哽死。

奶奶最严厉的骂也不过如此。

在塘边洗好了菜,奶奶就开始生火做饭。菜籽萁的爆裂声十分热烈,像一头狮子在灶膛里跳着,尾巴在屋顶上浓烟滚滚。灶屋很暗,火光一舔一舔的,不一会儿，锅里就发出了滋滋咕咕的响声。汗水从奶奶的头上脸上流下来。奶奶的汗水黑黑的，很肥沃的样子。奶奶给孩子洗澡时，一搓到颈窝，孩子便咯咯咯笑起来，不止。奶奶说，这么多污垢，可沤两担田哪，还不洗。但这时，孩子却没有反笑奶奶的意思，他从房里拿来一把大蒲扇。奶奶不肯要。奶奶说，别搞邋遢了，夜里要到床上扇。奶奶撩起衣角，揩了揩眼窝，又揩了揩脸。

这期间，奶奶拎了一把薯藤给猪，又从井里打了一桶水。

奶奶每炒好一个菜，便端到了堂前的桌子上去。奶奶最后煎泥鳅，一股浓香到处乱钻，仿佛那几条泥鳅变成了好多条泥鳅。泥鳅的香味到处游动，后来钻到了韭菜底下，韭菜跟着抖动，结果把韭菜也衔得四处都是了。四处都是泥鳅和韭菜。孩子幸福地吸了吸鼻子。奶奶把一钵嫩白的汤端到了桌子上。

孩子跟着奶奶进进出出，一点也不觉得累。奶奶感到好笑，便说，先盛饭你吃吧。孩子迫不及待地点头，眼巴巴地看着奶奶给他盛饭。正在这时，堂前响起了姐姐的尖叫：这么多苍蝇！它们倒先吃上了！然后是啪，啪，啪。

姐姐站在那里，手像根棍子一样不停地挥动。

不一会儿，爷爷在门外放下了耙锄。孩子惊讶地发现爷爷腿上有一条蚂蟥。孩子惊叫了起来。爷爷说，你别怕，我脚痒，捉条蚂蟥吸吸血里的毒气。爷爷认为人体不舒服大多是由于毒气引起的。孩子脸上生了疖子，爷爷说，毒气呀，等毒气跑完了，自然就好了。

姐姐的筷子永远那么难说话，在碗里挑挑拣拣。

吃了饭，爷爷在东边屋里歇凉，奶奶在灶屋洗碗，姐姐在桌上写作业。苍蝇似乎也已吃饱喝足，趴在地上、桌上、门窗上懒得动，不愿跟他玩了。孩子一时觉得十分无聊，他只好逮住姐姐说话。他问姐姐：你在写什么作业呢？姐姐说，我在写一篇作文。孩子说，作文是什么？姐姐说，作文就是文章。孩子说，哇，姐姐可以写文章了。姐姐很得意：那当然。孩子问，姐姐你写的什么文章呢？姐姐说，《苍蝇和蜜蜂》。孩子一听，来了兴趣，说，姐姐，你念给我听听吧。姐姐说，等一下，我写完了再念给你听。

姐姐的笔沙沙地响。

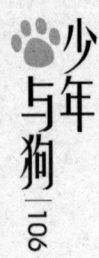

孩子问：写完了吗？

姐姐说：快了。

孩子问：写完了吗？

姐姐说：快了。

姐姐说：好，我来念给你听。于是姐姐念道："苍蝇是个坏家伙，专门干坏事，以前我还不知道呢，自从知道了它是坏家伙，我对它就没有好感。我不许它碰我，哪怕是碰我的衣服和文具盒都不行。因为它的爪子上全是我们肉眼看不到的细菌，它会传染多种疾病。一见苍蝇，我就要呕吐，就恨不得一拍子把它打死，一脚把它踩死。我对它恨之入骨，它永远是我们的敌人。

而蜜蜂是我们的朋友，我喜欢蜜蜂。蜜蜂多么勤劳啊，它辛勤地给我们酿蜜，自己却舍不得尝一点点。我们要学习蜜蜂这种忘我劳动无私奉献的精神，只管奉献不求索取的精神。我恨不得自己也变成小蜜蜂。对，将来我一定要做一只小蜜蜂。

有一天，没头的苍蝇在田野乱飞，碰见了正在花间辛勤忙碌的蜜蜂。苍蝇像智叟嘲笑愚公那样嘲笑蜜蜂：'蜜蜂弟弟，你看大家都在玩，你怎么不玩？你看我，不用劳动，照样有吃有喝，潇潇洒洒，你真笨啊！'蜜蜂不理它。苍蝇见一计不成，又生一计。它说：'蜜蜂弟弟，我刚才听到别的蜜蜂都在说你的坏话呢，你来，我告诉你听。'蜜蜂还是不理。瞧，它嗡嗡唱着歌，干得多欢啊。苍蝇恶毒地嫉妒着，它开始强行干涉蜜蜂的劳动。它拿肩膀去撞蜜蜂，拉蜜蜂的翅膀，在蜜蜂正在采蜜的花上拉屎。蜜蜂气坏了，想狠狠教训一下这个阴险毒辣的家伙。蜜蜂和苍蝇搏斗了。开始苍蝇还占了上风，把蜜蜂压在下面。但蜜蜂机智勇敢，在生死存亡的危急时刻，反败为胜。最后，它伸出钢刺，狠狠地朝苍蝇扎去，苍蝇翻倒在地，脚一伸，死了。"

孩子嚷嚷起来：胡扯，蜜蜂什么时候扎死过苍蝇，我从没见过。

姐姐一脸鄙夷：你知道什么，老师说了，苍蝇和蜜蜂打架，肯定是蜜蜂赢，因为苍蝇是苍蝇，蜜蜂是蜜蜂。

孩子不能接受这个决定。他不管蜜蜂是不是蜜蜂，但他知道，苍蝇不一定是苍蝇。他仰起脸，痛苦地跑开去。

　　姐姐穷追不舍：不管你跑到哪儿去，都是这样。

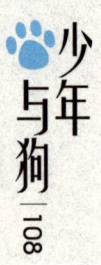

| 绑　　架 |

到了小玲下午放学回家的时候，小玲还没有回来。她爷爷站在屋门口用手搭着凉棚往廊口望。明天是礼拜，按道理，小玲这天应该回来得比往日早，星期五下午要少一节课。她总是兴高采烈地跑回家里来，把书包往椅子上一挂，然后急不可待地打开电视。

小玲爸爸和妈妈都在外面打工，她跟着爷爷奶奶过。爸爸和妈妈过年才回来。有一段时间，她故意不理他们，叫她接电话她不接，叫她喊爸爸妈妈她不喊。看到妈妈眼圈红了她也掉转头跑开了去，弄得一家人悲喜交加。但现在她不会这样了，她已经读三年级了，有时她还会主动打爸爸的手机，问他们在那边好不好，说她考试又考了多少分。

但今天怎么回事呢？爷爷嘀咕上了。他问村里其他的孩子：我家小玲怎么还没来？是不是被老师关学了或要扫地？不会跟人吵架吧？从村子里到学校不过一里多路，应该不会有什么意外发生，除非……

爷爷忽然紧张起来了，学校旁边最近新修了一条马路，是不是过路的车子尤其是哪个摩托刮到了小玲？村子里买摩托的人越来越多，那个东西有时候好端端的会飞起来。爷爷急忙赶到学校去，一路上碰到了人还会问，喂，没听说学校那边发生了什么事吧？看到对方疑惑地摇摇头，他的心往下落了一点点，但走了一段路还没看到小玲，他的心又悬了起来。

爷爷赶到学校，见操场上一个人影也没有。他跑到跟前去，从窗子里没看到人，每间教室和老师办公室的门都上了锁。他在学校附近转了转，也没有发现可疑的地方。他想，说不定小玲跟他错过了，已经从别的路回家了。于是他又往回赶。

赶到家，才知道出了大事，小玲被人绑架了。小玲奶奶在院门转角的地方发现了一张用小石头压着的纸，上面还写着字。奶奶不认识字，只有等爷爷来。爷爷一看，只见上面写着：限你们在晚上八点前，把五百块钱放在你们看到这张纸条的地方，不然，你们家小玲会有生命危险；如报警，五百块钱就要变成一千。

爷爷马上奔出院门，想找到那个写纸条的人，似乎他还一直等在那里似的。爷爷当然什么也没抓到，他又绕着自家的屋转了一圈。他家在村子最后面，屋后有个牛栏，然后是两垛草堆。到了冬天，爷爷就用金黄金黄的稻草喂牛。草垛后面是一排树，爷爷说它们将来可以给小玲做嫁妆，又可在冬天挡住刺骨的寒风。树后面是菜园和田野。小玲喜欢吃刚从田里拔上来的脆生生的白萝卜。

爷爷站在菜园的地坝上，朝远处望了很久，还是什么也没发现。奶奶也跟着来了。两个老人大声喊着小玲的名字，希望绑架她的人还没走多远，小玲能听到。

爷爷想告诉村里人，告诉队长，但奶奶提醒他，写纸条的人不是说了么，告诉别人小玲就会有危险，爷爷就打消了告诉别人的念头。他们合计了一下，五百块钱也不多，他们手头还有。他们想，这个绑匪大概也不是什么大绑匪，你看电视里，大绑匪开口都是几万十几万甚至几十万的，大概也是个可怜人，日子过不下去才出此下策。爷爷和奶奶是心慈的人。他们决定还是花五百块钱买小玲一个平安。不管怎样，首先要小玲平安无事才好。

晚上，没有月亮。快八点的时候，爷爷果然拿了五百块钱放在院门转角的地方。担心被风吹走，他用了一块大一点的石头压住。放好钱，爷爷朝黑暗中喊了一句：你要的东西在那里，你要敢动我孙女一根汗毛，我就跟你没完。

然后他们一边听着屋外的动静，一边等着小玲回家。可直到天亮，小玲也没有回来。两个老人一夜未睡，他们半掩着门。其间门真的被推开了几次，但爷爷跑出去看，什么也没有。是风。清早，关了屋里的灯，爷爷就赶忙奔了出去。他看到院门角上的五百块钱还在那里。他慌了神，心想小玲肯定出了事，绑匪才不敢来取这五百块钱。现在不报案是不行了。他后悔没及时报案。他跟奶奶交代了几句，奶奶只是哭。爷爷也哭了，他说，小玲，是爷爷害了你，错过了救你的时间，爷爷好糊涂啊！

派出所的民警来了。他们看了看绑匪留的纸条，说绑匪的字写得一般，大概文化不怎么高。但另一个民警马上反驳他，说，不一定呢，现在字好的有几个？他们研究了半天，什么也没研究出来。他们说，根据我们的经验，现在也没有别的办法，只有等绑匪重新露面。爷爷着急地说，万一我孙女被他害了呢？民警说，如果你孙女已经被害了，那你急也没用。爷爷几乎跟民警吵了起来。不过民警理解他的心情，不跟他计较。

屋子里显得很沉闷。正在这时，奶奶听到灶屋里有动静。她以为是野狗从后门进来偷食了，不过，也说不定是绑匪露面了呢，她一个激灵，也顾不上跟别人说，赶忙直奔灶屋。

她惊呆了，在灶屋里的不是别人，正是孙女小玲。小玲正在探手探脚地找东西吃。奶奶激动得一把搂着小玲不知说什么好。

大家闻讯赶来，问，绑匪呢？小玲摇了摇头。爷爷问，小玲啊，谁把你送回来的？小玲还是摇了摇头。民警说，这孩子大概是受了惊吓，话都不知道说了。谁知小玲忽然噗的一声笑了起来。

经过大家的仔细盘问，才把事情的来龙去脉搞清楚。原来，那张纸条是小玲自己写的，她用的是左手。她一直躲在屋后的草堆里，她听到了爷爷奶奶到处喊她的名字，但她不肯出来。天有点凉，躲在草堆里很舒服，她很快睡着了，那五百块钱肯定就没人拿了。等她醒来的时候，已是第二天早晨，她又冷又饿，看后门是开的，便偷偷到灶屋找吃的。

民警问小玲为什么要这样做，她说，跟电视里学的，好玩呗。

脸　　红

我的朋友西丁向我讲了一个关于他自己的故事。

他说，那是十多年前，他还在一所乡下中学读书。那是长江中下游的山皱褶里一所古朴的学校，校舍井然，老师们大都穿着中山装，不苟言笑，上课时经常听见隔壁的教室里戒尺打得噼啪响。家长们说，那是一所好学校啊。

大概是初二上学期吧，一天，同班的修美丽忽然报告老师说，她丢了一支钢笔，不，准确的说法是，她的那支据说是她舅舅花了二十多块钱买给她的名牌钢笔被人偷走了，因为她刚刚还使用过。修美丽边说边急出了好看的眼泪。

老师立即重视起来，上课铃还没响，就把大家聚回教室。他站在讲台上，威严地扫视着每一个人，并把趴在窗外的其他班的同学伸出的头吓得缩了回去，那架势，像是一个刑侦科长。绝大部分同学还不知道是怎么回事，懵懵懂懂，四处张望着。老师说："同学们，你们知道发生什么事情了吗？不知道？是的，对于绝大多数同学来说是不知道，可对于某个心中有鬼的同学来说，是真的不知道吗？"老师把重音重重地落在"有鬼"两个字上，说着，又来了一番威严的扫视。

大家立即意识到了问题的严重性，一个个正了脸，不敢斜视，唯恐引起老师的注意。

老师继续说："修美丽同学的钢笔被人偷了，为什么是偷她的而不是偷别人的？因为那是一支十分贵重的钢笔，可见偷笔的同学是早就打好它的主意了，是谁，我心里有数，给你两分钟考虑的时间，如果主动坦白，我不再追究，你可能是看花了眼，拿错了，这'拿'和偷是不一样的，不然，后面的话就用不着我说了。"

一片寂静。

上课的钟声响了。西丁的心,也忽然像钟声一样,猛烈地敲了起来。

谁也不敢做声,哪怕是要咳嗽,哪怕是什么地方痒痒。

老师在教室里走动着,节奏稍不匀称,大家便会齐刷刷拿眼睛去看。他察看着每一个同学的脸色,说:"再不坦白,我可要点你的名了,你看,你现在很紧张,偷了别人的东西怎么能不紧张呢?你的眼睛也和别人的不一样,你的脸,像是发烧……"

正是这时,西丁的脸无可避免地、不可挽回地红了起来。像泼出去的水,像一头拉不住的牛,像捂不住的惊叫。他在心里说,脸啊脸,求求你别红了,求求你别红了!可是脸根本不听他的,根本不懂得悬崖勒马。于是他就像骑着一辆没闸的自行车,从高坡上风驰电掣般冲了下来。

可怕的事情终于发生了,老师走到他的座位边,停下脚步,西丁感到同学们的眼睛立刻朝这边转过来。老师说:"西丁,你到我的房间里来。"

老师说:"你为什么要拿修美丽同学的钢笔?"老师的笑纹毫不相干似的浮在脸上,就像人往冬天结了冰的池塘上扔了几根枯干的树枝。

老师不问拿没拿,而是问为什么拿,也就是说,老师跳过了第一个问题,把西丁直接引到了第二个问题上,仿佛西丁"拿"了修美丽的钢笔是毋庸置疑的。老师就这样蒙住他的眼睛,一下子把他拉过了岔路口,使他没有选择的余地。

但他还是本能地挣脱了老师有力的手,他实事求是,说:"我没拿。"

"没拿?你骗得了我你的脸骗不了我!"老师说,"你的脸红了,没拿你的脸红什么?"

"我也不知道。"他说,"我也不想脸红,但它还是红了。"

"有句话怎么说,脸红是一个人做坏事留下的尾巴。"老师说,"你不知道为什么脸红,我却知道,因为你心虚。"老师说,"你为什么心虚呢?人就是这样,心一虚就发慌。"老师说,"为什么发慌呢?因为心里有鬼。"老师说，"有什么鬼？有一个贼鬼。你一发慌，贼鬼在心里藏不住，就跳到脸上来了。"老师说，"这就是你脸红的根本原因。"

老师为自己精妙的比喻和严密的推断得意起来。

"我真的没拿。"西丁几乎要哭了。

"真的？什么是真的？"老师说，"一个人，只有心里知道是假的时，嘴上才反复强调说是真的。"老师说，"这叫做欲盖弥彰。你懂欲盖弥彰吗？欲盖弥彰就是本来想掩盖事情的真相，结果反而更加显露出来了！"

老师说："说出来吧，说出来，我会为你保密的。"

老师的声音是那么的语重心长，娓娓动听。以至好几次，他都差点答应说修美丽的钢笔是他偷的，仿佛不这样就对不住老师的苦口婆心。

两节课的时间过去了，最后西丁哭着从老师房间里跑出来，他说他再也不上学了。

最终，他要求转了学。

西丁讲完了。

西丁说，其实有些人就是爱脸红，可老师，往往以为他们一定是干了什么坏事。

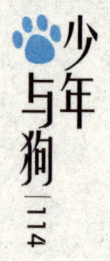

骨　折

他儿子从上面摔了下来。那是一扇旧的铁门，因为新修了院门，它没用上，被丢弃在食堂里。几个孩子把它当成了梯子，在上面爬上爬下。他们很久没找到这样合适的玩具了。他儿子手没有抓稳，脚下一滑，倒栽了下来。

他从教室里赶来，孩子还蜷坐在地上，嗓子哭得有些沙哑。食堂的地面永远那么阴暗潮湿，有柴草和煤灰。孩子的衣服脏得像垃圾，这孩子，一点都不知道爱干净，没有一天不弄得灰头土脸。同样的鞋子，别人可穿一年，他只能穿几个月，他的手脚没有一时半刻的斯文。他一看就来了气，走上前，伸出一只手，抓住孩子的肩膀，把他提了起来。但一放手，孩子又坐地上去了。他以为孩子耍赖，再提的时候，用的力就大了些。可孩子哎哟一声还是坐到地上去了。他说孩子你怎么了？孩子说我痛，他问哪里痛，孩子只是说痛。他扶着孩子，孩子的一只脚蜷缩着，不敢落在地上。

他的头有些大了。他还年轻，未经历过这样的事。他以为孩子的脚只不过崴了一下，那样，是很简单的事，把受伤的地方放在凉水里浸一浸，等破裂的毛细血管收缩了就会好。这是在师范读书时体育老师教给他们的。有一次，他不小心崴了脚，就是这么干的。但是，孩子的脚还未挨着地面，又叫了起来，他感到情况有些严重了。这时，刚好有个年纪大的同事经过，看了看，说，哎呀，孩子的大腿，恐怕是骨折了。

骨折，这是个多么可怕的词！他眼前暗了一下，仿佛听到了那声稚嫩的、饱含了水分的脆响。

他一口气把孩子抱到了医院。骨头断了。小熊医生面无表情地说。他惊慌起来，从没有像现在这样可怜巴巴，对医生产生了强烈的依赖。他恨自己平时不出门，除了教课，就是躲在房间里看书。学校和医院虽一墙之隔，但他和医生们并没有什么交情。他忐忑不安地听从小熊医生的安排，挂号，划价，交费，到另一栋楼上叫人，把孩子抱上巨大的台桌，递上烟，笑，拍片子，说好话。同样巨大的X光机终于开动了。孩子看上去像一条小虫子。医生在移动，瞄准。他靠在什么地方，全身软了下来。医生的手终于正式插进来了。他从来没像现在这样觉得自己势单力薄。要是妻子在就好了。妻子上课去了。她在十多里远的一所小学教民办，每天跑一个来回，路也不好走。他很不赞成她去，一个月才二百块钱。有一次，下大雨，他让她打电话请假，结果，她整天心神不定，还跟他吵了一架。所以每逢她下午有课，他就故意不洗菜，也不做饭，等她骑着自行车回来。等着她的事情还多着呢。比如现在。

唉。

小熊医生把片子举起来，对着日光灯。他说你看这里，这里，那么大一条缝，完全裂开了，哎呀，还有点螺旋状，肯定是摔下来时还扭了一下，是不是？他问孩子你这个小顽皮头，有苦头吃了，这样吧，他转头向孩子父亲，你们离医院近，也用不着住院了，你先开点药，抱孩子回家，给孩子准备一张单独的床，下班后，我去给他上夹板。

他就抱了孩子回学校。他的手，抱得紧紧的。这样，他的身体才不至于过分地颤抖。他感到自己很软弱，孩子已经不哭了，只是在坐到沙发上时，脚被碰到了，呻吟了一下。他急得要哭，他恨不得扇自己的耳光。在等待小熊医生到来的漫长时间里，他陪孩子坐在愈来愈暗的房间里，忘了开灯。他真希望时间倒流，那样，他就可以抓住孩子不松手，那样，孩子就不会到食堂里去，爬那个该死的旧铁门。或者，他一定要妻子辞职。她教了十多年书，还没有搞到编制，而很多比她后教书的，不但入了编，还转了正。谁叫她不去求人呢。在这个小地方，做什么事，都是要求人的。与其迟早被他们扫地出门，还不如自己离开。不管怎么说，孩子的腿骨折断，这是一个严重的事实。孩子已经四岁了。本来，像这么大的孩子，是可以上幼儿园的。如果上了幼儿园，这一切说不定能完全避免。但在这个乡下小镇上，还没有幼儿园。前两年，之所以大张旗鼓地撤乡建镇，据说是因为镇干部可以比乡干部多拿半级工资。这时，他便有些后悔没有调到县城里去。本来，是有一个这样的机会的。县文联正需要人，宣传部想调他去，但他拒绝了。他不想写那些应用文，他讨厌它们。但现在看来，也许不一定是坏事。如果在县城，孩子可以受到正规的教育。可是，这些也是他当初想要逃避的。他不相信什么正规教育。他倒是希望孩子在散漫的环境中保持一点个性和自由，玩要玩得尽兴，读书要读得快乐。可是现在，现在。不管怎么说，孩子是因他而受到某种不好的影响了。

　　医生还没有来，他不禁有些怀疑起来，医生真的会来吗？他是不是在诓他？可是，他为什么要诓他呢？或者，他已经来了，找不到他的住房？这样想着，他就叮嘱孩子躺好，他要到门外去看看。他站在门外，学生们已经吃完了饭，准备进教室上晚自习，将要下班辅导的老师在树下聚成一团，正议论着地方新闻和国家大事。他想了想，到校门口的小店里买了两包好烟，打算等会儿送给小熊医生。

　　他有些诧异，平时很生疏、或不为之的事情，现在做起来竟也那么顺当。

　　原来，他并没有自己想象得那么坚强啊。

　　妻子终于回来了。她已经从别人那里听说了这件事。她连车子都顾不上锁就叫着孩子的名字奔了进来。

　　孩子一听到妈妈的声音就委屈地哭起来了。

　　小熊医生的影子被放大，投在身后的墙上。孩子在由床头和木板支成的床上躺好。小熊医生开始给孩子上夹板。他看着小熊医生小心地脱掉孩子的裤子，又叫妻子拿毛巾来揩干净了，因为在以后的二十多天里，孩子将不能洗澡，只能躺在那里望着天花板。妻子细心地用湿毛巾抹了又抹，把孩子上身的衣服也脱掉了，换上了干净衣服。在上夹板的时候，孩子痛得哭了起来。他和妻子也要哭了，眼睛湿湿的。他们长这么大没断过骨头，孩子还只有四岁,却要遭受这样的痛苦。他无法想象那痛苦的程度,只觉得自己心里,发出了石头和瓦片相刮发出的刺耳的声音。这是他最害怕的一种声音。他一听到这声音,浑身就说不出的难受。妻子把孩子紧紧抱在怀里。他腿骨发酸,心里像有什么在抓在挠。但他故意装出坚强的样子。现在,他终于知道上夹板是怎么回事了。打上石膏粉,绷带便在孩子的腿上一层层绑了起来。看上去像是肿了。末了,在脚底打个结,牵引出来,吊上两块他从外面捡来的红砖。

临走时,小熊医生说,孩子不能乱动,一定要按时吃药。

第一夜,他和妻子几乎没怎么睡觉。他们把自己的床向孩子的床拉近。他们整夜地开着小灯。他经常下床,去察看绷带是否有所松动,砖头是否吊歪。他很不放心,他一遍遍地下床,努力抑制着木板床发出的响声。妻子一直在流眼泪,她小声地安慰和鼓励着孩子,向孩子道歉。她说是妈妈不好,妈妈要上课,不是妈妈不管你,但妈妈想有事做总比没有事做好,你爸爸的工资也不高,怎么养得活我们,是不是?她握着孩子的小手,把它放到自己的胸脯上。以前因为孩子睡着了也要把手放在她胸前,他们才决心让孩子分床睡的,担心过分的亲昵对孩子不好。孩子隔着衣服抚住让他感到安宁和踏实的东西。有一段时间,一把那小手轻轻挪开,孩子就醒了过来。现在,他们为此内疚,并试图作些弥补。孩子终于睡着了,脸上挂着泪珠。妻子拿自己的衣衫为孩子拭去泪渍,衣衫有温度,不至于把孩子惊醒。然后,他们抱头痛哭了一场。他们的身体干瘪、平静,像两个老人。妻子向他检讨着自己的粗心和对工作的负责,他宽慰她,真诚地理解她,不像平时那样冷嘲热讽。她的泪水流得更多了一些。她一边压抑着自己的抽泣一边低低地说,这个孩子,从出生到现在,不知经历了多少波折。几个月时肠胃就不好,老是拉肚子,一拉肚子就要到医生那儿去打针,吃药没什么作用。孩子小小的屁股上满是针眼,晚上要用热毛巾敷。到医生那里有一两里路,刮风下雨,都是她一个人抱着孩子来去。当时,她和孩子跟他父母住在一起,关系不好,营养也跟不上去，奶水不足。亲戚捉来的鸡，他母亲舍不得杀给她吃，结果发了瘟。那时，她一到学校里来，头等大事就是给她弄点好吃的。有一次，他居然请她到饭馆里吃了一大盘红烧猪脚。以后，她每笑着和他提起这些，他还忍不住鼻子发酸。孩子看起来很壮实，其实只是头大，骨架子大，身上并没多少肉。孩子从小就喜欢爬高爬低，头上、脸上都有伤疤。有一次，摔倒在碎玻璃瓶上，划破了后脑勺。那些玻璃瓶，他早已嘱咐父亲处理掉，可父亲不以为然。甚至孩子摔伤后，也是妻子一个人抱着孩子去找医生，他的父母不闻不问。妻子和孩子搬到学校来住以后，孩子因为小，又没有人看护，也三天两头地摔跤。有一次，骑着小车子从一米高的没有栏杆的阳台上摔了下去，在额头留下一个疤痕。还有一次，从学校一个高坎上摔下来，晚上做噩梦都在惊叫。几岁的孩子就已经有了噩梦，让他们很内疚。孩子的手也脱臼了好几次，这使得他们在以后很长的一段时间里，不敢随意拉孩子的手臂，而习惯于抓住他的肩膀。假如别人拉孩子的手臂，他们就会神经质地大叫起来：别，别拉！还有一次，孩子感冒发烧，起先他们不以为然，结果孩子高烧惊厥。那一次，他们吓得魂飞魄散。从此，孩子一有什么不舒服，他们首先都要下意识地摸摸孩子的额角，看孩子是不是发烧。孩子已经到了上幼儿园的年龄了，可是镇上没有幼儿园，只有任他在校园里爬高爬低。孩子是聪明的孩子，他对一切陌生的东西有着天生的好奇。他老是问这问那，喜欢把许多东西拆开，又拼拢。当然有很多东西，在他这个年龄并不能恢复原状。孩子缠着要他拿粉笔教他写字，画小人。有一次，孩子拿了钱去小店里买东西，看到几个跟他差不多大的孩子在围着看店老板演示一种画板，别的孩子紧盯着店老板的手，他却歪着头去看画板的背面，店老板说，这个小家伙……大概正是这些，注定他比别的孩子要多遭受些苦痛。假如有幼儿园，假如他们不是生活在小镇而是生活在县城里……他这个做父亲的再一次为自己在社会生活中的执拗和迂腐而内疚起来。

半夜，孩子被疼痛惊醒了。仿佛那疼痛是一条恶狗，忽然把孩子紧紧咬住。孩子来不及做别的反应，直接哭了出来。他的哭声没有过渡突兀而起。

孩子似乎忽然记起了昨天在他腿上发生的事情，便懂事而害怕地一动不动。他一边小声地呻吟着一边问：妈妈，我的脚什么时候好？妈妈，我的脚什么时候好？

妻子一边流泪一边为孩子揩着泪水，说，快了，孩子，快了。

有一回，他大吃了一惊，因为孩子骨折的那条腿比另一条腿长出一些来。他吓坏了，以为是小熊医生没有把孩子的腿骨接好，赶忙把小熊医生请来。小熊医生来看了看，说，因为有砖头的牵引，长出一些是正常的，等骨头长好，再拍个片子看看就知道了。

他听了不禁心里一抖，他担心的正是将来的拍片子。这几天，他和妻子搜集到了许多惊心动魄的事例：有个人，断了腿骨没接好，好好的大腿短了一大截，拍片子一看，要敲断重接。还有一个人，骨头接歪了，走路一撇一撇的，后来也要敲断重接……那可是骨头啊，居然可以敲断重来！他们不敢想下去了。每天，他们被各种不好的念头弄得心惊肉跳。万一出了什么差错，那可是孩子一辈子的事情啊。有时候，他会把自己逼到问题的极端，好像拿尖刀把自己顶到墙角：假如孩子的腿骨真要接歪了怎么办？他被这种假设的选择弄得额角发烫浑身颤抖。

有一次，他看到孩子似乎是太难受，动得厉害了一点，他忙大声斥责了孩子。因为在他看来，这一动，孩子腿上的绷带似乎已经松动，那刚要长拢的腿骨又错开了。他被自己种种不祥的想象折磨得狂躁不安。他对孩子说着后果极其严重的话，吓得孩子一动不动，然后他又后悔，去向孩子道歉。他从抽屉里找出几块钱，去给孩子买酸奶，买排骨。直到看着孩子把酸奶喝下去，妻子把排骨下了锅，才放下心来，仿佛终于把刚才的损失弥补过来了，让刚刚裂开的腿骨重新合拢了。

不知他本来就脆弱，还是孩子的骨折使他变得脆弱了。

孩子已经在床上躺了整整一星期。在这漫长的一星期里，孩子仿佛长大了。本来，孩子是特别喜欢喝水的，就是冷天的晚上，也要喝几回温开水。大概是因为那时候妻子奶水不足的缘故吧。他们曾经为孩子的这一习惯而烦恼，因为喝了水就要撒尿，他们也要跟着多冷几回。现在，孩子自觉减少了喝水的次数。撒尿时，妻子便在孩子身下垫一块旧毛巾，再拿玻璃瓶把尿接住。孩子怕把床和衣服弄脏，妻子说，不要紧，可孩子还是很小心。大便就麻烦一些，得拿塑料袋垫在床上，开始几次，孩子根本拉不出来。就是后来，除了妻子，孩子也不要其他人在场，哪怕是他。到吃药的时间了，如果他们忘了，孩子就会说：爸爸，我该吃药了。妈妈，我该吃药了。而以前，孩子是最怕吃药的，一吃药他就哭喊道，我要打针。然后一边让医生打针一边抹眼泪。有一种叫田七的药丸，粒大，得掰成七八瓣，味道又苦，散发着烂皮带的气味。但孩子硬是每天三回，每回要吞服十多次。有好几次，他用手捏成的小药丸在孩子喉管里被反弹了出来，孩子也毫不犹豫地把药丸捉住，喝口水，重新吞下去，他的动作有一种非常果断的意味。每喝完一次药，孩子都要问：爸爸，我的腿是不是又好了一点？我什么时候可以下床去玩？

当他在备课、妻子去塘塍洗衣服或做其他事情了的时候，孩子就一个人躺在床上。屋外，其他孩子的嬉闹声不断地传进来，孩子静静地听着。他的脸上露出了微笑，仿佛他还跟他们在一起玩。他们踢足球，捉迷藏，看蚂蚁搬粮食。或者什么游戏也不做，只在操场上疯跑一阵。大概是想到了跑，孩子的腿动了一下，结果又呻吟了起来。那痛真是一条恶狗，一条毒蛇啊。他便去安慰孩子，并许了很多愿，说，等你的腿好了，爸爸给你买足球，买画板，买汽车，买……他恨不得把所有好玩的东西都买给孩子。要是以前，孩子听了不知会多么高兴。但现在，孩子只是说，爸爸，等我的腿好了，要到操场上去跑，我还能跑吗？

他使劲地点点头，孩子在他眼中模糊起来。

外面的喧闹声渐渐远去了，孩子有些怅惘。他拿起枕边的图画书，上面有各种动物，有"人口手"。孩子已经能认出"人口手"了。各种动物里，他最喜欢恐龙。很多动物，他已经在市里的动物园看过，而恐龙他没有看过。孩子的皮肤很敏感，书上说叫湿疹，他们带孩子到市里看医生，顺便去了动物园。但孩子不是很喜欢动物园，因为那里没有恐龙。恐龙在哪里？孩子问他。

　　这时，他心里有一种塞翁失马焉知非福的感觉。他想不如借这个机会教孩子认认字，好好讲几个故事，为此，他从书架上把早已买好的童话书拿出来了。因为以前他给孩子讲故事时，孩子老是没耐性，一会儿就跑开了。现在，一下课，他就给孩子讲。这时，他才发现自己的语言多么枯燥啊，他买的那些童话书，其实也并不适合孩子，和孩子忽闪忽闪的大眼睛相比，它们就像是一块块脏兮兮的破布。他气得把它们丢在一旁。

　　半夜里，孩子仍会被疼痛惊醒，但他已经不哭了，只是小声地说着，痛，妈妈，痛。绷带下面的皮肤，因为多日没有清洗，孩子痒得难受。每逢这时，他们便在绷带外面轻轻抚摸着。一个才四五岁、无比好动的孩子，因为骨折，竟然在床上听话地躺了二十天之久，这令他们心疼，也令他们感动。这二十多天里，他们的心时时被痛苦折磨，也时时充满希望。他们看到了孩子心灵的奇迹。他们忘记了自身的其他欲望，变得洁净和庄严。

　　拆去绷带后，孩子看着自己裸露的大腿，有些惊喜。他试探着下了地，一时还不敢完全迈开。他说爸爸你牵我一把。他就牵了孩子。孩子颇感新鲜地迈了几步，然后从他手里脱离出去，撒开腿奔跑。仿佛以前那作"牵引"用的砖头，是为了帮助孩子练某种轻功似的，现在忽然脱离了重量的羁绊，他就好像要飞起来、飞起来了。

少年与狗

那颗叫做什么磺的东西,他已经在手里攥了好几天。上课的时候,他握着它在抽屉里。走在路上,他握着它在裤袋里。晚上睡觉,他握着它在枕头底下。他是把衣服折好,再叠起来当枕头用的。不过那件蓝涤卡外套,他从来都舍不得枕它。他怀着喜爱,把它小心地放在一旁。

他把那个东西放在夹袄的折层里。几天来,它弄得他心神不定,跃跃欲试。它仿佛在同他的心一道扑扑地跳着。他怕一不小心,把它弄丢了。他还担心那蜡溶化掉了,里面的成分失效。张国庆说,它可神奇了,狗吃下去,走不了三脚路,就会往下倒,所以它又叫"三步倒",张国庆神色诡秘又眉飞色舞。这是他用两斤饭票从张国庆那里换来的。他每次往学校拿米,祖母都心中有数。祖母能准确地说出他身上还剩下几斤几两饭票。但他不可以每餐少吃一二两么。后来,他看这样节约太慢,就干脆饿了一顿。接着,又饿了一顿。就这样,他很快从自己手里"赢回"了两斤饭票。

他在乡中学读初二。他不是一个好学生,因为他经常调皮捣蛋。虽然他不讨厌读书,但他喜欢逃学。逃学给他带来了莫名的快感。感觉像飞一样。他还喜欢钓鱼。钓鱼使他忘记礼拜早已过完,而他,还稀里糊涂地坐在塘塍上。目不识丁的祖父知悉了这一消息后,气急败坏地赶来,用放牛的鞭子抽他。于是,他和凶神恶煞的祖父围着塘塍飞跑。祖父吼叫着,愤怒使他增加了能量,越跑越快,看上去就像一支火箭。他不得不用一些数学或物理上的技巧来逃避祖父的抓捕。不知道跑了多少圈,他实在支持不住了,感觉喉头发热,胸部发痒,才划了一条切线逃开了圆周似的塘塍,朝学校的方向跑去。他一边跑一边惊恐地回头,几乎是哭着喊道:我上学去,我上学去还不行吗?

星期三下午，他回了一趟家。按学校规定，这天下午放学后，住宿生可以不经请假回家拿米拿菜。时已深秋，等他急匆匆赶回家时，天已经不可挽回地完全暗了下来。他的计划无法实施。路上，有几匹狗翘着尾巴一颠一颠地跑过，像缩小的战马。那个东西依然被他握在掌心。为了使它不至于溶化，他不得不把它从左手换到右手，又从右手换到左手。假如有饭团或煮熟的红薯，也许他当时就可以试试它的神奇作用。他并不想杀死狗，只是想掌握一种杀死狗的武器并对其进行论证。就像一个国家拥有原子弹但不一定会用它去毁灭另一个国家或城市。

晚上，他做了噩梦。他梦见一条狗在吃了那颗白色药丸后，不但没有倒下，反而龇牙咧嘴地朝他跑来。它吼叫着，脸阴沉沉的，红红的舌头像一面小小的旗帜在风中呼呼作响。狗在后面追，他在前面奔跑。他和它围着操场打转，就像他和祖父围着塘塍打转一样。有人围上来看。他们哄然大笑，一定是以为他在赶那只狗，而不是狗在赶他。有那么一会儿，他已经离狗很近了。但他没想到，狗忽然掉转头，张开了嘴，他大惊失色……

从梦里醒来，刚才跑的满身的汗还在那里，这时候冰凉冰凉的。他很纳闷，这条狗怎么那么聪明，像是读过书的样子。仔细想来，原来是学校食堂保管员刘建成养的狗啊。他曾打过它的主意，但它很严厉又很锐利地盯了他一眼，就像老师们盯着他一样。

他以一种异样的眼光打量着学校的那几只狗。一只是食堂保管员刘建成的，一只是代课教师叶小露的，一只是初三年级的化学老师董兴志的，还有一只是校工李金火的。董老师的狗每天早晨摇着尾巴跟董老师到学校来，下午放学又跟董老师回去，看上去像是董老师的儿子，就差没有背书包。叶小露的狗像它的主人一样，是一条娇生惯养的狗。据说她每天给狗洗澡，搂着狗睡觉。这样的狗，就是把它弄死了，也没什么意思。李金火的狗则是一副可怜相，瘦骨嶙峋的，脊背上的疤癞，仍在不断蔓延。那狗在校内被别的狗瞧不起，在校外老是被咬得血淋淋的抱头鼠窜而归。

只有食堂保管员刘建成的狗"四眼",永远那么威风凛凛,膘肥体壮。它全身漆黑,没有一个杂点。"四眼"狗往往是恶狗,它们不动声色地走到你跟前来,张嘴就咬。"四眼"经常吓得前来打饭的女生尖叫起来,它走到女生跟前,身子忽然竖起来。女生的饭碗当的一声掉到了地上,"四眼"立刻吭哧吭哧地把地上的饭团抢食干净,女生只好一边抹着眼泪一边到后边去排队重新买过。这一切,食堂保管员刘建成视而不见。学校来了人,招待后剩下的肉骨头,刘建成不让别的狗上前。他把"四眼"关在招待室里,让它独享。如此一个狗仗人势的家伙,应该把它弄死才对。

他开始秘密地实施他的计划。吃午饭的时候,他偷偷留了一个饭团。等寝室里的同学都走了,他忙掏出药丸,把它放在饭团里面,再用手蘸了点水,捏紧。水和饭团揉在一起,散发出一种清香。下课后,他与同学一道,到食堂来喝水。刘建成坐在食堂门口。"四眼"甩甩尾巴,小跑着,往屋后边去了。他若无其事地朝校门外走去。那里有一个池塘。经过山头墙的时候,他瞄准着把捏得紧紧的饭团朝狗扔去,然后迅速地跑出校门。这是后门。沿着围墙绕个弯,就到大门了。他的心狂跳着。为什么把饭团扔出去,他的心就跳得这么厉害呢?就好像兔子在吃力地拉着一棵大白菜,在没人的地方,它把大白菜一丢,便飞快地跑开了。他想,等他再从大门进去的时候,说不定刘建成正在对着倒在地上的狗跺脚舞手呢。

他远远望了一眼,见食堂那边并没有什么了不起的动静。他正想走得更近些,上课的钟声响了。他只好朝教室走去。这一节课,他不知老师讲了什么。他仿佛听到从食堂那边传来的你呼我叫。刘建成的吼叫声像杀猪一样。像一把刚从灶膛里拉出来的火。他会不会知道是他干的呢?不会。但假如张国庆他们告了密呢?很明显,他们一看就知道是他干的。

下了课,他抢在老师的前边冲了出去。远远地,他望见刘建成依然坐在食堂门口不紧不慢地呷茶。刘建成对他的红脸胀颈和气喘吁吁有些吃惊。因为还没到放学的时候。只有放学的钟声响了,学生们才夹着饭盒从教室里争先恐后地冲出。他跑着跑着,猛然停住了脚。因为他惊讶地发现"四眼"正若无其事地坐在刘建成旁边，黝黑的皮毛发着亮光，红红的舌头一闪一闪。他在惊讶中及时地转过脚步，朝食堂背后跑去。他看到那个饭团躺在地上，居然还完好无损。

少年后来想过，当时他该适可而止。但又有多少少年，懂得适可而止呢？这次试验，使得他又害怕，又愤怒。他对狗、或者对自己，有些又恼又恨了。他把那个饭团，用力朝地上摔去。假如那颗药丸被摔成了粉末，他也就甘心了，后来的故事也许都不会发生。可是那颗药丸从饭团里滴溜溜滚出来，瞪着眼，挑战似的望着他。他怒气冲冲，不得一脚把它踩碎。但是，在他抬起脚的刹那，他又迟疑了，他舍不得。他蹲下身子，因为自己对它的又爱又恨和无可奈何而流下了着急的眼泪。他一边悄悄地哭着一边把它捡起。他居然对付不了一粒小小的药丸！他对自己感到了失望。他听任它从地下顺着指尖爬到了手上，又钻进了他的口袋。听任它让他警觉地回避了路过的老师和同学，不声不响地回到教室里。他把手从口袋里抽出来，他怕挨着它了。有一会儿，他故意不去管它。他带着它，跳高，跳远，跑步，前滚翻，后滚翻。他希望于不小心中，把它压碎，压成粉末，使它消失得无影无踪。而且，有一会儿，看上去，他果真无忧无虑了。在体育课上，他比谁都卖劲。他脸膛红红的，头发贴在脸上，汗水顺着发梢淌下来。他从没这么舒服，这么忘乎所以。但是，他后来一摸，发现它仍体态滚圆地待在那里，对他的险恶用心，只是满不在乎地一笑。

它已经不由分说地缠上他了。

于是他又骇然地奔跑起来，他以为这样可以摆脱它给他带来的梦魇。但是它已经存在于他的身体之中。他跑多快，它也跑多快。它不但跑进了他的身体，还跑进了课本、钢笔、饭盒和他的梦里。最后不是他带着它跑，而是它带着他跑。而当他试图捉住它，把它狠狠地摔出时，它就温驯而好看地躺在他掌心。于是，他又迟疑了。

少年从学校回到家时，更瘦削了些，脸也很苍白。祖母心疼孙子在学校的用脑。读书真是一件伤人的事啊。她颠着小脚，到灶下拿来了中午煮熟的红薯，又到鸡窝里去拿鸡蛋。今天是星期六，她知道孙子饿。少年望着筲箕里金黄的红薯，若有所思。他掰了一块放在嘴里，没有知觉地嚼着。几只鸡翘起屁股在啄园子里的菜。不知是谁家的小狗，从廊口一颠一颠地跑来。说实话，因为读书，他似乎和村子渐渐疏远了。有鸡的地方总是有狗，虽然它们到一块便惊惊乍乍的。果然，有一两只鸡警觉地抬起了头。小狗见有人，在院门那儿也稍微停顿了一下。这时，他忽然心跳加快。他几乎是想也没想，就迅疾而熟练地把那粒白色药丸放在掰下来的红薯里，丢在小狗面前。

小狗对于这意外而至的食物表示了兴奋，它衔起薯块就咬。少年的心从来没有跳得这么快，仿佛要从胸腔里跳到外面来，几乎要被他的牙齿咬着了。小狗忽然惨叫了一声，然后拖着它的惨叫还有软下来了的腿往廊口外跑。他在心里喊你别跑你别跑。他着急了。按说，它应该马上倒下来的啊。正是收工的时候，大人扛着犁头背着撒火粪种菜籽的簸箕三三两两地往回走。小狗一路吠叫着，嘴角耷拉着口水。狗怎么啦狗怎么啦，他听到廊口外谁在惊慌地叫喊。喊叫的人似乎越来越多。小狗趔趔趄趄的，终于斜斜地、倒在地面上了。它的神态像是一个人。它的柔和的面容，妩媚的下颌。它刚才还活蹦乱跳的，想跟那些鸡捉迷藏，想吓得它们咯咯叫着慌张地飞起，翅膀扇起一阵风。它大概以为它们飞的姿势很好看。原来一只狗的死去竟是这么可怜！少年的心彻底地颤抖起来了。他的脚发软。他听到，祖父也在那堆人中间了。有人在拉着祖父告状，因为狗明明是从他家廊口跑出的。祖父肩上扛着牛轭，清亮的链子哗哗作响。竟有这样的事！祖父的眉毛竖了起来。少年仿佛看到祖父捏紧了手里的瘦竹棍。它会在他的头上、脸上、身上和腿肚子上画出一截截好看的竹子。而且，他以后怎么走出这个廊口呢？他还有脸见人么？少年感到他的路没有了，它忽然在他脚下断裂，他的面前是一片峭壁或悬崖。他伸了伸手，但此刻还有什么可供攀缘的呢？于是，他恐惧地回转身，穿过阴暗的屋子，从屋背后向着苍茫的黄昏奔跑起来了……

四处都暗下来了。祖母在叫着他的名字。过了很久，他才敢回家。还好，听祖父说，狗已被灌肥皂水救活。少年一直羞惭地低着头。

少年的故事

十二岁的少年雨跟往常一样，吃了早饭，背起书包去上学。这些日子以来，他变得越来越喜欢上学了。他不再磨磨蹭蹭找个地方杀盘军棋或掏弹弓打鸟窝，直到上课铃响了才一溜烟溜进教室。他走出家门，那匹企图伸进屋来的阳光挪挪身子，让他过去。花狗迎上来摇尾巴，雨却踢了它一脚。狗汪汪叫了两声，很委屈地抬头望着它的小主人。直到雨走出院门了，它才不情愿地垂下眼，回到它的窝边去。

学校不远，半里路的样子。要横穿一条柏油马路。马路很宽，南通北达的，像一条粗壮的瓜藤，挂在藤上的村村镇镇便也像南瓜一样结实红润。学校是镇里中学的分校，它刚好就坐落在这个发育得像个小镇似的村子上。每天有人在电焊铺前卖鱼，在大槐树脚下卖猪肉。司机把车停下来去林财饭店吃饭喝啤酒，大家去镇供销社的一个分点买日用百货，也买时装和席梦思。席梦思，大概是诗人想出来的名字吧。雨远远望见禹初医疗所旁边学校的山头墙，不知怎的心里有种怪样的感觉。这感觉使他变得像个大人，一个纯真的小大人。所以他没有急于走进他向往的学校。就像面对一只他喜爱的苹果，他不再无所顾忌地伸手就拿，而要装模作样地犹豫、审视一番了。

站在路对面看，供销社门前的那块空地，犹如相书上所说的一块理智型的敞额角。雨的爸爸有很多这方面的书，雨曾偷偷看过其中的一两本。鉴于得天独厚的条件，它很快成了生意人的聚集之地。雨在十二岁这个年纪，没来由的想多知道一些事。他暂时忘记了自己，在人群里如一条鱼游来窜去。

最响亮的是先明的屠凳。先明永远像根猪肋条那样，瘦瘦的又有些油腻，眼珠像算盘子似的油滑地拨拉着，亮得有些贼。操一片油晃晃的大刀，

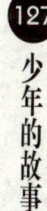

把大半个日子砍得震天价响。他把刀准确地剁下去，喳，再以上翘的刀尖一划，便有了一块干净利落白花花的肉。钩起来一称，说刚好两斤，秤杆都翘到人心里去了。先明眼珠子噼里啪啦，价钱就出来了，几毛零钱他还没有收。买的人高兴，付了钱就走了。后面的人接上，出于对屠户的良好印象，他甚至还多买了半斤。可要是雨他妈妈，她绝对不干，因为她上过当，她一定要找一杆秤来重新称过。自从那次她买一斤半肉竟然短了整整二两之后，她就这样声明过。雨觉得这个瘦子跟猪肋条一样假，在以后的日子里他对号称排骨的猪肋条充满了厌恶。他站在一旁斜眼看着，他想起了自己那次深深写在地上的那两个字：骗子！因为妈妈为那二两肉心疼了大半天，使得他那个心爱的星期天也短斤少两。

西边渐渐围了一圈人。有人把颈伸得很长，像被无形的手捏住的鸭脖子。鸭脖子独拔于一团嗡嗡声里，在茫然地寻找目标。雨一猫腰，头一拱，就钻到了最里面。他很快弄清楚了对面的两个矮个子是米贩子。他想难怪鸭脖子那么白费力气。一个老倌正在擦汗，他穿着蚂蚁布褂子，脸上的汗珠子正赛马一样纷纷坠地，翻了口的胶鞋和裤腿上沾满了灰尘和露水。他向围观的人伸着两手。雨明显地看到他手臂上的青筋蚯蚓似的抱成一团在慌乱地滚动。老倌企图求得援助似的，嘴巴干瘪成一个向下的括弧。

"天呐，我这两蛇皮袋米，昨夜在屋里称有九十多斤，怎的到这里来七十斤还不到哩？哥兄老弟们也是捏锄头的，晓得庄稼人的辛苦，大家评评理看，大家评评理看！"

几十张嘴巴都抿着。

"这不就是理吗？"米贩子之一晃晃手里的粗秤，"这秤可是向店里借的——法院院长怕也没它公正哩——不信，校给你们看嘛！"他把秤砣放在零星子上，秤杆果然水平得很。他提着毫绳转了一圈，"大家看看，大家看看。"又送到老倌眼下，"老倌，你可要看仔细。"

老倌的脸有些苦："莫不是我夜里看花了眼？"

"嘿，这是很可能的哩，老倌耶，年纪一大，眼力就差了，等会儿到先明瘦子那儿买半斤猪肝去补补。"米贩子之二说。

老倌静了一些，抬衫袖揩了把汗，舌头吞吞吐吐的："麻烦你俩，再称给我看一下，行啵？"

米贩子很爽快："当然行，当然行。"两人对视了一下，勾住袋口，一扛，米袋就离了地。

老倌看了，大家也看了，没有话说。"唉，付钱吧。"

"秤砣下面有吸铁石！"雨忽然惊叫了起来。因为数他个子矮，所以发现了事情的真相。他清楚地看见米贩子之一在抹秤杆的时候把捏在手里的一块扁圆的磁铁迅疾靠了上去。

嘴巴都恍然大悟似的"啊"了一声，"这怎么行？"纷纷说，很激愤的样子。老倌猛地抓住秤杆就像抓住了一根救命稻草。

米贩子之一狠狠瞪了雨一眼。他走过来揪住雨的衣领，不慌不忙说道："你这鳖崽说我放吸铁石有什么根据？"

"我亲眼看到的，在你的右手心里。"雨挣了挣。

"再说一遍！"

"在你的右手心里！"

"哈哈哈，"米贩子之一把雨丢开，面向围观者两手同时张开，"大家看看，有没有？啊？大家说有没有？他妈的，老子今天豁出去了，哪个能在我身上搜出半块吸铁石，我他妈你走到哪我爬到哪！"

大家互相看着，好像都不认识似的。

"老倌，你的米愿卖就卖，不卖拉倒，没见过你这样卖米的。"米贩子之二气咻咻地说。

"咳，咳咳，小孩子，说不定是看错了，你就别计较啦，"老倌打圆场，"付钱付钱，我还要回去赶半上昼活哩。"

"小崽子要放屁滚远些放，他妈的小心我揍你！"

雨觉得米贩子的愤怒里溅射出胜利的唾沫星子。

这时雨听到有人附在他耳边说："你快走，等下他们会找你的麻烦。"

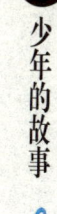

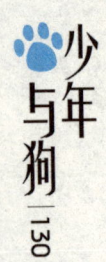

雨回过头,他看到了一双活泛地眨动着的眼睛,那空旷的眼白使眼珠子看上去游刃有余。

雨心想原来他们早已知道了内幕,只是不敢说。或者他们觉得站在一旁看别人受骗上当,很有意思。雨身子一摔,出了人圈。

他长长吸了口气。

学校的钟响了,清幽的钟声米兰花一样在村镇的上空开放、回荡,远远的,雨就沐浴到了一种芬芳。

他朝学校走去,忽然忐忑不安起来。

语文老师静是从教室门口那块很好看的阳光里走进来的。她一进来,雨便觉得那阳光有一种琳琅的流动的感觉。静款款走上讲台,款款掀开课本。她不知道自己的这些自然的体态在一个男孩的眼里是多么的圣洁和美好,以至使得他微微低了头,用心去琢磨她发出的每一个音节及其含义。这大概是雨近阶段学习突飞猛进日新月异的原因。静对一个极平常极不起眼的学生突然跃进了前三名,很诧异,当然她也没表示出过分的什么来。她还是个代课教师,她坐的是一把时时处在危机感中的三只脚的椅子,她应该想尽办法去寻找那缺失的一只脚。但在那天的课间,她还是把雨叫到了自己的房里,对雨进行了鼓励。这是雨第一次到语文老师静的房间里,一进门,他就闻到一种非同凡响的气息。这气息使他迅速地成长和感动。然后他恍恍惚惚看到了静雪白的脚踝,它们忽然提示了他以前理想过的一些事情。在静转身去脸盆洗掉手上的粉笔灰的时候,他大胆地把房间打量了一下。语文老师静揩了手,往后拢了拢卷曲的秀发。她很亲切地问雨家里几口人呀姊妹几个呀你老几呀。这些话勾起了雨心底里某种倾诉的欲望。他抬起眼,大胆地望着老师静,可静已经改变了话题。她用了几个好句子把雨给总结了一下,鼓励他戒骄戒躁乘胜前进。末了,她抬起那只好看的手,在雨的脑壳上摸了一下。这是静给男生的最高奖赏。雨一感动,几乎真的变成一颗水珠。很久以来,雨一直在渴望着老师静的一次抚摸。每逢静把那份殊荣闪闪发亮地抹在别人的头顶,他总是无端地痛苦。他闭上眼睛,静静地享受这阳光般温柔的质感。静正待把语重心长之类的句子糅合在掌中的时候,雨却忽然挣脱了出来。静觉得手下一滑,那颗脑袋已溜出老远了。她很吃惊,问:

"雨,你怎么啦?"

雨没有回答,他也不知道是为什么,自己的脑袋忽然反叛了他。他望着外面那棵高大的树。

雨在回想这些的时候,意识到自己的思想走远了一些,有些跑题。这和以前上课时老是惦挂着夏天的蝉和冬天打雪仗同样危险,会失去老师静的什么东西。于是他端正身子,认认真真听讲。他想读书真好,听老师静讲课真好。

后来就放了学。

雨忘了放学,他还静静地坐在那里,教室里只剩下他一个人。他望着黑板上老师静的字迹,想象着她娟秀的发丝和有些稚气的牙齿。他想这时真好。

后来他就走出了教室,他看见老师静正提着桶子去井边打水。他想语文老师静其实是一个比他大不了多少的女孩,打水对她来说也许是一件比较吃力的事情。井在操场的尽头,井台有一尺多高,由于好长一段时间没下雨,水位已经很低。静从井里拉一桶水上来,好看的手便红一块白一块的。所以静总是叫个高力大的学生帮忙。可现在操场上空荡荡的,除了边缘的树和一些蒿草,别无他人了。雨为自己预谋的成功有些激动,微微红了脸。他轻轻咳嗽了一声。静闻声回眸,有些惊喜。她笑了笑:"你还没回家?"

"我帮你打吧。"雨说。本来,他应该先叫一声老师的。但不知为什么,他没有叫。他站在那里,望着静。

静说:"你行吗?"

"行。"

静依然笑了笑:"还是我们两个人打吧。"

水打上来了。静说谢谢你,就提起桶,走过操场上楼去了。桶里的水晃荡着,洒了一条好看的曲线。

"雨,你怎么还不回家?"静在楼上喊。

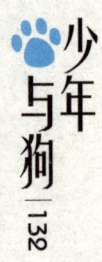

是该回家了,他想。

可他不想回家。

一阵杂乱的声响鬼过很远的一段距离若隐若现,这是每当雨试图接近家时的感觉。家对他来说是一个七零八落杂乱无章的概念。生他养他的那两个人又在吵架砸东西吐口水拳脚交加,把好好的"家"字撕碎再揉成一个纸团,呼地扔出了窗外。在这方面,他同情的是妈妈。妈妈是一个勤快而爱干净的女人。在雨的印象里,她总是那么淡淡地涩涩地微笑着。雨真不知道她从娘家嫁过来到现在,究竟过了几天舒心的日子。先是穷。爸爸有高中文凭,两人翘着屁股刨了一年土坷垃,年终连一只压力锅也没有买到。在那艰难的日子里,他只有在女人身上树立起男子汉的尊严。他企图用拳头和脚把她制造成一种和他反差很大的动物,他在凝视着这一落差时洋洋自得而又黯然神伤,独自在暗夜里舔着伤口。可第二天他又照样制造出新的伤口。当他能单枪匹马地去城市里发财的时候,那张近四十岁的脸上已有了一种钢青色的冷气。他就是凭着这种冷气征服了钱财和许多如花似玉的街市女人。他功成名就,再看自己的女人就用了在城里看破烂的那种眼光。他留下一栋两层的楼房然后独自住进了城里。可是不久他却彻底地回了家。他破了产。妈妈无疑遭到了更大的打击。雨有时候想,要是妈妈那时听了爸爸的话把田地转给别人而去城里哪怕是开一爿小店,事情也许是另一种结果。爸爸对土地似乎有一种深入骨髓的仇恨,他对紧抱土地顽固不化的妈妈自然莫名的反感。他把自己的重回土地看作奇耻大辱。妈妈再一次默默担负起树立男人尊严的使命,她像舍不得土地一样不能舍弃自己的丈夫。雨有时便劝妈妈,不如听了爸爸的,离婚算了,他不愿妈妈老是过着这种盐水里的日子。而妈妈总是说你不懂。你不懂。雨的耳边反复响着这句话。他忽然觉得自己和家庭的苦难毫无关系,他是个多余的人。意识到这一点雨很难过。他想真的是这样吗?后来目睹的一件事似乎坚定了他的这一想法。

雨又看到了那两个米贩子,米贩子也看到了他。其实早在下第二节课的时候，他忽然触到了口袋里的一件东西，硬硬地往下坠着。他摸出来一看，是一块扁圆的磁铁。他愤怒地扔向远方。

　　雨一直不知道楼下的西厢房里究竟有些什么。房门紧锁，窗子拉了厚实的暗红色窗帘，任凭他有怎样顽皮的童心，也无法穿越。爸爸在家的时候，每天总要在里面待上一段时间。后来他发现妈妈也常去了。那是一天深夜，他醒过来，忽然听到里间妈妈的声音。妈妈穿好衣服，摸暗走出来，打开了对面房间那扇神秘的门。她没有拉电灯，在做这一切的时候尽量扼杀声音。夜气神秘而庄严。雨从被窝里溜出来，探过去推了推门，但它从里面锁上了。过了一会儿，听里面滋的一声划亮了火柴，几缕光亮夹着浓烈的磷香从门缝里渗了出来。这微弱的光维持了半分钟之久，然后他闻到了一股熟悉的袅袅的烟味儿。这使他想起了什么。等他终于记起来了的时候不禁毛骨悚然。他仿佛看到那些暗红的香头像妈妈忧伤的眼睛。烟雾笼罩着妈妈就像蚕丝笼罩着蚕。妈妈低头祷告，脸上没有任何表情。他忽然觉得那不是妈妈。他有些害怕。他想，妈妈终于在这里找到了和爸爸相一致的东西，或许，他们原本就是一致的。他们把他关在门外。

　　雨走进院门的时候见墙角那棵栀子层层碧叶间挂满了纺缍形的骨朵。

　　他的心动了一下。

　　老师，这时你在做什么？雨望着窗外的繁星如水在心里喊，肺腑里的什么夺腔而出，冲向深邃的夜空。夜气里流动着隐秘的白色芳香，屋子多么小啊，他是应该站在赤裸裸的星光下和暖烘烘的地之上的，这样才不会窒闷和轻易受伤。

　　他轻轻开了门，独自站在院内。眼前是淡黑的错落起伏的屋脊，用尽心机的白天终于喘息着在里面睡去，只有清新、纯洁和宁静。他走出村子，快速穿过柏油马路和林财饭店里泼出的阵阵沙哑的划拳声。路过医疗所，他听到了一声清脆的爆破，那是禹初医生在敲开一支小玻璃瓶的注射液。

　　风掀着他的衣襟。他已静静站在那方圣地的边缘。

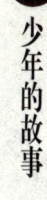

空荡荡的操场，还盛着一些白天的事情。他仿佛看见那条水洒的曲线，像一条美丽的蛇，爬向了楼上的那个窗口。那窗口还亮着，灯光透过淡蓝色的窗帘柔和地射出来。他远远地望着。后来里面的人泼出一盆水，接着灯熄了。世界隐没到夜的深处。

雨十二岁的胸膛里装着满足和失望，最后望了一眼那根本不懂得他的欢乐和痛苦的小窗，准备走开。

他捡起一个石子，扔进井里。

咚——

他走出好远，那声音还在夜里回荡。

老师，你知道是我么？他伤心地想。

栀子终于开得如火如荼了的时候，语文老师静第二次把雨叫到了房里。一进门，雨就感觉到了一种和上次决然不同的气息。这气息使他心慌意乱，再具体下去却又模糊不清。他看见老师静坐在床上，床上铺着一条亚麻的有花纹的床巾。她随意地交叉着两腿，正在织一件波斯毛的镂空套衫。闪耀的毛线在静的指间轻巧地流动，他想这种颜色和身格的衣服是不是不太适合于老师静呢？这时静从毛衣上抬起头，朝雨笑了一笑，他们开始了下面的对话——

"雨，听说你家有棵很大的栀子树，是么？"

雨点点头。

"能给我摘几朵来吗？"

雨又点点头。他说："我可以摘很多给你。"

老师静又笑了笑，觉得雨那急促的神态和句子有些可爱。她说，你家的栀子一定栽了好多年吧？

雨说从我出生就有了。

静赞叹了一声。

下午上学时，他就把栀子花给老师静送来了。静很高兴，当即挑了一朵戴在头上,并照了照镜子。戴了栀子花的老师静神采飞扬,她把那一大束花枝浸在一个玻璃瓶里,放在窗台上。阳光如注。

雨说老师你真好。

静问你说什么?

雨说老师你真好。

静有些羞涩,她说好什么呀,没有人瞧得起我们这样的人。我父母都是做老师的,不会打交道,自己又不争气,没考上大学,才来这儿代课。县长的儿子做县长,我这也算是世袭吧。

雨说我听说你们不也可以考试转正吗?

静说我就要招工回城了,昨天没上课我弄指标去了。说到这儿她忽然缄了口,她不知道雨是不是听得懂她的话。她朝雨笑笑:谢谢你的花啦。

雨不好再问什么。他把眼投向窗外。水瓶里的花束如歌似舞。南边天角上有几块异样的云团。时间静止了似的,没有一丝儿风。

入夜,风把云鼓捣出来了,窗外墨黑一片深不见底。屋瓦摇摇撼撼的就要飞下来了,风却像个跑错了道的孩子又忽然停住。不一会儿,雨柱远远地噼噼啪啪撒脚奔过来又奔过去,仿佛是去寻找迷路的风。又过了一会儿,风和雨雷和电从四面八方扑过来,撕扯混战在一块。大地蜷缩起来了,在一个劲地打战。他拿起伞顶风撑开,向不明的雨箭里冲去。

一个电闪粲然开放,他迷迷茫茫看见柏油路上忽开忽谢的大朵雨花,两旁的急水惊惶失措四处逃命。雨水从伞面上渗下来一嘟噜一嘟噜掉在脖子里,冰凉冰凉的,衣服很快就湿了一大片。

楼上一个人也没有。雨依然狂暴盛大,像一头发怒的狮子。他忽然害怕起来,他害怕接近那个神秘的窗子。雨点凄厉地鞭打着,在闪电制造的强烈明暗中,他看见那一大捧栀子花在凌乱的雨箭中七零八落,剩下枝子尖锐地兀立着。老师静的门锁了,是在牛头锁的外面再加了一把铜制的小锁。窗帘依然好好地拉着。真是一个人也没有。雨想象着记忆中美好的阳光,阳光如

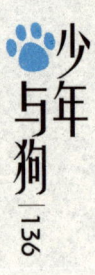

栀子花一样透明，薄如蝉翼。现在，记忆中的阳光和碧绿的叶子白色的花瓣一道，随着浑浊的水流跌跌撞撞奔下楼去。

雨停了。他往回走。借着电闪的刹那，他看到供销社门口那块理智型的敞额角上的浮尘已被一洗而光，好大一片清爽和干净。

狗汪汪地叫。

装满了钞票的房子

有人发现,一夜之间我们村口矗起了一座房子,看上去,高大气派,金光闪闪。村里大人小孩都去看。真的,它从天而降。白墙,红檐,蓝玻璃,锃亮的钢门。还有保安,穿着威严的制服,腰间挂着警棍,在那里踱来踱去。不过大家也没过多地表现出惊讶。在我们郊区,像这样突兀的事情是经常发生的。比如,头天晚上,村头一户人家的房子还好好的,天一亮它就没有了。一只浑身通红的大螃蟹在那里张牙舞爪。那墙上还有我们写的"××和××"呢。还有一次,我在那里画了一只蜗牛。我自认为,那是我画得最漂亮的一只蜗牛。再比如,我们一不留神,路边的一家杂货店就变成了一个饭馆。一间空屋子变成了漂亮的美发厅。有时候,我们会忽然不知道自己在哪里,以为来到了一个陌生的地方。我们发现自己忽然置身于许多巨大的色彩斑斓的门牌和广告牌之中,不禁有些晕头转向。所以这栋房子的出现并没有让我们怎么吃惊。说不定它一直就在那里搭建着,只不过我们没注意。现在它忽然挂出牌子,才被我们发现。就像电视里说的,有个村子旁边一直在搭一个高塔,等搭好了大家才发现它是焚尸炉。如果我们村口建的是焚尸炉,大家恐怕也没有办法,除非自己迁走。

不过我们村里幸运得多,它不是焚尸炉而是银行。我们村里也有银行了,这让大家很振奋。我们已经充分体会到了银行、超市、商场等给我们带来的巨大好处。不用担惊受怕地把钱藏在家里了。村子里曾发生过一起血案。一个老头被人杀死在家里。因为他很不习惯把钱存进银行。他头一天把钱存进银行,第二天就跑去看它们还在不在那里,结果他发现柜台里的人换了。他接连去看了三次,三次都是不同的人。他就对银行很不放心,把钱取了出来。这件事成了笑话，被过路的坏人听到了，他们就想办法偷他的钱，不巧被他碰见。更不巧的是，他们杀死了他，当然也抢走了钱。这件事都上电视了。于是更多的人知道，我们村里人有钱。随着村子里可种的土地越来越少，大家口袋里的钱越来越多，这让其他地方的人眼红。而现在，村子里都有银行了，大家就觉得安全多了，不再担心出银行的门被抢。银行可以把很多钱变成一张纸（存条），你在一个什么地方摁上几个数字，它就像被道士加上了一道咒符，变得很神奇，即使被人家抢去也不怕了。

  大家围着这家银行看稀奇。这是一家新银行。现在银行也多，听说市里就以我们的市名命名了一家银行。它虽然比国家的大银行牌子小，但仍然很骄傲。大家趴在门口，或透过宽大的玻璃往里瞅。不用说，里面的人我们一个都不认识。这种玻璃很奇怪，你离它越近，反而越看不清里面。你会被镶嵌在里面的大眼睛吓住，以为是一头鳄鱼。但仔细一看，原来是自己。大家不免有意跟大玻璃保持了一定的距离。但接着，大家又在天花板上发现了几只眼睛。鼓鼓的，不是鳄鱼而是大金鱼了。保安笑着说，那是摄像头。大家不禁后退了一步。听说这东西很厉害，谁来过这里谁干了什么它都记得一清二楚。既然是银行，大家还是小心为好，免得瓜前李下的说不清楚。在这方面，我们村里人一向很自觉，钱这东西，弄好了一身香，没弄好一身臭。听说在城里面，一个人在经过运钞车时，裤子没系紧忽然往下掉，他伸手去抓皮带，结果押钞的武警手里的枪走了火（事后，那位武警是这么解释的），当场就把他打死了。村里人听说了这件事，都有些怕那个车。每次看到了都特意绕开。所以也有一部分人对村口冒出个银行抱不乐观的态度，认为有一利必有一弊，那就是，大家和押钞车接触的机会大大增加，危险性也就大大增大了。谁知道他们的枪什么时候走火呢？

  不过也有人马上想出了应对的办法，说，那还不容易，运钞车一般是早上八点下午五点左右出现，到时候大家尽量不要到附近去，不就行了？

  另一个人说，说起来容易，做起来难。

起初，大家以为新银行肯定要动员大家往他们那里存钱。想当初，大家的土地补偿款刚分到手里的时候，县里好几家银行还有乡里的信用社都到村里来"动员"。在这方面，乡信用社肯定是没有任何优势的，因为我们在郊区，去县城办事更方便。他们通过各种关系，乡长、村支书，向大家层层施压，或引诱拉拢，悄悄提高各自的利息（他们称为奖金）。算起来，现在已经到期了。村里人已经商量好，等新银行来动员的时候，大家故意要高利息，不然，就放在原来的银行里不动，或者拿出来放高利贷。个别胆大、有背景的人，早已这么干了。他们得到的利息，都快超过本金了。

没想到，新银行不但没来动员大家存钱，反而给我们优惠政策，让大家到他们那里去贷款。利息很低。如果是特别的用途，比如孩子读书之类，还是无息贷款。这就怪了。有人指出，这肯定是对方的阴谋诡计。他们知道我们村的人根本用不着贷款。后来，他们教给大家一个将计就计的好办法。于是，大家纷纷涌到新银行去贷款。家里有人读书的，拿出了录取通知书或学生证。做生意要流通资金的，更不用说。这样的好事，到哪里去找呢。有人甚至把亲戚朋友也叫来了，好像我们这里有个金矿，大家都可以来挖似的。更多的人，脑子开的窍更大，在新银行贷一笔款，存到另一个银行去，赚那个利息的差价。一时间，村子里欢声笑语，大家高兴得像过年一样。当然，矛盾也是有的，比如，新银行设置了一项限制措施，每天的优惠贷款不超过十笔，总金额不超过多少万元。这使得大家为了得到便宜贷款，不得不起早摸黑去排队。实际上，每天的贷款名额达不到十个人，因为排在前面的人很快就让自己的贷款超过了每天的总金额，后面的人不得不第二天继续起早，同时对前面的人忍不住埋怨和指责起来，说，你怎么这样贪得无厌？或：你前两天不是来过了吗？怎么又来了？村子里悄悄涌动着一股不和谐的气氛。以前，有人摔倒了，别人赶快去扶，现在，他们装作没看到或者干脆就避开了。很多人认为，这样下去，新银行迟早会取消优惠政策，因为什么都是有限度的嘛。

但新银行里的钱，似乎怎么也取不完。好像里面有印钞机，想印多少就

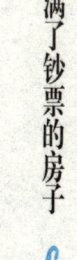

印多少。因为按我们村里人这种贷款法，运钞车每天跑两趟都不够，即使银行限定了数额。事实上，运钞车到底跑了多少趟，谁也不知道。大家虽然热衷于和新银行打交道，可也没丧失理智，冒冒失失去靠近运钞车。新银行也主动增强了保安力量。毕竟，抢银行的事情时有发生，有一次就发生在离我们村子不远的一家银行里。营业员吓得钻进柜台底下，被救出来时，裤裆里还滴滴答答的。

这样过了一段时间，新银行的优惠政策果然中止了。可村里人的抱怨并没有停止，向他们反映情况。他们一副爱莫能助的表情。不过在村里人的恳切请求下，他们说通过开会研究，决定用另一种方式来弥补，那就是，他们允许村里人把钱存进新银行，给高额利息。当然，新的优惠政策，也只限于我们村，请大家不要像上次那样乱嚷嚷，把亲戚朋友都叫来滥竽充数了。大家一算，划得来。利息比其他银行的确高很多，而且不像高利贷那样冒风险（弄不好本钱都收不回甚至犯法）。不管是贷款还是存钱，反正，我们只要赚到那个利息就行。有人一针见血地指出。为了表示感谢，大家还买了一面锦旗送了过去，上面写着：急群众之所急，需群众之所需。横批：感谢贴心人。这面不伦不类的锦旗看上去虽然笨拙，但的确代表了我们全村人的真诚谢意。

接下来这段时间，大家在各家银行里进进出出。九九归一，百川归海，最后一站不用说是到新银行了。大家把先前存在其他银行的钱都取了出来，争先恐后地存进新银行，哪怕把定期的变活期，也在所不惜。反正算总账，还是很划得来的。不用说，又要排队，又有人插队，也就又有争吵甚至斗殴。有人摔倒了，不但没人拉起来还有人偷偷踩上一只脚。大家还是把亲戚朋友叫来了。只要把村里人的身份证借给他们就行，反正银行又不会对照。那些亲戚不多的人心理不平衡，跑到银行去告状，银行就取消了几个人的优惠资格。被取消资格的人不服气，也成了告密者，结果，被取消优惠资格的人越来越多。不过事在人为，他们又通过各种办法，重新取得了这种资格。在这方面，我们村里人向来很有一套，善于让不可能变成可能。因为在郊区，我们有城里人所没有的特产：土鸡。到了节假日，我们村的土鸡都能卖个好价钱。如果城里有亲戚，走动起来人家不稀罕别的，就稀罕个土鸡，你要是让他家的客厅里沾上土鸡的膻味，他们就高兴得要命。为此，到了年关，大家都要把土鸡好好保护起来，不然要被人偷去。除了鸡，还有土猪和土鸭（城里人习惯于在没吃饲料的动物前加个土字）。我们村曾发生过数十起偷鸡偷猪事件。小偷在栏里杀好了猪直接把猪肉挑走，村里人居然都在熟睡，没人听到动静。按道理，猪是要大喊大叫的，谁也不知道小偷用了个什么办法让它噤声。要知道，让一头两三百斤重的猪做哑巴可不是那么容易的事。不过也有两三次，还是被人发现了，大家起来追，小偷落荒而逃。相比起来，偷鸡对小偷来说就容易得多，据说他们只要拿只蛇皮袋挡在鸡埘门口，用根鸡毛掸子轻轻一赶，它们就晕晕乎乎全进去了。所以每到年关，村长就派人在路边的墙上写上标语：全村人民团结起来打一场保卫土猪土鸡的光荣斗争！现在，村里提前洋溢着过年的气氛，但偷鸡贼不是别人，而是我们自己，大家把自家的土鸡偷偷送进银行，一只，两只，三只。那里便整天散发着清炖土鸡的诱人香气。大家重新获得了优惠资格。把家里所有的钱都存进去后，又到别的银行去贷款，或找亲戚朋友或亲戚的朋友和朋友的亲戚借钱，存进新银行。当然，在这个过程中，大家还要提防半路上杀出个程咬金。县城里就曾经发生过这样的事情，一个人从银行取了两万块钱，刚走出银行大门，就被人用刀刺伤了，钱也被抢走了。为了避免此类事件发生，村里人又自觉地团结起来，往往是，一个人拿了钱，其他几个人就把他包围起来，一起向银行挪动，这样，即使劫匪在旁边虎视眈眈，也无可奈何了。有人说，村里人团结得像个河蚌。大家充分体会到了团结所带来的久违的快乐。关键时刻，还是集体有力量啊，还是同一个村子里的人好啊！大家感慨着。终于，可以告一段落了，大家松了口气，就好像把种子种到地里，只等庄稼成百倍千倍地回报了。

然而就在这时，奇怪的事情出现了。村里有几个人一天到晚嘴里念念有词，像是和尚或尼姑在念经。不同的是，他们并没有出声。只看到他们的嘴唇在动。如果发现有人偷看，他们马上一哆嗦，赶紧抿上嘴唇，然而等你过去，他们的嘴唇又开始一张一翕。

谁也不知道他们念的是什么。有人说念的是菩萨保佑，也有人说念的是歌颂国家的方针政策好。不过没有多少人相信这些说法。要念这些也早就念了，不会等到现在才念。后来有人知道了真相，因为他自己也跟着念了。原来，他们念的是各自存在银行里的密码。他们担心不小心把密码弄丢了，那银行里的钱就取不出来了。这是个恼人的问题。要知道，我们村里人向来不擅长抽象思维。现在，这几个数字折磨得他们头痛。因为事关重大，经常看到有人在什么地方蹀来蹀去，若有所思或低头寻找，像传说中的那个滑稽人物。它讲的是有个人怕把他老婆给他的一句话给忘了，就紧紧搵着胸口，走路不敢快也不敢慢。后来经过田边的一个缺口，缺口比较大，他向前一跳，却把那句话给忘了，他赶紧脱下鞋子挽起裤脚下水去捞。过路的人以为他在找什么宝贝，也跟着跳下水。摸了半天，什么也没摸到，有个人骂了句粗话，就爬上岸打算走，谁知这个人也跳了上去，紧追不放，要对方还给他。原来他老婆给他的正是这一句。这个故事曾让我们像稻谷那样笑弯了腰。没想到，现在，它在我们村子里变成了现实。如果有一个人在前面跑，狗在后面追，或者相反，狗在前面跑，人在后面追，那肯定不是关于肉骨头之类，而是银行密码，因为那个人怀疑狗要抢走或已经抢走了他的密码。密码是多么难记的东西啊，用生日或家里的电话号码，很不安全，别人都知道。在我们村子里，谁的生日都是透明的。大家为此绞尽脑汁。他们要让那些抽象的数字既杂乱无章又有一定的内部规律，不然他们自己也记不住。也就是说，得把几个小规律放在一起形成一个无规律。这太难了。村里人一贯重文轻理，因为他们知道，坐在机关里的人绝大部分是学文的。学理科的只配扒扒算盘或管管酱油厂。谁知现在什么都要个数字，他们那没有理科基础的脑袋明显地跟不上形势了。他们像我们刚上学认字的小学生一样把指头掰来掰去，想让每一根指头都担当起重任，然而那些数字还是像老鼠一样吱吱叫着从指缝里溜走了，他们只得到处追捉。

村里念念叨叨的人越来越多了。大家一会儿婆婆妈妈，一会儿却又抿紧嘴唇，什么也不说。形形色色的纸片成了大家手里的宠儿和座上宾。村里人对纸片有一种病态的敏感。如果在路上发现一个小纸片，一定要捡起来看看。虽然那明显是废纸。这一点，连我们小孩子都一眼就看出来了。可他们仍然不放心。大概他们以为是谁丢掉的密码呢。有一次，他们从电视里看到，有个人在银行里存了一笔钱，结果等他去取的时候，却发现它已经不翼而飞，被银行内部的人取走了，而那个人，早已飞往了遥远的澳大利亚。原来，那个银行职员蓄谋已久，当初给他的就是一张假存条。这件事使大家吓出一身冷汗，他们惊叫着，赶快检查自己家的存条，把它们对着亮处仔细查看，用指头擦刮。然而，他们还是什么也看不懂。如果这个银行的职员也把大家的钱取出来跑了怎么办？有人从网上看到了消息，这些拿了别人血汗钱的家伙，除了跑到遥远的澳大利亚、美国和加拿大，最差的也能跑到柬埔寨和缅甸，他们在那边大把花钱，这边只能干瞪眼。为此，大家跑到银行去问，要银行把钱拿出来给大家看看还在不在那里。银行里的人瞪大了眼睛，说，它们早已进入了流通渠道，银行是存款也是贷款的地方，怎么会有那么多现金放在那里睡觉？既然是资金，就要流动起来，不流动，你们哪来的利息？这样的话无疑不能使大家信服。说不定这个家伙已经做好了逃跑的准备了呢。大家继续嚷嚷，有人把前门和后门都堵住了，防止银行里的人逃跑。行长被惊动了。他出来问明了情况，笑了，说，大伙放心好了，即使有职员卷款潜逃，本银行也承担全责，只要有这个章子。他拍了拍从一个人手里接过去的存条，那个人一脸紧张，嘶嘶地吸着冷气，生怕行长把他的存条拍坏了。大家互相比画着。真的，每一张上面都有一个公章。再看行长，也觉得行长像是从保险柜里出来，他的脸像百元的新币一样红光满面。大家松了口气，回去把家里所有的存条再检查一遍。一看都有公章，他们彻底放下心来。

是啊，还有什么比公章更有说服力呢？邻近的一个村子曾发生过一件事，有个人想诬告他们村长，说他道德败坏生活堕落，结果村长反告他造谣诽谤。官司打到了县里，法庭上要双方举证。那个人把村里人摁了手印的材料送上去。村长也把材料送了上去。他的材料是乡政府的证明，证明他曾经是新长征突击手，全市劳模，县人大代表，该同志作风正派，吃苦耐劳，堪为道德模范。法官就判村长胜诉，那个人被判罚款和一年有期徒刑（在村长的好心请求下，法院改为缓期执行）。自此再也没人敢乱说他们村长的坏话了。

这样看来，大家可以睡安稳觉了。虽然期间也有几个无业青年想打新银行的主意，但因为银行防备严，警惕性高，他们也只好悻悻离去了。这是村里几个老年人发现的。他们总是那么古道热肠，精力也那么充沛。这段时间，他们自觉担任了银行的义务守护员。不过他们对这个说法并不领情。他们说，为别人，也是为了自己。他们的高尚品德让村子里一些有私心的人汗颜。不知不觉，他们也加入到义务守护员的队伍里来了。老人们听说现在的小偷很厉害，居然可以打洞通到银行内部，他们便拿起打狗棍，围着银行四处检查，看有没有可疑的漏洞，叮嘱附近的人家，租房子出去一定要小心。他们甚至还趁房客不在家的时候，偷偷进去检查。他们把耳朵贴在地上，听有无可疑的声音。有一次，他们还真的抓到了一个。那个人拿着铁锹。他们把那人送到银行保安面前，虽然后来保安说那个人不过是在搞绿化，不过行长还是亲自出面代表银行对大家的积极性和警惕性作了高度表扬。为了进一步提高村里人的参与意识，行长还许诺过一段时间带大家去新马泰旅游。

新马泰？问话的是个老人。他自然不懂新马泰。

就是新加坡、马来西亚、泰国！也就是说，到外国去旅游！有个青年人朝那个干瘪的耳朵喊道。

不过这样的旅游终究还是没有实现。因为第二天，村里人发现新银行到了上午十点多还没有开门。不会是煤气中毒了吧？大家敲门，没反应。用手一推，门却自己开了，大家惊讶地发现，里面什么也没有。保险柜，柜台，保安，摄像头，什么都没有了。有人用力戳了戳那房子，发现一戳一个洞。原来它是纸糊的。

经专家们鉴定，这是一种特殊材料的纸。在一定时间内，它比铁还硬，而一旦过了这个期限，就比普通的纸还软。有关部门闻讯赶来，正准备调查取证，忽然一阵大雨。等雨停了再走出来，眼前已经什么也没有了。

　　事情并没有结束。外面的记者闻讯赶来采访。这时村委会和乡里的干部都拦在村口，说根本没这么回事，不信你们看，这是警方的证明。就像空调里往往有军团菌，目前能确定的是，这个村子里的人，精神上出了点问题，患上了军团幻想症。

| 昆　虫　记 |

我观察它已经很久了。这只黑虫，它在我面前"地图"的南端。出于某种必要，我与世隔绝也已经很久了。这不是什么坏事，我不喜欢别人来干扰我的工作。在静谧中随心所欲妙不可言。说实话，起初我并未注意到它的存在。柴堆轰然倒塌时，有无数虫子从里面飞窜而出。有的失足落水，有的陷落污泥，有的被同伴踩死。柴堆已经腐烂了。再强烈的光线也不能穿透它。问题是，我一下子不能断定究竟是柴堆的腐烂催生了这些虫子，还是这些虫子造成了柴堆的腐烂。因为长久以来，它们一直把粪便或呕吐物排泄在里面。现在，它们一下子暴露在天光之下，不由得打成一团，都想重新躲进那安全的阴影里去。它们的争斗无比激烈，互相咬断脖子扯断腿的事情层出不穷。这个时候，那只黑虫还在远远观望。事实将证明，这种观望将给它带来极大的好处。由于闭塞，它对外面的世界还一知半解。它的洞穴离坍塌的柴堆较远。相对来说，它那边的虫子日出而作日落而息，生活得比较幸福。一只虫子很轻易地就能安居乐业。按道理说，它根本没必要去凑那个热闹，它完全可以找只自己中意的雌虫繁衍后代，周而复始地过着跟祖辈一样既封闭又自足的生活。但它跟父亲老黑虫关系不好，多次被赶了出来（我猜，未来在相关的生物志上，这一点将被大写特写，不过原因会作根本性的修改）。在最后一次争执中，老黑虫追出来咬它，它落荒而逃，干脆远走高飞了。由于不再有谁定时供给它生活必需品，它也只得加入了外面弱肉强食的争夺。它很快会发现，它在这方面简直是天才。

若说它一开始便有一统江湖（当然，它的江湖也无非是我眼前这一块晒筐大的地方）的雄心，那是不恰当的。虫子又不是人，不可能那么高瞻远瞩。事实上，它一开始是极不起眼的。它体型瘦小，由于偏食，还有点儿营养不良。它甚至还有些自卑。这时下了一阵雨。大雨过后，乱成一团的虫子开始像池塘里的蝌蚪一样形成了一些小团。不同的小团之间又开始了互相较量、交融和侵吞。每个小团的头目，都无偿地享用着集体供给它的品质最好的生活资料。黑虫受到了启发。它开始明白它也应该过什么样的生活了。也明白应该怎么做才能过上那样的生活。它在地图的南端也组建了一个小团。不过我对它还远没有另眼相看。出于研究的必要（我自信能掌握一切昆虫的语言），我开始引导它们的活动，并空投了不少粮食。这种奇怪的虫子，我还没来得及给它们命名，在我之前也没谁仔细研究过它们。可以说，是我像人们发现了新的行星或新的化学物质一样发现了它们。这些虫子形体一致，却有着千差万别的颜色。很少有其他的生物也这样。同时，它们自己对颜色也特别的敏感。两只色彩不同的虫子，若狭路相逢必定会大打出手，非把对方置之死地而后快不可。在它们看来，不同的颜色简直就是水火不容。由于那只黑虫周围也已经聚集了几个同伙，北方的黑虫小团迅速地派出了信使，给它们递送我刚才空投的食物。路途遥远，信使很辛苦（由于天长日久地和小生物打交道，我已经习惯于把一条水沟想象成一条大河，把一个土块想象成一座大山），何况还有其他颜色虫子的阻拦掠夺。但让信使万万没想到的是，它的递送，并没有给那个小集团带来好运，因为它刚离开，小集团内部便发生了争斗，跟那只黑虫若即若离的另一只颜色稍淡一些的黑虫被集体残忍地咬死。

信使不了解这一切。它自顾回去复命。但我看到了事情的全部经过。那只黑虫与其他黑虫耳语了几句，事情便突然发生了。而且它自己根本不用动手。或许，正是从这时开始，它才真正引起了我的注意。我对它报以不易觉察的微笑。这种方式我似曾相识。我只用眼睛的余光便捕捉到了它的存在。此后，我的目光没有再长久地离开过它。

它的亲戚在两百里开外闻风而来。它们放弃了传统的生存模式，聚集在它周围，听凭它发布命令。任何生物都有惰性，虫子亦是如此。它们不用再亲自去劳动了，只要和其他颜色的虫子捉捉迷藏打打仗，就能得到我空投的食物。这也是虫类的弱点。它们中了我的计。自然，它们不知道，自己已经成为我的试验品。

这时，黑虫的几个小团还是分散的。院子的每个地方都有。要把它们集中起来不是容易的事情。我只得加大空投的力度。但正如任何事情都有正反两面，我的空投引起了其他颜色虫子的争抢。新一轮的争斗是不可避免的。这时，占据绝对优势的是白色虫子。它们的团体像蘑菇一样布满了整个院子。黑色虫子势单力孤，遇到阻力便狼狈逃窜。这样下去，我的试验肯定会失败。我意识到，仅有空投的食物是远远不够的，还必须给它们兵力上的增援。在这种情况下，我又一次实施了空投，不过这次空投的不是食物，而是我饲养的灰色小虫。它们受过专门的训练。我希望它们的丰富经验能帮助黑虫们走出困境。

起初，黑虫们对灰虫并不乐意接受。它们想出种种办法来阻挠灰虫的指挥。但它们很快不再坚持了，因为如果这样，它们将失去我空投的美食。它们不得不低下高昂的脑袋。为了保证我的实验继续进行，我必须要让它们听从指挥。

灰虫不辱使命，它们使黑虫训练有素。从数量上来说，白虫是黑虫的几十倍。虽然白虫们的围攻一浪高过一浪，但在灰虫的指挥下，黑虫们从容应战。它打败了白虫们一次次潮水般的进攻。但时间长了，还是显得有些寡不敌众，眼看就要遭受灭顶之灾。指挥白色虫子的，是一只并不那么白的虫子。它刚用野蛮的手段，取得了白虫们的领导权。由于意见不统一，白虫内部，对于黑虫的态度也有着截然不同的两种：一种是主张把黑虫一网打尽，以绝后患；另一种则认为黑虫中亦不乏有用之才，应该把它们吸纳过来，来个黑白联营。末了后一种意见占了上风，毕竟，草堆刚倾，双方应该联合起来为所有的虫子找到或搭建起安全的避风之所。已经引起我注意的那只黑虫，也率众爬过几道水沟，在白虫中间安营扎寨。看样子，若能混个白虫小头目，它也心满意足了。我猜，这一点，大概与日后的相关生物志上的描述也出入较大。在那里，它被渲染成有着先天的王者之气。而在我看来，它顶多匪气十足罢了。

但这显然不是我所愿。一旦它们都藏到什么地方去了，我的实验便没法进行。何况，它们联手后，我空投的灰虫便完全成了摆设，甚至面临着受排挤和被驱逐出去。我似乎已经看见它们面露委屈在向我呼救。我自然知道如何做合适。我悄悄刺死了一只白虫小头目（谢天谢地，那时还没有所谓的什么动物保护者协会），不出所料，黑虫很快成了被怀疑的对象。它们遭到了清查。甚至有传言，白虫很可能马上把黑虫一网打尽。出于自保，黑虫开始从白虫中间突围。它们把自己伪装成白虫，企图蒙混过关。在这里，它们表现出了比白虫要高一些的智商。然而即使这样，它们还是遭到了打击，首尾难顾，各自分散在不同的方向。

灰虫重新忙碌起来了。它们为驻扎在不同方向的黑虫们传递信息。我的研究工作继续进行。这时，黑虫的主要落脚点有两处，一处是草堆坍塌的阴影里，我的灰虫和大部分黑虫藏身于此。一处在我对面的一个大土包下，已引起我注意的那只黑虫带着它的一些亲信径直向那里狂奔。按道理，它没必要冒这个风险，毕竟它们跋山涉水，有很长一段路。但这个家伙似乎有着不可一世的狂妄和固执。不过这令我对它更刮目相看了。我觉得白虫太羸弱太书生气了，不符合我推崇的物竞天择适者生存的法则，得找个强硬的、有手腕的家伙。我喜欢这黑虫的犟脾气，哪怕把同伙带入绝境也在所不惜。我在它身上看到了我自己的影子。想当初，我要进行这一研究工作，遭到了多少人的反对，恨我者幸灾乐祸，爱我者弃我而去。可我还是坚持下来了，并终将向世界证明我的研究成果的价值。自古以来，成大事业者，身上必定要有赌徒气质、大亨气质。这叫置之死地而后生。一个前怕狼后怕虎的人，是注定一无所成的。追赶的白虫随后便至，大黑虫（眨眼间，它的体型已经肥大了起来）带着部下跟对方捉起了迷藏。更妙的是，土包上面还遮盖了一些柴草，使地形更加错综复杂。末了形成的局面是，大黑虫乐得在土包上做山大王，包围在土包下的白虫倒好像在给它站岗放哨了。

其实，在大黑虫它们未到之前，这土包上已经有了一些半黑半白的虫子。我不妨把它们称为"土虫"。它们山高皇帝远，才不管那个烂草堆是立是倾，在自己的领地里生活得自由自在。所以大黑虫起初遇到了不小的阻力，但它自有办法说服它们，它说纵观天下虫类，要么是黑，要么是白，像你们这样半黑半白，也就是不黑不白的货色，是最让人瞧不起的，若我们两家合二为一，输入纯粹基因，自然会洗掉你们身上不协调的颜色，这是功在当代造福千秋的好事，现在机会来了，你们怎么反而要拒之门外呢？

它的话起了作用。虽然那逻辑不一定对。事实将证明，它是一只有史以来最蔑视逻辑的大虫，因为它是完全以自己为逻辑的。就像有人自以为是神，便要蔑视、打倒和砸碎一切神灵一样。它要使自己的谬误成为其他虫子的真理。对方让它们爬上了土包。当然，如果据此认为土虫是傻瓜，那就大错特错了。事实上，那帮不黑不白的家伙，也有它们的小算盘，它们以为，自己毕竟是地头蛇，不怕黑虫不听它们摆布，再说，黑虫跟它们杂交，生下不黑不白的后代的可能性更大，到那时，土包上全是跟自己一样的，黑虫将一只也不会有，眼下还白得劳动力，何乐而不为呢？但它们没想到，黑虫上山后要求重新排一下座次，并安排好分工和规定严厉的奖惩制度。这样，大黑虫就坐上了第三把交椅，负责一些不痛不痒的事情，土虫们也乐得做个人情。谁知从此之后，大黑虫天天把土虫们组织起来教它们唱歌（这是它的工作职责之一），一唱就是大半天，有时候中午也不休息，甚至晚上也要接着唱。若有不肯唱或捣蛋的，就严加处罚。最严厉的被判处死刑。因约法在先，谁也不能干涉。这一招甚是厉害。为了防止和对付黑虫、土虫，什么残酷的争斗准备都做好了，它们不怕撕咬不怕断头，却没想到如何对付大黑虫的这一招。它们天天被集中起来唱歌。唱歌时不能走神更不能打瞌睡，声音要洪亮。这帮游荡惯了的家伙如何受得了这个，没多久，它们烦不胜烦，一解散就互相殴打，好像别的土虫都是自己的仇人，说，若不是你当时也举手同意，我们哪落得如此的地步！对方当然也这样指责它。最后竟要求大黑虫把它们杀了。仿佛只有这样，才能让它们安静和满足。

大黑虫自然不会答应它们这荒唐的要求，它对土虫的两个头领说，这些弟兄们真是勤劳惯了，如今让它们唱歌反而不习惯了，可唱歌是多么好的一件事啊，既锻炼了身体，又让大家的步调得到了统一，有百利而无一害啊。那两个头领说，既然唱歌有这么大的好处，为什么不唱呢？唱！这段时间，大黑虫派了几个小黑虫给它们按摩，听着外面的嗡嗡声，它们昏昏欲睡，舒服得不想动弹。

于是唱歌继续。最后土虫们实在吃不消了，它们精神错乱，互相撕扯咬杀。等那两个虫头闻讯赶来，什么抢救措施都已经来不及了。两虫头后悔莫及，想找大黑虫报仇，这时它们才发现自己已经是孤家寡人了。它们的结局，自然不用我说了。我猜日后的生物志上肯定会说，是土虫们先向黑虫下的手，黑虫们在大黑虫的带领下不得不正当自卫，等等，我在此不妨把真相记下来，日后我定会当着所有虫子的面揭穿它的阴谋。掌握了某种秘密不是坏事。有时候，妙就妙在秘而不宣。

一时间，土包上全是土虫的尸体，很远都能闻到腥味和臭味。大黑虫命令其他黑虫把土包打扫干净，把土虫的尸体掩埋或干脆扔到江里（一条小水沟）去。大黑虫挑选了一条上进心强的雌虫做老婆。按道理，虫子是没有一夫一妻制的，不然，它们的繁殖能力肯定会大大下降，应付不了残酷的生存竞争。何况现在的黑虫队伍里，本来就是雄多雌少比例失调，但大黑虫不管那么多。它独自霸占了一条雌虫。反对它的，被暗暗处死，然后它又亲自动手杀虫灭口。它自以为神不知鬼不觉，却不知道我一直拿放大镜在上面观察它。

当上了土包的头儿，大黑虫的山大王梦想终于得到了实现。它的几个近亲也分别成为要害部门的管理人员。大黑虫再次发动了唱歌运动，不过这次是针对黑虫内部。对待内部和对待外部是不一样的，但事实上，它所采用的手段和事实的后果是完全一样的。多年前，它看到一只蛤蟆，便骄傲地说，将来我要跟它一样。那是晚上，它刚和老黑虫闹了矛盾，气呼呼地待在外面不肯回去。这时其他的虫子在叽叽喳喳，歌声像满天的星星一样一眨一眨的，它顿了顿脚，很想让它们停下这吵死人的噪音。但一点用处都没有。它一只虫子顿脚有多大威力啊？正在它越来越恼火的时候，忽然，它听到一只蛤蟆大模大样地唱起歌来，这一下，其他虫子都不吵了。它很高兴，对蛤蟆产生了由衷的敬意。这就像有一个人，曾经看到秋天开的菊花，便受到启发，说做人也要像菊花一样，别的花谢了，它才傲世独放。这说明，仿生学多么重要，在生物进化的过程中起了多么大的作用。

现在，大黑虫也用上了仿生学。它模仿蛤蟆蹲坐，腾挪，踱步。它说话，别的虫子就不能说话。它哼歌，别的虫子就不能哼歌。它踱步，别的虫子就要避得远远的。稍有不听话或动作迟缓的，便要受罚或被处死。一方面，大黑虫大肆招兵买马；另一方面，又严厉打击跟自己不一条路线的虫子。它断定路线是否一致的标准，也很飘忽，一会儿是关系的亲疏，一会儿是颜色深浅，更多的时候，是根本没有标准，完全看它的心情。当然，仅靠黑虫是打不赢白虫的。这时它表现出了宽广的胸怀和兼收并蓄的魅力。它大胆吸纳了许多在土包周边游荡的杂色小虫。这些杂虫大多是游手好闲之辈，更兼偷鸡摸狗，甚至无恶不作。大黑虫自信能改造好它们。可如果它自己本质上也是一个这样的家伙，这种改造又能好到哪里去呢？说不定，这也无非是它的手段，它指使它们干它希望它们干的事情，若引起众怒又可拿它们当替罪羊。事实上，它就是这么干的。它利用它们打击它自认为的对头。那些黑虫被莫名其妙地杀头或分尸。一时间，大家惊惶不安，谁也不知道厄运什么时候降临到自己头上。很可能刚刚处死了一个同类，同样的命运马上轮到了自己。通过放大镜仔细观察，我发现，大黑虫要除掉的，其实是那些最早跟随它、知道它底细的那些虫子。这期间，它们的食物主要来自于掠夺。它们把土包周围那些安分守己的虫子辛苦得来的粮食抢来据为己有，遇到反抗便咬死以除后患。因此土包周围，安分守己的虫子急剧减少。大黑虫说，它们不配合我们就是在帮助白虫。这话当然最没逻辑也最有逻辑。那就是强盗逻辑。

这样下去，大概用不了多久，黑虫就要被全部折磨死。这会影响到我的研究工作。我必须制止它的这种暴行。我示意灰虫找个借口调虎离山。我想给大黑虫一点颜色瞧瞧，谁知它自以为山高皇帝远竟对灰虫的指令置之不理。作为研究者，我当然也不可能扮演上帝的角色直接插手强行把它弄过去。我有的是耐性。我倒要看看它到底弄出个什么局面。这时白虫开始大规模地进攻了。这段时间，那只并不那么白的白虫也忙得焦头烂额。它没长胖，倒是更瘦了。我不妨叫它瘦虫。草堆腐烂的气息还在扩散，若不及时采取措施，它们将没有立足之地。它们一会儿搬到一个土埂上，一会儿搬到一个倒伏着的树杈上。同时水灾蔓延，几道堤坝（稻草）随时面临着决口。架设在那里的浮桥（一块木片）摇摇欲坠。在究竟该如何对付大黑虫的问题上，白虫内部依然意见不统一，在那里争得不亦乐乎。最让它们担心的是，一种绿色的虫子从院子的另一端爬了过来，它们组织严密，所到之处，全部涂上了厚厚的绿色黏液，其他颜色的虫子便不能在那里落脚和生存。在这种情况下，大白虫仍作出了先消灭黑虫的决定。黑虫始终是它的一块心病。

　　密集的白虫跋山涉水而来。它们把黑虫所在的土包围了个严严实实，准备进行大规模的屠杀。在土包周围，一旦抓到黑虫，瘦虫便下令其他白虫一拥而上，把那黑虫撕得稀烂。当然，也有的被活埋。消息传到土包上，黑虫骚动起来，有的想逃跑有的想投降。然而大黑虫不慌不忙，谈笑自若。它再次表现出了它擅长的斗智斗勇。原来它早已让几只杂虫伪装成白虫，埋伏在它们里面。大白虫每次下令进攻，大黑虫都事先得到了情报，它设好埋伏，派几只小黑虫诱敌深入，把白虫打得落花流水。看到喽罗取胜，大黑虫得意地立在一棵大树下（其实是一根杂草）大声吟哦。其他黑虫跟着附和。

　　但黑虫仍然没办法突围。在白虫的层层封锁下，它们眼看就要粮尽。北方黑虫提供的支援根本不能过来。只要白虫不贸然进攻，它们一点办法也没有。我不能眼睁睁看着黑虫们被消灭，不然，我研究工作的丰富性无疑会大打折扣。我注意到，瘦虫其实是挺重感情的，对膝下的一只小白虫关爱有加，经常把它带在身边教诲。大概，它是想把小白虫作为自己的接班人来培养的。趁它没注意，我把小白虫襁至自己的掌中。这一下，瘦虫慌了，可怜巴巴地一会儿望天，一会儿跺脚。它当然没办法从我掌中夺走爱子。高声大骂也无济于事。但它不愧是一只聪明的虫子。它似乎很快就想明白，我不过是希望它放黑虫一条生路，而不希望它彻底消灭黑虫，破坏生态平衡。

于是事情出现了戏剧性的变化。瘦虫一边假装指挥小白虫强攻（它已经揪出了那几只卧底的杂虫并把它们处死，它们的美色和贿赂的成功，暴露出了瘦虫思想教育的空白，不过瘦虫对此浑然不知或不屑于去做），一边却给黑虫们留下一条生路让它们逃跑。于是我面前出现了一个意味深长的画面：一小部分黑虫在漫山遍野的白虫们的围攻下安全而从容地逃脱。

大黑虫似乎感觉到了冥冥中有谁在保护它，它得意起来，野心继续膨胀。瘦虫依然佯装追赶。这时它依然有足够的时间和能力把黑虫全部消灭，它也的确是这么想的，但它不敢违抗我的暗示。可它也有它的小算盘。它想把黑虫驱逐到一个山高水恶的地方，那里有一种麻虫，非常凶狠，吞食其他生物眼睛都不会眨。它想借麻虫之手除掉黑虫。麻虫也的确在以逸待劳，等待着黑虫的到来，好把它们变成盘中餐。

环境一下子变得险恶起来。但这并不妨碍大黑虫在途中继续清除异己。事实上，这种清理从来就没有停止过。它把看不顺眼的虫子都清理出去。这时，它以前招收的那帮流氓杂虫再次发挥出了巨大作用。它们无所不用其极。大概是怕承担"物伤其类"的指责，大黑虫想出了一个妙招，那就是，让蚂蚁先袭击并吃掉那些上了黑名单的虫子，它们再吃掉蚂蚁。遇到险阻的地方，大黑虫照样躺在小黑虫架起来的滑竿上晒太阳，哼小调。

然而大黑虫不愧是个行家。到了危险区域，它一声令下，全队一律悄悄行动，尽量不发出声音，以免惊动那些麻虫。它们在麻虫睡觉的时候前进，在麻虫醒来的时候蹲伏。不知不觉，全队竟顺利地通过了麻虫管辖的区域。只要再跨过一条水沟。可是就在快要到达另一片也是由黑虫管辖的区域时，大黑虫反而踌躇不前了。

它在沉思。

管辖这片区域的是一只复眼黑虫。这家伙自认为多长了一对复眼，便时常要显摆自己上知天文下知地理的聪明，不把别的黑虫放在眼里，又仗着跟我空投的几只灰虫私交甚好，时常表现得盛气凌人。大黑虫料到自己再往前进必没什么好结果。它要做的是大蛤蟆，怎么甘心居于他虫之下呢？可如果它继续前进，必定会受复眼黑虫所管。这时它又玩起了花招。它刚率队跨过水沟（刚下过雨，水沟很浑浊，一部分泥土融进水沟里向前流动），它忽然对麻虫咬牙切齿起来，说这样悄无声息地离开麻虫的区域，一点英雄气概都没有，它们必须回去跟麻虫打一架。手下的黑虫脸都吓白了，说使不得啊，这不是送死吗？大黑虫听都不听，强令大家回身过沟。跟麻虫这一仗，它们损失惨重，但大黑虫似乎一点都不难过。刚开始我也不明白它为什么这么做。后来才知道它在拖延跟复眼黑虫会面的时间。这莫名其妙的一个败仗使它的威信有所下降，但它自有法子对付。更让黑虫们难以理解的是，被麻虫赶过河后，经过短暂的休整，大黑虫又下令过河跟麻虫打仗。很多黑虫私下里嘀咕，大黑虫肯定是脑子出了毛病。不用说，它们都遭到了杂虫的暗中报复。很久以来，这些杂虫已经成了大黑虫的心腹。它们无处不在。处理好内乱，大黑虫骂了一句粗话，说今天一定要攻下麻虫驻守的那个土包。奇怪，这次，它们一进攻，麻虫就望风而逃了。原来，白虫已追到麻虫的地界，由于误会，双方发生了激烈的碰撞，驻守在这里的麻虫接到指令拍马支援去了。大黑虫很好地利用了这一点，吹嘘了一通自己的所谓军事天才，重新树立了威信。

　　白虫和麻虫制订协约握手言欢。双方联手再度追击黑虫部队。大黑虫不敢再犹豫了。与复眼黑虫交手它还有胜算，可如果跟白虫与麻虫短兵相接，那只有死路一条。所以不管它怎么拖延，还是不得不和复眼黑虫见面了。

　　不出大黑虫所料，它果然处在复眼黑虫的下风。刚开始，它不得不接受这一点。但若论阴谋诡计，谁也斗不过它。它勾结、拉拢了复眼黑虫手下的几条位置重要的黑虫。复眼黑虫渐渐被它架空。然后，在一次唱歌比赛上，大黑虫赢得了更多的支持，复眼黑虫不得不让出了头把交椅。这时，为了让它们更有力量与白虫斗争，当然也更是为了我的研究试验，我准备给它们提供足够的粮食。大黑虫和复眼黑虫各自心怀鬼胎，谁都想抢在对方前面把物资搞到手。对于我来说，我才不管这场斗争谁输谁赢，反正它们都是我的试验品。但我的这一举措给大黑虫提供了干掉对方的机会。它和复眼黑虫抓阄决定各自走的线路。按道理，复眼黑虫抓的那条线路更平坦、更近，但大黑虫却悄悄扒开了一处堤坝，让大水冲向复眼黑虫它们必经的一条水沟，结果复眼黑虫它们全被淹死。

大黑虫欣喜若狂。它免不了又要吟哦一番。它的吟哦已经有一点蛤蟆叫的效果了。它终于到了我给它们指定的地方，得到了我提供给它们的丰厚物资。为了表示感激，它率领其他黑虫在平坦宽阔的地方跳舞给我看。它们跳得虽然机械，但很有激情和节奏。更主要的，它是在通过这种方式，继续树立自己的威信。这一点，跟我们人类差不多。人们崇拜神，但从来没见过神，就不免把神龛前面那个人当作神。

那个地方山清水秀，草木茂盛。黑虫们多久没完全满足过的食欲一下子放开了。它们敞开肚子大吃，所到之处，全被啃得干干净净。这可苦了那些土著小虫子。它们遭受了前所未有的灾难。但大黑虫却要强迫它们相信，是它给它们带来了幸福。土著小虫子原本有一个虫头，把大家的生活管得好好的，一方面带着大家和白虫作斗争，另一方面带着大家弄粮食。大黑虫一来，立即削弱了它的权力，并捏造了一些事实来破坏它的声誉。不久，在一次与白虫的抵抗中，它莫名其妙地被咬死了。大黑虫宣布土著虫头是被白虫的箭射死的，当时白虫离得那么远，怎么可能射死它呢，那伤痕表明绝对是被咬死的。实际上，大黑虫来了之后，就派了两只杂虫跟着土著虫头，说是保护它。事实恰恰相反。那虫头的老婆，一只小雌虫听说它被咬死，哭得死去活来，一定要再看一眼它，可大黑虫已经下令把土著虫头埋葬了，并派了杂虫站岗，谁也不许接近。不久，有只爱说话的小虫子憋不住把真相告诉了其他虫子，被冠以很严重的罪名被凌迟处死。

这时我不禁感到一股寒气掠过面颊。我觉得这大黑虫胸中似有邪恶的台风，若不及时控制，日后必不会配合我的研究，给我的进一步工作带来麻烦。这时，它的独子已经长成了一只漂亮的长须小虫子。大黑虫虽妻妾众多，但一直子嗣不旺。在这方面，它比不上瘦虫。瘦虫的每一个老婆都生了好几只小白虫。即使这样，瘦虫还是很爱它的每一个孩子。对它的这一点我倒是很尊重。顺便说一句，鉴于它与我的通力合作及爱子心切，我已把它做人质的爱子还给了它。看来我的这一招挺有效，现在我也想在大黑虫身上使用。我派两只灰虫把它的独子骗了出来，然后加以控制。

这时，我一直担心的事情发生了。蹲伏在院门外的那群绿虫悄悄爬了进来，靠近了我研究的区域。这帮家伙食量极大，凶残异常，对这片领地觊觎已久。我不想这么早就跟它们打交道，虽然也许我迟早是要跟它们打交道的。这些绿虫，个头巨大，爪牙锋利，而且它们是集体行动，看不出谁是首领但似乎个个都是首领。这样的家伙最难对付。若它们真的把白虫和黑虫都消灭了，对我没有任何好处。我派灰虫跟瘦虫进一步加强联系，毕竟，它们是最庞大和最整齐的。打败绿虫必须依靠它们。但我的这一举措引起了大黑虫的不满，它以为我弃它不管了。我也抚慰了它。绿虫当前，它们应该齐心协力才是。

绿虫搅乱了整个局势。面对即将到来的战争，我目下的虫子，有的惶惶不可终日，有的却热切地盼望战事的发生。后面这一种，一般是些相当年轻的小虫子。它们颜色不一，充满朝气，脑子也相当单纯。它们有着天生的反少数服从多数、普通服从特殊的叛逆心理（它们觉得这样的逻辑荒诞不经）。由于白虫当时是多数，它们就很自然地站到了它的对立面。正如到了黑虫区域，黑虫是必须服从的多数，它们又很自然地站到了黑虫的对立面去了一样。事实上，不管世界怎么变化，这样的小虫子是永远存在的。它们代表着生物中的青春的叛逆和激情洋溢。如果没有它们，任何生物的未来都没有希望。但大黑虫不这么想。它嘴里嚷着要去驱逐绿虫，并指责白虫抗绿不力，实际上却只说不做，甚至反而在内部制造惨案。事情的起因是，一只天真的小虫子说它很失望，黑虫的世界并没它想象得那么好。比如大黑虫可以随便跟哪个雌虫跳舞，其他虫子却不能。还有一些黑虫强行抢小虫子做老婆，不答应就掐死或咬死。至于食物的分配，更是有着森严的等级制度。这只小虫子不但散布这些流言，还公开声称不参加黑虫大合唱和那些千篇一律、冗长得让人头痛或昏昏欲睡的聚会。大黑虫听了杂虫的报告后大怒，说这还得了，反了！反了！它下令立即把那只小虫子抓起来，进行严厉的批斗，同时把跟这只小虫子联系密切的其他虫子都抓起来。大黑虫给它们定的罪名是，听过某某小虫子说的话。照这种说法，只要是有听觉的虫子，都面临着被抓的危险。那些小虫子都被关在阴暗潮湿的地方，进行一种叫"脱色"或"染色"的运动，也就是说，先把身上其他的颜色褪尽，再染上同一样的颜色：黑色。这过程很痛苦，很多虫子因忍受不了便发了疯或咬舌自尽。大黑虫这种杀一儆百的手段很有效，没多久，所有的虫子都幸福地成了黑虫子，感受到了大家庭的温暖。对大黑虫的这种做法，我并无异议。我又派灰虫给它们送去了不少物资。我希望，它在我以后的工作中，加倍地回报我，哪怕让其他虫子都饿肚子，它也要让它们显示顽强的精神力量给我看。

这期间，大黑虫又举行了一次婚礼。出乎意料的是，那么多苗条秀气的雌虫它不选，偏偏选了一只相貌凶悍、性格泼辣的大母虫。它为什么要这么做？难道是想把那些漂亮雌虫让给其他的虫子？根据我对它的了解，它绝对不会有这样的美德。暂且记下这一疑问，留待日后去破解。

大黑虫在想尽一切办法扩大自己的领地。它大嚷着驱逐绿虫，实际上，它从不跟绿虫正面交锋。它最喜欢也最擅长躲在喇叭后面。这样就造成了它比白虫更坚决抵抗的印象。白虫打了败仗，它就通过喇叭指责白虫将帅无能。白虫打了胜仗，它就指挥黑虫在后面捡拾战利品。如果白虫有疑问，它就说，我们不是联合部队么，你们尽管乘胜追击，让我们来保管战利品好了，等彻底把绿虫消灭了，我们再来平分。

大黑虫一方面悄悄享受白虫带来的胜利果实，另一方面又在暗处捣鬼。比如把好好的道路掐断，或故意给白虫制造一些争端，好分散它们的精力。其实它希望瘦虫它们打败仗，经常打败仗，这样，白虫的力量就会削弱很多。白虫的力量弱了，就等于自己的力量强大起来了。这就是它的逻辑。同时，我惊讶地发现大黑虫竟然私下里在跟绿虫做交易，许诺在下一次绿虫发动大围剿的时候，黑虫悄悄让出一道防线，方便绿虫经过。这可大大出乎我的意料。我虽然推崇物竞天择的生存法则，但我并不赞成这样没有廉耻和任何道德底线的竞争。我得打击打击它。本来，我已准备给它一批物资，为了迎接这批物资，它已多次在同类面前炫耀和自夸，把功劳全部揽在自己身上。但我故意迟迟没有空投。它明显地焦躁起来，感觉没有了面子。因为它连迎接的新服装和致辞都准备好了。为了不至于让自己下不来台，它悄悄派出几只黑虫火速跟灰虫取得了联系，央求我尽快发货。等把它的傲慢打击得差不多了，我才让灰虫运出物资（我故意不用空降，进一步消磨它的耐性）。同时我警告它，它的独子长须小黑虫还在我手里，如果它把事情做得太过分，有它的好看。

我的担心是不无道理的。我怕它这样乱搞，把白虫消灭干净，仅靠黑虫的力量，又抵挡不了绿虫，那我的研究版图上，将只剩下绿虫。而我，是很不喜欢绿虫的，目前也无意对它们做什么研究。不仅如此，以绿虫那嚣张的本性，很可能还会继续破坏我的研究基地。偏偏这段时间我要对付的事情很多，工作量很大。我的助手又让我很不放心。我希望黑虫和白虫共同对付绿虫，至少也要把它们牵制住，这样我就可以保证诸多工作的同时进行。如果大黑虫不配合，我就要对它的独子不客气了。

谁知它一接到我提供的物资，马上就变了脸。它对我的灰虫信使说，它才不管那小黑虫是不是它的独子，它是个放眼世界的人，每只小黑虫，包括那些染了色或扒了皮的，都是它的儿子或女儿。也就是说，它根本不在乎我把那小黑虫怎么样。看来，虫的世界跟人的世界并无不同。不是说过去有个皇帝，在他没当皇帝之前，对手把他爹抓去，威胁说要把他爹做成粉蒸肉，他竟然说，我爹就是你爹，粉蒸肉做好了请你也送一碗给我尝尝。最终，没有人的感情的人取得了胜利。面对这样的无赖，我又能怎么样，我还不如把那小黑虫放回去，说不定，日后它还能学学中国的隋朝皇帝杨广当个弑父者的角色。

现在我知道，我犯下了不可逆转的错误。我这次的资助，对大黑虫取得最终的胜利起了决定性的作用。绿虫似乎接到了什么指令，又忽然从院子里退出了，来不及撤退的就把自己的脑袋拧下来，不让自己成为俘虏。瘦虫带着它的白虫部下心想可以喘口气了，谁知就在这时，大黑虫让其他黑虫都喂饱肚子（由于黑虫越来越多，那些土著虫子已经饿得奄奄一息或者一命呜呼），不顾我的暗示和明确阻止，一举歼灭了白虫。由于和绿虫连续作战消耗了体力，白虫根本不是黑虫的对手。无论它们怎么求饶，利器还是毫不犹豫地挥向了它们。这场大战持续了几天几夜，一时间，人仰马翻，天昏地暗，只听得虫声嘶吟，哭爹叫娘。堆积如山的虫尸，发出阵阵腥臭。大黑虫踏在尸体上狂笑。一队黑虫把瘦虫押了过来，大黑虫把它狠狠侮辱了一番。大批做了俘虏的白虫战战兢兢，希望能得到染色或扒皮的优待，但大黑虫根本不予考虑，它一挥手，这些白虫全部被活埋。我不希望它这么干，可我无法阻止。这家伙的脑袋在无休止地膨胀，它甚至对我都虎视眈眈了，仿佛我一不注意，它就会跳到我身上来，对我下手。

它终于成了一只蛤蟆。所有的虫子都叫了起来。所有的虫子又都不叫。

我的研究工作宣告失败。为了把无论是黑虫还是白虫以及其他颜色的杂虫统统变成灰虫，我付出了太多。可现在，只剩下了黑虫。我已经对付不了它们了。它们在大黑虫的带领下，已经爬上了我的脚踝。

我感到胸口一阵发紧，针刺一般。然而我已经不能控制自己，肥胖的身体朝下一翻，便滚落在地。我最后一眼看到的景象，是我灰色的爪子僵硬地伸向空中。

孩子与电影

有一天，爸爸从外面回来，捧着一大摞影碟。爸爸很兴奋，对孩子说，这都是一些好电影啊，你一定要认真看。

爸爸又说，为了买它们，我还特意去了新大地的音像市场，好多家长都在排队，我好不容易才买到一套。

孩子瞟了一眼，又不信任似的把头转过去了。爸爸经常跟他说，这个好看，或这个好吃，但他看过或尝过之后，发现并不好看或好吃。比如爸爸爱吃油渣，就对他说，油渣好吃啊，我那时候，一点点油渣能下一大碗饭，我舍不得吃，一点点地，十分珍惜。比如爸爸喜欢唐诗宋词，就要他每天早起背诵它们。爸爸说，它们是好东西啊，我要是那时有你这样的读书条件，现在就不是这个样子了。爸爸现在是一家机关的秘书，每天人模狗样的。孩子不知道，如果爸爸小时候读了唐诗宋词，和现在会有什么不同。他只是觉得，自己越背诵，对它们越讨厌。他恨死了那些写唐诗宋词的人，让他不能好好地睡回笼觉。爸爸就感叹。至于感叹的内容，因为孩子不感兴趣，也就不记得多少了。比较中心的一个词是，出息。这个词孩子不太懂，但听起来似乎比较严重。

本来，那些电影，爸爸其实早就忘记了，成为他小时候记忆的一部分了。如果不是报纸和电视上这段时间都在宣传什么什么教育，他也许不会想起它们或把它们买回家来。他一想，是啊，也该让自己的孩子看看那些给他的童年和少年时代带来了无穷乐趣的电影。于是他怀着一半是怀旧一半是教育的心理把它们买了回来。里面的电影，他小时候大多看过，但也有的，他很想看但一直没看到。现在他也可以顺便补补课。

孩子其实挺喜欢看影碟，米老鼠和唐老鸭，他看了不知多少遍。还有猫和老鼠，舒克和贝塔，他都爱看。阿凡提和哪吒什么的，刚开始孩子也喜欢，但再看就不喜欢了。因为看到最后，好像是爸爸平时在跟他说话。爸爸的嘴脸从那里露出来了。不像米老鼠和唐老鸭那么让他忘乎所以。孩子不喜欢有他爸爸的嘴脸在里面的电影。现在爸爸买来的电影肯定有他自己的嘴脸在里面，不然他不会买。爸爸已经多次呵斥他没有长进，爸爸说你怎么还在看米老鼠和唐老鸭啊！好像看米老鼠和唐老鸭是一件丢人的事。因此他只能等爸爸不在家时偷偷地看。爸爸为当初误买了米老鼠和唐老鸭懊悔不已。有什么意思嘛，他总是说。

有什么意思，这是爸爸判断一件事该不该做、做得对不对的标准。

爸爸看孩子有些无动于衷，不禁急了，他说，这可都是正版碟，是我花一百多块钱买来的。爸爸以前买碟都是买盗版的，两三块钱一碟，便宜得很。但现在爸爸觉得事关孩子的教育问题，是不能买盗版的。好像盗版的东西会影响到孩子的思想和品质的纯正一样。爸爸加重了"正版"这两个字的语气。像很多人一样，爸爸顽固地认为正版碟的质量比盗版碟的质量好，而并没意识到它们的区别其实主要是合法与非法的区别。

爸爸又说，里面可全是打仗的，你不是喜欢看打仗的电影吗？爸爸听说看多了枪战片对孩子不好，前段时间，电视里不是播了，有个青年人因为从小看多了这样的电影，老是幻想自己是神枪手或杀人魔头，而杀了好多人吗？所以他就把自己喜欢看的那些香港或好莱坞的枪战片藏了起来（大人已经有了免疫力了嘛），但他总怀疑被孩子偷偷看了，因为有时候他和妻子说到某个演员某段情节，孩子无意中会说漏嘴。现在，情急之下，他只好用这样的办法先把孩子吸引过来。

孩子果然眼睛一亮，他说是真的吗？

爸爸想起自己小时候，为了看一场电影，要冒着多少被大人责骂的危险。那时候他还是一个乡下孩子，专制的祖父剥夺了他看电影、捕蝉、游泳、逃学、钓鱼、和同伴下棋、不按时回家吃饭、甚至夜不归宿的权力。原因是，他是家里的独苗，祖父希望他听话，仿佛只要一听话，就能平平安安长大。祖父是一个勤劳俭朴的农民，他的美德，至今还在乡村流传不衰，但他只知道种田。他从不看电影，看戏，打牌，即凡是他认为与吃喝无关的事情，他都不干。除了种田之外，他唯一喜欢的事情是在柴草屋里放一只兽笼捕黄鼠狼。祖父割的黄鼠狼皮十分完整，用竹篾撑开，挂在那里晾干了，无论过多久还栩栩如生。祖父并不吃它的肉，怕膻。祖父不喜欢门前栽花种草，说是惹飞虫。也不喜欢燕子在屋梁上飞来飞去，说是不干净。而他，当时是多么希望燕子能来他家里做窝啊。漫长的雨季，他总是待在阴暗潮湿的屋子里，十分寂寞。他还那么喜欢看电影。到了夏天，每村每队为了庆祝丰收，都要放一两场电影，这时，他们孩子每天都处于一种醉酒似的兴奋状态中，到处打听哪里有电影，并为此大肆运用他们幼小的恶作剧和想象力。他们互相欺骗，或曰互相安慰，奇怪的是经常能歪打正着，弄假成真。有时候几个村子排队，他们就跟着放映机跑，从这个村子跑到那个村子，从这场电影跑到那场电影，一直看到天亮。当然大多数时候是一样的片子，但他们照样兴致勃勃地看。他们看了正面看反面，看了反面看胶带。他们紧盯着放映员，希望他手里不小心掉下一截胶片，他们捡起来拿回去对着日光看，或用电筒照在墙上。他的无法无天招来了祖父的严厉管束，祖父不让他去看电影，把他关在家里。他望着落了锁的门闩，急得直哭，甚至哭也不敢大声。后来电影的声音若有若无或真切贴耳地飘过来了，他在泪水中睡着了。第二天，趁祖父还未收工，他就躲到外面去，也不吃晚饭，直接去看电影了，回来自然少不了一顿好打，但他一点也不后悔。他挺着脖梗，像少年潘冬子、小兵张嘎或小英雄雨来一样。他从他们那里得到了力量。这样一想，落在他身上的瘦竹棍就不那么痛了。他无法想象，假如没有电影，他的孩提时代会少多少乐趣。

除了看电影，他们最喜欢做的事情就是射弹弓和打仗。他们用报纸画了一个人头，或者直接从家里拿出画报，贴在墙上，然后轮流向人像射击。他

们先射人像的眼睛和鼻子，后来觉得不过瘾，便要射他的全身。他们争辩那个人的心脏部位到底在哪里，如果射中了他的右边胸部会不会没命。如果再往下瞄准呢？他们不怀好意地笑了起来。有一次，一个家伙画了一个女人，怎么知道她是女人呢？因为她除了有一对大辫子，胸前还鼓鼓的。这是一个惊人的发现，要知道，他们在电影和《红灯记》的剧照里，还真的没有发现这一点。从此，谁要是再把这样的剧照摆出来，他们瞄准的一定是有些隐约的部位。再看电影的时候，他们也比较注意这一点。他们发现，在电影里，坏女人往往比好女人好看。他们喜欢看坏女人。因为她们是坏女人，他们看得也就肆无忌惮，并不脸红，好像是为好人锄了奸报了仇。最后冲锋号吹响的时候也比较过瘾，坏人成片成片地倒下去，子弹终于射中了坏女人，她们发出好听的呻吟，眼睛直勾勾地，看得他们有些心慌。当然，好人也会牺牲一两个，但倒下去要慢一些，倒下去还会爬起来，爬起来还开枪，开枪又打死了坏人。等他最后一次倒下去，全场顿时一片唏嘘，大家也都有一种打死了坏人的舒服感。

　　所以，他们在用枪朝人像射击的时候，也都在暗暗找着那一种舒服感。这之前，他们也在一些动物身上找过。他们盯着眼前活蹦乱跳的动物，就是想下手。他们拔它们的毛，拿东西捅它们的鼻子。他自己很喜欢那些毛茸茸的小鸡，结果趁人不备，把它的脖子一拧，它果然就死掉了。他搞不清楚自己为什么喜欢一个东西反而要把它弄死。它们有自己家的，也有别人家的。有的时候，开始他并不想把它弄死，只是不小心弄伤了它，但他不希望别人知道，他很害怕，为了掩盖这一点，他就错上加错或一不做二不休地把它弄死了。还有一种情况是，他戏弄它，但它老是倔强地昂着头，于是他很生气，对它轻一下重一下，没多久它就死掉了。他也喜欢折磨他不喜欢的东西。看什么不顺眼，他就要上去踢它一脚捋它一把。那时村子里经常丢失活物，大人们把它归为野猫或黄鼠狼出没的结果。谁也没想到是他们偷偷把它们干掉了。只是后来，看到他们在用弹弓或塑料手枪朝那些活物无情地射击时，大人们才喝止起来。可是大人们自己，又何尝不是这样呢？他们让另一些大人戴上高高的帽子，挂上大大的牌子。他们批斗他们。他们把他们的脸画成了花脸。他们用脚狠狠踢他们。他们把每户人家多余的鸡鸭杀死，把狗打死（据说每一条狗都有变疯的可能）。谁能否认，他们在光明正大地打死别人家的牲畜的时候，心里不暗暗高兴？你打死了我家的，我也要打死你家的，于是大人们好像在比赛谁的手狠。

  他们很快就厌倦朝人像射击了。跟个木乃伊似的，他们感到自己在快速成长。他们要有新的游戏。于是他们像电影里一样，用杨树枝扎成帽子，戴在头上，彼此看着，觉得还真威风了不少。不会扎帽子的，站在那里急得跺脚，求别人给他扎一个。那十分会扎的，这时就有了优越感。他们马上组成了一支威风凛凛的部队。他们的手上拿着塑料手枪（能射出有穿透力的子弹），冲锋枪（一般由形似的树杈替代），步枪（条状树枝），弹弓。这时谁要是有一身绿色衣服，或一颗潘冬子手里的红星，那就神气得不得了。为了得到或保护这一颗红星，他们做了许多梦，受了许多惊吓，哭了许多回，甚至还挨了打。然后他们小心翼翼，用心提防。至于塑料手枪，大多是趁大人不备，从家里偷出钱来，买了，藏藏掖掖的，好久才敢拿出来让大人承认。他们就这样走村串户，搞得鸡犬不宁。后来家畜们远远望见他们，就提前飞蹿了起来。不过人和动物斗，毕竟没啥大意思，人和人斗，才其乐无穷（这话有些耳熟，好像非等闲之辈所说，现在忽然从他们的嘴里窜出，就好像在鸟窝里掏出了凤凰蛋，他们十分惊喜）。于是他们把队伍一分为二，分成正伪，敌我，但谁也不愿做敌人和伪军，结果发生了争执，最后还是一个高子高、力气大的说话算了数。两支队伍在村子里你追我赶神出鬼没。他们冲锋，射击，卧倒，匍匐前进。他们激战，坚守，侦察情报，被捕，经历了严刑拷打。他们搔对方的胳肢窝。他们在看电影的时候，老是想，不知搔被捕者的胳肢窝会怎么样，现在他们知道了，那就是，他很快说出了自己知道的所有情报。不过他们很快觉察到了事情的复杂性。两支队伍里关系错综复杂，比如这边队伍里的一个人的哥哥在另一个队伍里，另一个队伍里的人跟这一个队伍里的人很要好，不久前他们还交换了什么东西。这时他们就会做出叛徒的举止。他们故意吵吵嚷嚷，大声说话，给敌人通风报信。队伍终于识破了叛徒的诡计，他们要审问并处决叛徒。对待叛徒不能心慈手软，他们没收了他的武器，取消了他的军人资格，把他赶了出去。不出所料，没过多久，他们发现叛徒就在敌人的队伍里躲躲闪闪地出现了。看来人是很容易做叛徒的啊。他们还有一个问题比较迷茫，那就是，自己可以说对方是敌人，而对方也会说自己是敌人。那么究竟谁是敌人呢？因为一般说来，敌人是一个贬义词，怎么双方都是贬义词呢？这个概念刚清楚了一下，又模糊了。他们不能容忍自己也是贬义词。最后，一支队伍打了胜仗，押着俘虏在村子里走来走去，凯旋。不同的是，俘虏们脸上也挂着和胜利者同样的笑容，虽然刚才在肉搏战的时候，扯掉了衣服上的扣子，或划破了脸上的皮，现在还在火辣辣地疼。胜利的一方当然不允许失败的一方也有笑容，他们为此又争执了起来。一方说，这又不是真的。一方说，怎么不是真的，你看我衣服都扯破了，鼻子都出血了，如果不是看在打仗避免不了流血牺牲这句话的分上，我们一定要以牙还牙。

两支队伍的人数基本上是固定的，也都是那么几个人，没什么很大变化，打起仗来也还是那么几个套数，时间长了，他们都厌倦了。好几次，他们都没什么积极性，站在那里等着对方来消灭。对方把他们消灭了，也没什么胜利的喜悦可言。战斗就这样草草收兵了。他们坐在那里，你看着我，我看着你，厌战的情绪在他们中间弥漫。他们把树枝编的帽子扔到了水里，小鱼立刻去啄那树叶。他们把冲锋枪、步枪和大刀长矛也都扔了，塑料手枪放在那里也居然没有人去动，而以前大家是要排队才能扳上那么一两枪的。他们都懒懒地躺在塘坝上，百无聊赖。这时，有人忽然发现了塘塍对面的王苕，王苕是他们的同学，也在大队的小学里读书。他和他们的村子只隔了两块田，彼此经常在上学的路上碰到或赶上。于是他们忽然来了劲，朝王苕喊道，王苕王苕，天天吃苕，长个苕样，说个苕话，王苕变大苕。苕就是红薯，说人家苕是骂人的话。王苕果然很生气，也在塘塍对面骂了起来。

他们说，有种你敢过来跟我们打仗吗？

王苕说，怕个鸟，你们等着。说着，王苕一溜烟往他自己村子里跑去了。

电影开始了。父子俩坐在那里眼睛紧盯着电视机的屏幕。影碟在飞速旋转，孩子果然被吸引住了。做爸爸的很高兴，仿佛看到儿子正在听话地走向了他指引的康庄大道。电影是黑白的，但他觉得老电影就应该是这个颜色，带着点遥远的、童年时代的味道。爸爸对孩子说，他小时候看这部电影的时候，是偷偷从家里跑出来的，晚饭都没吃，因此一看到敌人大鱼大肉那个细节，他的肚子里不免有一群青蛙在叫。爸爸说，不知他的胃病是不是那时落下的，反正上初中时就开始泛酸水，隐隐作痛了，一上课就听到肚子里青蛙在叫，吵得他不能用心听讲。他顿了顿脚，它们就扑通跳进水里，但当他回转头，它们马上又跳出来了。

孩子没怎么在意爸爸的话。他正被电影吸引。虽然爸爸一再跟他说，哪个是好人哪个是坏人，坏人为什么要打好人，好人又为什么要打坏人，坏人为什么不能打赢好人，好人终将会打赢坏人的道理，但他总觉得是绕口令，越听越糊涂。于是爸爸有些着急，心想现在的孩子怎么连好人坏人都分不清，那还得了？那时他们看电影，如果没很快搞清楚好人坏人会很着急，就像考试答不出题来一样。如果好久没让他们分出好人坏人来的电影，他们认为不是好电影。他们说，这个电影一点都不好看，连个好人坏人都分不清楚。如果谁能更快地分出好人坏人来，他们就会很佩服。你看，××一下子就分出好人坏人来了。爸爸由此担心孩子将来读书的成绩，走上社会后的进步，乃至整个人生的幸福。爸爸只好苦口婆心地教育孩子，好人穿什么衣服，坏人穿什么衣服，好人做什么事，坏人做什么事。但麻烦的是有时好人也会装成坏人，正如坏人有时候也会装成好人，那么需要别的鉴别方法，比如好人一般长什么样，坏人一般长什么样。孩子看了看电影，又看了看爸爸，忽然说，爸爸是坏人！爸爸吓了一跳，以为自己有时候身不由己或情不自禁做的一些不太光彩的事（在机关里，谁能避免得了呢）被孩子知道了，忙说，爸爸怎么是坏人了？孩子说，爸爸长得像电影里的坏人。爸爸松了口

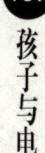

气，但随即又恼怒起来。孩子的话正刺中了他的痛处。因为他的外貌，他一直很自卑。好几次比和孩子妈妈更好的恋爱就这样失去了。这时他觉得有必要吓唬一下孩子：胡说什么！孩子不明白爸爸怎么忽然生气了，他为自己把爸爸几乎气得跳了起来而高兴。爸爸一生气就更像坏人了。本来嘛，他不喜欢爸爸管他太严。一管严，他就是好人爸爸就是坏人了（电影里总是坏人管好人，折磨好人）。以后他在生活中还会用到这样的句子：那个长得像好人的人，那个长得像坏人的人，或，那个长得又像好人又像坏人的人。

孩子说，老师经常乱收我们的钱，他是不是也在压迫和剥削我们？看电视的时候，孩子说，爸爸你看，有个农民被乡干部逼死了，那些人举着锄头拿着竹竿跑到乡政府门口，是不是想革命？爸爸不知道孩子怎么老有这些稀奇古怪的想法，他有些害怕，忙喝道：那是旧社会，现在是新社会，你怎么连这个都不懂？还小学生呢！他想孩子是不是太小了，不适合看这样的电影？可自己当初也是这么大嘛。

但孩子吵着还要看。孩子想看的原因是，电影里的事情都是他平时想做而不能做或根本就想不到的事。比如在地洞里打仗，扒火车，把地雷埋在地里炸得人仰马翻。孩子觉得那时的人真快活，天天可以打仗，还哼着歌曲。就像在电视里看神雕侠侣什么的一样，那些人天天除了比武谈恋爱就是大吃大喝，可他们哪来的钱呢？他们会不会在电视里是侠客在电视外面是小偷？是不是在大街上神出鬼没的小偷也是侠客呢？他对爸爸说那时的人多么苦的话表示怀疑。就是打仗也没死多少人啊，要死也是坏人全部死光了。好人是打不死的，好人万一被打死了就会山崩地裂，天昏地暗。孩子不知道自己将来死的时候会不会这样。他也是一个好人啊。孩子不明白，电影里的人可以打地洞，扒火车，不遵守纪律，他怎么就不能。他在家里稍微乱动一下，爸爸就会很生气，大声呵斥着，有时还揪他的耳朵。比如他把家里的钟拆散了（那只鸡为什么可以不停地啄米并且总也吃不饱），把墙弄花了，把电视机的遥控板弄坏了（他想知道它为什么可以让电视机听话）。有时候他不想穿鞋，不想吃饭，不想睡觉，总之是不想听话。有时候想做危险的事，想像小鸟一样张开翅膀，像松鼠一样打地洞。这时爸爸的手就伸了出来。爸爸的手一伸出来，他的耳朵就颤抖着往里缩。孩子很怕被爸爸揪耳朵。耳朵被揪了之后，有好长一段时间嗡嗡作响，像是被揪坏了。爸爸喜欢吃猪耳朵。孩子从来不吃。他不敢。恶心。他怀疑爸爸夹起的猪耳朵是他的耳朵。因此每当爸爸吃猪耳朵的时候，他都要摸摸自己的耳朵。爸爸每有声地嚼一下，他的耳朵便隐隐一痛。

考虑到这些电影对孩子有好处，爸爸又打开了影碟机。毕竟，它们是他买来的啊。

看到电影里的吃喝，爸爸又想起了自己小时候的胃。他说，那时候没几个人没有胃病的，我们一家人都有，全村人都有，甚至全国人民都有。现在多好，现在你们再也不用担心得胃病了，现在你们即使有胃病，也是因为暴饮暴食而不是因为饥饿，所以你吃饭既不能挑食也不能暴饮暴食，你要吃牛奶肉类也要吃水果蔬菜。爸爸不失时机地教育道。他以前做过老师，改行进城前在郊区的中学里教书，懂得教育见缝插针的道理。

孩子却在想另一个问题。他问，电影里吃饭是真的吃饭吗？爸爸说，那当然，电影里演的都是真的。孩子说，如果叫他演电影，他就演坏人，你看，坏人总是吃得那么好。虽然家里每天营养丰富而齐全，可孩子的食欲总不太旺盛，不太均衡，不太正常。只有听说要下馆子，他的胃才莫名地亢奋起来。纯粹是败家子啊。

爸爸再次感到问题严重起来。他又想到了"出息"这个词。一想起这个词，他不由得忧心忡忡。他想孩子对大人的世界毕竟是隔膜的，他也懂得揠苗助长欲速则不达的道理，那就换些影碟给他看吧。

于是下次，爸爸拿出了精心挑选的几部表现儿童和战争的电影。这些电影他小时候看了不知多少遍，以至把人物的动作和台词记得清清楚楚，后来人物刚一张嘴，他们就把他要说的话说了出来。好像他们在和电影里的人物进行某种接力赛。有时候他们在村子里玩抓特务和打仗的游戏时，也会不知不觉地模仿其中的动作和台词。看到一群孩子押着坏蛋从银幕上走过，他们

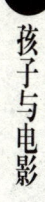

很羡慕，左思右想，最后也这样押着兴贵在村里走了一圈。他们敲着锣，给兴贵戴上高高的帽子。兴贵搞封建迷信，说他能捉鬼。谁生病了他就说是被鬼缠上了。他们这种高觉悟和自发斗争的精神受到了队长的表扬。队长报告给学校，学校也进行了表扬。这件事，爸爸现在想来都觉得自豪。虽然那个时代的某些东西已被否定，但和封建迷信作斗争是没有错的，甚至还有些高瞻远瞩常开不败与时俱进的意思。爸爸现在学习的文件里也还经常有破除迷信的内容。

爸爸说，看看他们，比你大不了多少，有的还比你小呢，你看看他们在做什么。

孩子很快又被电影吸引住了。孩子羡慕他们没有人管，是那么自由自在。他们想做什么就做什么，就是有什么危险，大人也不会呵斥。他们胆子是那么大，和大人斗争一点也不害怕，那些大人（爸爸一再说他们是坏人）被他们牵着鼻子团团转。他们撒起谎来是那么自然（因为是黑白片，不知道他们是否脸红了），尤其是，撒谎后会得到另一些大人（爸爸说他们是好人）的夸奖。爸爸说，你瞧，他们是多么机智勇敢啊。孩子觉得爸爸有些自相矛盾了。为什么他有时候撒了谎爸爸会骂他，狠狠地教训他（比如揪耳朵），说要做一个诚实的孩子，而电影里的孩子撒了谎他反而会夸奖呢？还有，他有时候要爸爸给他买枪，爸爸总是不肯，爸爸说危险，你没看到新闻里说，有一个孩子被塑料子弹打瞎了眼睛？实在要买，爸爸也只买带电池的，扣动扳机，放出一首乐曲，再扣扳机，便放出另一首乐曲，跟洒水车似的，软绵绵的，一点意思都没有。孩子觉得爸爸对刀枪棍棒之类有一种过分的敏感，生怕他染上了香港或好莱坞枪战片里的暴力。可是你看，电影里的那些孩子多神气啊，他们手里的刀和枪都是真的。孩子紧盯着他们的腰间，希望他们经常把它们掏出来捅一下或打一枪。枪终于响了，坏人在枪口前捂着胸口狼狈地倒了下去，孩子把枪吹了吹，又插进腰间。孩子觉得这个动作帅极了。在另一部电影里，孩子放了火，用斧头砍下了坏人的头。他睁着愤怒的眼睛，一下一下的。他的眉是那么的浓。爸爸在一旁说，好，砍得好！

可是孩子看到这里，却有些害怕了。他不明白电影里的孩子为什么有那么大的胆子。如果是他，大概早已吓得把刀掉地上了。他连杀鸡都不敢看。每当家里杀鸡的时候，他就远远地跑开去。后来吃鸡的时候也犹犹豫豫的，遭到了爸爸的责骂。孩子胆小。在公园里，看到有人欺负那些动物，他很难受。家里的金鱼死了，他会发呆和吃不下饭，还老惦记着它。就是看电视，他也怕蛇、狼、老虎这样的动物，尤其是在它们捕食的时候。他的身子不由自主地后退着。爸爸却不由分说地把他的身子往前推。爸爸说，物竞天择，适者生存，社会是弱肉强食的，你这样软弱，将来怎么适应得了？因为读了书，又因为在单位上做秘书，爸爸说话向来是一套一套的，尤其喜欢用成语。孩子只好用力捂住眼睛，压抑地哭泣着，双肩抖个不停。现在，孩子又要往后退了。但爸爸觉察了他的企图。爸爸说，你看人家，爱憎分明疾恶如仇，是多么勇敢多么临危不惧大义凛然啊，如果像你……爸爸的省略号里，隐藏的是他的失望。爸爸把他推至电视机前，膝盖几乎顶着了他的脊背，于是孩子觉得自己好像是去就义一样。

孩子的表现让爸爸怒其不争。他想到了"退化"这个词。难道真是一代不如一代？他失望极了。其实他的心里也很矛盾。他都不知道怎么教育孩子好了。他一会儿希望孩子温柔敏感，那样可以培养他将来当个作家什么的，所以他要孩子读唐诗宋词。他自认为孩子有这方面的遗传，自己在中学和大学时，不是多次在作文竞赛中获奖吗？一会儿又希望孩子不要那么多愁善感，而要像一个政治家那样富于攻击性，手腕果敢强硬毫不留情。有时他希望自己的孩子有个性，跟别的孩子不一样，但一想到个性容易被排斥和打击，他又犹豫了。他不希望自己的孩子命运坎坷。所以他想还是先让孩子循规蹈矩平安长大为好。他一会儿想用现代的方式教育孩子，一会儿又想用传统的方式教育孩子。一会儿想让孩子多一点乐趣，一会儿又想起生于忧患死于安乐的古训。但不管用什么方式教育孩子，孩子都应该：1. 听大人的话；2. 读书成绩好，不但语文、数学、英语、物理、化学要好，政治、历史、地理、生物也要好；3. 将来有出息。至于什么叫有出息，很难说准确，反正是活得好，混得好，高人一头，有权力，有地位。不是有人说，每个孕妇都希望自己的肚子里怀的是未来的国家总统吗？

　　爸爸心想，为什么孩子看到那样的镜头会往后退？这说明他还没有看懂。自己小时候不但不害怕，反而睁着眼，看得很过瘾。如果一部电影，到结尾好人还没有把坏人杀死，那他们简直不明白为什么要拍这部电影。有时候电影放到关键时刻出了故障，放映员鼓捣了很久也没有修好，那他们一个晚上都睡不着，好像朝天上扔了一块石头，好久它还没有落到实处一样。这还说明孩子好奇心不强，好胜心不强，甚至可以说理解力不强。这样的孩子，将来怎么读好书，接受教育，到社会上去竞争呢？

　　爸爸很快又想起了自己儿时的趣事。有一天，他在上课的时候，忽然心血来潮，封自己为司令，然后以司令的口吻写了一张纸条给另一个同学，封他为军长，限他在三天内准备多少军火。没想到，该同学正在积极要求上进，便活学活用（类似于电影里的弃暗投明大义灭亲），以为立功的时候到了，把那张纸条交给了老师。结果老师就在课堂上把纸条大声念了一遍。下面哄堂大笑。老师狠狠扇了他两巴掌。那位同学姓左，从此被称为左军长，他姓胡，从此被称为胡司令（这个姓氏和司令的官衔结合起来，有一种电影里的滑稽效果）。以至后来读初中了，还有同学叫他胡司令，于是他的脸像被揭了老底一样红一阵白一阵。其实当时很多同学都有"军长"、"团长"、"政委"或"排长"这样的绰号的。正如大人世界里的"大队"、"小队"与"红卫兵"一样，他们起早下田叫"打突击"，收割前开大会叫"誓师"。他们小孩用得最多的是"团长"，因为它还兼有伙食团团长的意思，一个词有两种或两种以上的意思，那是一个狡猾的词，他们喜欢用它来产生一些歧义。他自封为司令还有一个原因是，他在村里的那帮家伙里面什么也不是，只是普通一兵。王侯将相宁有种乎？他很早就想像农民那样起义了，难道他就不能也弄个司令当当？

　　王苕果然带着他们村的兵来了。他们也都戴着杨树枝扎的帽子，拿着塑料手枪和其他各种稀奇古怪的武器,他们高声呐喊着,脚板腾起阵阵灰尘。这边赶快占据有利地形。他们隔着一条田埂,一个在这边,一个在那边。他们匍匐,瞄准,指挥,射击,发电报,装作受伤,包扎,轻伤不下火线,手托炸药包,大喊。把步枪换成了冲锋枪,觉得还不过瘾,最后扛出了迫击炮。轰,轰。他们仿佛看到了冲天而起的云团。硝烟弥漫。刚开始,他们用的是嘴巴。他们用象形语言制造出各种武器和激战的声音,并配以身体的真实动作。由此双方交火的声音一浪高过一浪。他们把印象中所有的激战场面都演练了一遍。后来,他们的嗓子都哑了,他们手舞足蹈,发不出声音,而战斗又必须是有声音的。有时他们误听了情报,兴冲冲到什么地方看电影,结果扑了一场空,回来的路上,他们跌跌撞撞自我解嘲道,原来是《看不见的战线》啊,或,原来是《听不见的战斗》啊。没有声音的战斗就好像电影的喇叭和图像配合不上,一会儿声音在后面赶银幕上的人,一会儿人在赶声音。有时候赶上了又发现驴唇不对马嘴,那下面就会轰然大笑起来。这时他觉得那笑声特别刺耳。说实话,他是很不喜欢那种幸灾乐祸的笑声的。他不由得暗暗着急。现在,他看到匍匐在掩体后面的伙伴冲了出去,他也不由自主地冲出去了。双方一场混战。银幕上终于重新响起了声音。那是武器撞击和肉搏的声音。后来也有武器和人体接触的声音,以及人体和人体接触的声音,武器折断的声音,人体划伤的声音,锐痛的声音。那么惊心动魄,声声入耳。后来,土块的声音加入进来了,石头的声音也加入进来了。它们呼啸着,飞腾着。它们长出了手和嘴巴,一会儿咬这个一口,一会儿咬那个一口。后来,他们和他们都抱着头,只有它们在响亮地跳来跳去。他听到,王苕大叫了一声,哭了起来。小金也叫了一声,哭了起来。王苕捂着头,边哭边朝村子里跑去,不一会儿,有人横着扁担牵着一条狗在埂头上出现了。狗狂叫不止。他一看,是王苕的爹。王苕的爹在生产队里看瓜,如发现有人偷瓜,会一扁担摸在人的腰上。谁都怕王苕的爹那一摸。大家四散奔逃。汗不住地往下淌,快遮着眼睛了。他用手一抹,不禁也大叫了起来。他的手红红的。他的头破了。他没想到自己的头居然这么容易破。他骇然了,感到脑子

空空的，不知道它以后还会不会帮他想问题。他会不会成为傻瓜。如果成了傻瓜，他怎么向祖父还有祖母交差呢？他哭了起来。他跑着，跑着，电影渐渐由黑白变成了彩色。

上面大概是暑假发生的事情。不久，新学期开始了，他们又可以在课堂上递纸条、自封为司令军长了，偷偷用弹弓射人了。王茗似乎是好了伤疤忘了痛，早已不记得他们射破了他的头（为此他的额上还留下了一道泥鳅大的疤痕），依然和他们抢着回答问题，上课前互相抄作业。放了学，两村的孩子依然不约而同地奔跑起来，去抢占路上的一个制高点，埋伏起来，等另一队走近，猛然用土坷垃袭击。直到有一次，两村的大人不知为什么吵架，这边骂那边是强盗、国民党，那边骂这边是敌富反坏右，走资派。最后各自操起家伙（扁担和铁锹）干了一仗，以至有两截手臂永远离开了人体，还有一个人的眼珠子飞了出来，像一粒火星那样熄灭了。从此两村的孩子上学再也不肯同路，一队走了这边，一队走了那边。若干年之后，两村人见了面一语不合还会对打起来。

爸爸把这一点归结为农村人的愚昧。但他也感谢农村给了他一个健康的身体和忠诚的内心。从农村改行出来的人，在城里的行政界大多混得很好。爸爸为此有些自得。他把自己成功的经验归结为农村人的老实和读书人的聪明相结合。他知道，有些东西暂时是变不了或不会变的。也有些东西，是必须让孩子接受的，哪怕他不愿意。再说，孩子毕竟是孩子，他哪知道愿意不愿意呢，接受了，自然就愿意了。

孩子还在哭着。

| 传　奇 |

　　铸剑人久久地盯着炉火。他的瘦而白的胸脯在剧烈地起伏。作为一个铸剑人，怎么会有这么瘦而白皙的胸脯呢？这是一个秘密。其实，那些已经公之于众的秘密，并不是真正的秘密。真正的秘密是不会有公之于众的那一天的。

　　铸剑人稍稍抬起他的眼睛。那双眼睛的明亮程度，会令所有看到它的人大吃一惊。它像一道白光，一阵飓风，从深不见底的眼底旋刮出来。它们明亮得近乎失明。明亮得像两口漆黑的井。忽然，有几条蛇从井里爬出来，铸剑人的嘴角浮起一丝冷笑。

　　作为一个铸剑人，他深知一把剑日后所要担当的使命。每一把剑，命中注定都是要嗜血的。剑的光芒，完全要靠血来养。是血，使得剑体雄浑粗壮，光芒不断。现在，铸剑人提前听到了那些呐喊和呻吟。听到了寒光一出江山冷。听到了江城五月落梅花。红梅与白梅争奇斗艳，向来是名利场上的灿烂景象。铸剑人忍不住长啸起来。他此生最大的遗憾是不能亲自参与厮杀。这也是一个悖论。铸剑人的剑从来都不是给自己使用的，这使得他在多年的铸剑生涯中凝聚了太多的向往和痛苦。它们在他心中越来越大，成为一个铅团。他的剑越铸越好，然而它们也离他越来越远，最终完全消失在时间深处。一个阴谋狞笑着爬上他的嘴角，那个折磨了他很久的跃跃欲试的念头终于跳出来了。他要把他的所有幻想、邪恶念头和内心的黑暗风暴熔铸到这把剑里去，让它去完成某种使命。

　　铸剑人感到他一生中的重要时刻已经来临。他闭紧双目。一道白光从炉中升起，穿过了铸剑人的心脏。铸剑人发出了一声类似于安慰和某种期待的叹息。经铸剑人的心脏和血液检验之后，它迅疾地从窗子里飞了出去。

实际情况是，剑的光芒飞了出去，而它的身体还留在这个茅草搭成的小屋内。它随着铸剑人尸体的腐烂慢慢被尘土掩埋了。它的重新出世要等到许多年后的一个下午。那天，一个少年在没有任何预知的情况下发现了它。仿佛它一直在等着他似的，少年从那里经过，听到了刀光剑影的声音。少年好生奇怪，晴朗白日，辽阔平地，哪里来的厮杀之声？虽然少年从小就渴望厮杀。每天夜晚，他都梦见自己忽然有了非凡的武功。少年走近了那间茅屋。他再次感到了奇怪。一间茅屋，看样子，不知有了多少年，经历了多少风雨，可是居然没有倒下！墙面看起来纹丝毕现，伸手可触，可越看它越不真实。像是一个幻影。少年感到了某种神秘的力量。他被它吸引，走了进去。就这样，他看到了那把剑。屋里光线黯淡，但不知怎么回事，少年就是看到了那把剑。它插在地上，发出了黑色的光芒。黝亮的，像一只狐狸。比动物的毛皮还光滑。少年把剑抽了出来。这时，有一粒灰尘掉在剑刃上，少年听到了尘埃一分为二的巨大声响。少年拿着剑刚走出门外，那茅屋立时就倒下了。

没有一丝烟尘，也没有半点声音。

这件事，少年没告诉任何人。为什么要把它告诉别人呢？有了宝剑的少年开始没日没夜地练习武功。他惊讶地发现，不是他在指挥剑，而是剑在指挥他。少年在武术里越来越随心所欲了。往往是，他的心思到了哪里，剑锋就已经指向了那里。他和剑融为一体了。如果他的手离开了剑，就觉得少了什么东西，极不自然。就是吃饭和睡觉，他也是剑不离身的。十八岁那年，少年的父母为他娶了亲。洞房之夜，少年把剑放在了枕头底下，吓得新娘子尿了裤子。二十岁后，少年觉得有必要去外面走走了。他要试试自己的武功练得怎么样。临行的前夜，他听到那把剑在鞘里发出了类似于骏马奔腾的欢叫。

少年这一走就是十多年。回来的时候，脸已经藏到了茂密的胡子里，上面隐隐约约有些伤痕。有的还很深，像一条蜈蚣。出去的时候风流倜傥，现在袖子一抖，就会有一些风沙洒落下来。衣服皱褶里散发出不同族类的味道。南方的，北方的，马群里的，羊粪里的。大家根本没意识到他带了剑，因为那把剑在他的手里一点也不张扬，就像马靴上的扣子，衣服上的口袋。大家不知道那把剑在什么地方，仿佛什么地方都没有，又仿佛什么地方都有，好像他全身都是剑，他本人就是一把剑。他看着人的时候，那把剑就从他的眼睛里刺射出来，发出犀利的光芒。大概是为了不使眼里的光芒过于咄咄逼人，他闭门不出。只在夜深时，才有人看到那高宅深门里闪出一道白光，并经常听到跳墙和打斗的声音。当然那声音是非常诡秘的，和其他人的生活毫无关系。金属的撞击和溅射的火星散落在黑暗的夜空。长啸、狂歌还有负伤而逃的恨恨声常常让村里人从睡梦中惊起。有几次，村里人第二天一早起来，还在院墙外发现了逶迤的血迹。

但不知从什么时候起，村子里忽然又平静下来了。金属的撞击声没有了，恨恨声没有了，舞动的白光也没有了。

又过去了很多年，村子里又出了练武的少年。少年到外面去闯荡了一番，带回来一个惊人的消息：原来，高宅深门里的那个人，是当代最有名的剑客，人称飞雪侠，据说他使起剑来，有如雪花隐形，手中一柄宝剑，状似钝铁，像在昏睡，然而关键时刻猛一睁眼，射过一道白光，能将一粒灰尘劈成两半，世称盘龙宝剑，不知为何人所铸，煞是厉害，往往是剑锋过后，才闻其声，轻轻一掠，所经处，人影倒下，不见血迹。仿佛它是一条蚂蟥，见血迹便尽数噬去，因为那剑体越来越通体红亮，圆润饱满，和一般宝剑大不相同。据说，那人独创了一套盘龙剑法，出神入化，玄妙无比，已经打败了天下所有成名的剑客，现在，只有打败了飞雪侠的人，才能成为天下第一剑客。为此，许多人来找他比剑，逼他出招。当然，都被他轻而易举地打败了。据说还有不少剑客含羞自尽。这就是那时候村子里一直不太平的原因。后来飞雪侠突然失踪了。他隐居到一个不为人知的地方去了。从此，天下所有想成名的剑客，要做的头一件事就是找到飞雪侠，和他比剑，谁夺到了那把盘龙宝剑，他就是天下第一剑客，他就是剑中之王。

故事开始了。

大闹天宫

碎是个天生充满了破坏欲的孩子。很早的时候,他就从碎裂的声音里找到了快感。他有着一颗比我们大得多的脑袋,怎么说呢,如果把我们的脑袋比作稻草顶着的谷穗,那他的脑袋就好像是稻草顶着一穗玉米,那里面可全是聪明和好奇啊。他和我们的区别就好像是一粒玉米和一粒稻谷的区别。他的眼睛也很大。即使在夜里,也会黑漆漆地闪着光,像豺狗的眼睛。听人说,豺狗的眼睛在暗夜里是会闪光的,因此我们一到孤单的夏天的夜晚,便紧张地打量着四周,看是否有闪着蓝光的眼睛出没。二喜蹲在院门口解手的时候,就曾被豺狗叼走过,至今肚子上还有一个疤。如果我们把耳朵贴在疤痕上细听,还会听到里面隐隐有似狼似狗的吼叫声。到了夏天,二喜就经常功德圆满似的躺在那里,赏我们去听一听。耳朵和肚皮的摩擦声让他舒服极了,他很快就睡了过去。有一天,我们没发现四周有豺狗的蓝眼,但回转身一看,却发现另有一双闪着寒光的眼睛就在我们中间。我们吓了一跳,四散奔逃,只剩下了碎。不用说,那寒光正是从碎的眼睛里发出来的。

最初让碎尝到快感的是玻璃。那是沉闷的雨季。整个村庄都上了霉,墙壁上爬满了鼻涕样的黏黏虫,屋子里满是水渍。家具上的白霉沾在人们的衣服上,怎么拍也拍不掉,而且继续往身体上蔓延,仿佛一不小心,它们就会把人吃掉似的。屋里的门和窗都关节肿胀,咯吱响着关不拢。年纪大的人在嚷着浑身的骨头痛。这样的日子又漫长又无聊。缸里的米已经见了底,而肚子越来越饿了。大人们开始了没完没了的吵嘴,甚至拳脚相向。女人在哭泣。我们惊异于过早听到了青蛙的叫声,便忍着饥饿,从沉闷的屋子里逃出来。我们一路寻找,结果发现青蛙就在自己的肚子里。它们叫得是那么难听。这时田野上空空荡荡，我们只掰到为数不多的几根草根。我们嚼着草根，那些青蛙也跳了起来和我们抢食。结果我们的胃里什么也没有，草根都被它们吃掉了。而且它们很快又忘恩负义地冲着我们呱呱叫了起来。我们不禁眼睛发绿，像无家可归的野狗一样四处乱窜。正是这时，我们听到了一声清脆而响亮的碎裂声。我们精神大振，朝着碎裂声奔去，看见碎正站在生产队的仓库门口，用石头朝着仓库的玻璃窗掷去。一扇玻璃窗碎裂了，又一扇玻璃窗碎裂了。窗子上的玻璃本来是黑糊糊的没一点光亮，但一经碎裂，立刻放射出炫目的光芒。就像一个人脱下了他不喜欢的衣服。就像那些光芒被过分规则的形状封锁了似的。玻璃从玻璃中脱落，露出了闪闪发亮的尖角。它们欢快地跳到了地上，用破碎来表达它们的自由，用尖叫来表示它们的欢乐。碎在玻璃的碎裂声里手舞足蹈。他冲着我们喊：来啊！我们一起掷玻璃！我们惊呆了。这可是生产队仓库的玻璃啊。有时候，我们即使损坏了生产队的一粒秤戥子，队长都会暴跳如雷。现在，碎会受到什么样的惩罚呢？我们不敢上前。有一个年龄小的家伙跃跃欲试，被他哥哥喝住了。仿佛看到队长正在凶神恶煞地赶来，我们转身就跑。

碎果然为他的行为付出了沉重的代价。他被队长寅茂揪着耳朵押送到他父母跟前。他们从我们面前经过，我们听到，碎的耳朵在寅茂手里发出了吱吱的老鼠叫的声音。寅茂的力多大啊，我们曾亲眼看到他举起过槽门口的石墩。有人说，那只石墩至少有五百斤重。我们不禁摸了摸自己的耳朵，庆幸它们的完好无损。我们平生第一次觉得脑袋上长耳朵并不是什么好事，就像牛长了长长的鼻子和大大的鼻孔一样。它们方便了人们下手，把牛鼻用桊头穿起来了。如果牛不听话，只要把桊头上的绳子一扯，它就痛得跳脚。我们比牛更糟糕的是，牛只有一个鼻子，而我们有两只耳朵！

碎后来说，寅茂把手从他的耳朵上拿开的时候，他觉得他的耳朵已经没有了。他甚至有些高兴。心想以后爹娘喊他可以装作没听到。他从来也不肯待在家里。每天三顿饭，都要大人站在廊口喊破嗓子。因此他家的大人听上去声音都有些嘶哑。为了给自己的嗓子腾出空来歇歇，他爹爹只好找来几根瘦竹棍，必要的时候让它们代表自己执行命令。那些瘦竹棍很结实，里面藏着许多赤练蛇，每抽一下，就有一条爬到碎的身上去了。碎没听清队长跟他爹说了什么，只看到爹转身就回了屋里，他娘慌张地在围裙上擦着手，想拉住他爹没拉住，便朝他喊，边喊边打手势，像赶鸡一样。娘喊什么他依然没听清，但那手势他是熟悉的。每当娘想袒护他的时候，就隔着一段距离这样着急地打手势。他有些明白过来，撒开腿奔出院门朝村外跑去。

正是这时，碎感觉耳朵又慢慢回到了他的身体上。只是它们回来的过程似乎比撕裂时更痛苦。碎哎哟哎哟地叫唤起来。早知道这样，还不如叫它们别回来。它们像是迷路了，现在找到了路就一个劲地往回赶。它们的劲头越大他就越痛苦。它们像是两块烙铁，在滋滋地烫着他。风吹在耳朵上凉飕飕的，使得它们在唠唠叨叨的小雨中渐渐恢复了一些知觉。碎仿佛听到村子里闹翻了天，爹操起一把锄头要去追赶，被他娘死死拉住。僵持了半天，只听队长寅茂冷冷地说，演戏给谁看？今天你们就给我把仓库里的玻璃装上！

碎偷偷回到村子里，在小东家里躲到很晚才回家。他不能不回家。不然他到哪儿去过夜呢？他饭都没吃。在小东家里吃饭的时候，他撒了个谎出去了。他躲在甬沟里。等他们家吃完饭又回来。他又饿又累。他想爹的气已经消了吧。爹就是这个脾气，气来了排山倒海，气消了就相安无事。最多，再挨他两句骂。刚才娘站在廊口叫他，他下了很大的狠心才没有答应。娘的声音是那么凄凉，到最后几乎要哭了出来。碎怕听到娘这样的叫声，会让他方寸大乱。望见家里的灯光，他的眼泪一下子流出来了。他想就是爹揍他，他也还是要回家的。他甚至希望爹快些来揍他，把他揍了，就什么事也没有了。他想爹现在肯定还坐在那把一字椅上呼呼地生气吧。

奇怪的是，屋子里静悄悄的。连猫走动的声音都没有。马口灯点得很小，好像专门在等着他回来。他鼻头有些发酸。爹和娘肯定睡着了。以前他每次去看电影，娘也是这样给他留着门的。他到灶屋，揭开锅盖，见热水里泡着一碗薯片煮的稀饭。他端出来三下五除二地吃完。把门闩好，也没洗脸，就钻到床上去了。他太想睡觉了。

半夜，他忽然被什么咬醒。他睁开眼，见爹手里的细竹棍正放出一条条赤练蛇。它们狠狠地咬他，缠他。爹从来没放过这么多蛇出来，用了很大力气，累得气喘吁吁的。娘想拉住爹的手，结果有几条蛇跳到了她身上。娘后来干脆挡在他和他爹之间，爹才恨恨了几声，跺着脚，扔下竹棍跳了出去。碎的身体火烧火燎。

等娘语重心长地教育了他一番，抹着眼睛替他盖好被子走出房门后，碎念念有词似的对自己说，变变变，于是他看到自己变成一只猴子，一跃而起，从屋子里飞了出去。

碎蹿上屋顶。他用手里的金箍棒把屋顶戳了一个大洞。瓦片的碎末肯定会把爹的鼻子和眼睛埋住，然后又让它们剧烈地振动和蹦跳起来。它们一跳动爹的整个身体也会跟着跳动。和他闪闪发光的金箍棒相比，爹手里的竹棍是多么丑陋可笑啊。爹还认为它是天底下最厉害的教育孩子的武器呢。他才不怕它。他飞过整个村庄，飞过村前的坚山。夜幕下的村庄像一堆黑糊糊的牛屎在冒着热气。在飞翔的过程中，他身上的热度减退了，丝丝小雨像是仙女们的手。他就曾幻想他的娘是一个仙女。可实际上，她不是。他也不是他爹娘生的。他像孙猴子一样，是从石头缝里长出来的。只有这样，才能解释他爹为什么总是那么往死里打他。其实死又是那么可怕的吗？如果他能证实他是爹娘生的，那在下一次爹打他的时候，他就死给他们看看，让他们伤心。他反正还可以重新投胎转世，当然他不会告诉他们落生在谁家。可如果他不是他们生的，那他就没必要白白死了。他飞啊飞。他也像孙猴子那样翻了个筋斗。他一个筋斗可以翻多远呢？他也要找到像孙猴子那样的师父。那是多么好的师父啊，孙悟空后来还到他拜师学艺的地方看过，可那里已经空空荡荡，屋顶结着蛛网。这一段让他的鼻头发酸。他想是怎么一回事呢，他的鼻头一接触到让他感动的东西，就开始发酸呢？其实每当他鼻头发酸的时候，他是多么的脆弱，多么不堪一击。这时如果爹伸出手摸摸他的头，他的眼泪就会叭叭往下掉。但他又是多么难以控制自己破坏的欲望，如果那的确是破坏的话。比如家里的那只钟,他是因为喜欢它才把它拆开的。他想知道那只老母鸡怎么可以在那里一直啄个不停,钟里面是什么?它和天上的日头有什么关系?难道它里面有一条看不见的线在拉扯着太阳吗?于是他就把钟拆开了。他可以捉住那只一直在点头的母鸡。现在它的嘴啄在他的手指上,痒痒的。他想如果他一直这样,太阳会不会也一直挂在天上呢?钟的肚子里有许多金属齿轮,它们在互相咬着,把太阳往上推。它们弯着腰躬着背,手和脚都在用力。原来是这样。时间在那里举着刀,耀武扬威似的,它举着一把长刀握着一把短刀腰里还别着一柄匕首。它的脚像穿了军靴,在踢踢踏踏的。他取下了它的长刀又取下了它的短刀,可它踢踏的脚步并未停止。它的脚步究竟藏在什么地方?他一定要找到它。结果是不言而喻的,他在让时间止步后,却没能让它重新迈开脚。它耍赖似的把自己弄成一堆碎片,然后瘫在桌子上望着他,再也不肯起来。

每当他损坏一样东西,他便要受到一次肉体的惩罚。他和爹不能沟通的地方,主要就在于对被损坏的东西的态度上。爹固执地认为,儿子的好动症是在故意毁掉那些东西,而它们对于日常生活又是必不可少,比如钟表、瓷器、收音机、钢笔、铁锁、算盘、手电筒。有一次,他甚至把煤油倒在屋后的稻草堆上引起一场大火。而他,的确是因为喜欢它们。他想通过这种方式去接近和了解它们,就像了解在一起玩的伙伴一样。他从来没有故意地去损坏它们。即使生产队仓库的玻璃,他也是因为他发现了它们在沉闷的雨季所蕴含的光亮。他要用石头去把那些光亮释放出来,不然人真的受不了。他没想到这会给他带来灭顶之灾。刚才娘跟他说,为了赔生产队的玻璃,爹只好把栏里唯一的小猪卖了。现在,他还不知道怎么引导和控制自己的好奇心。即使对待动物,有时候也一样。比如他明明是喜欢那只青蛙的,结果却把它弄死了,仿佛不把它弄死,他的好奇心便得不到满足。比如他明明喜欢狗,可当狗从他面前经过的时候,他总忍不住拿石头把它掷得狂吠起来,被火烫了一般跑开。他也为此深感苦恼。

碎在黑暗的夜空中飞行。只有这时他才无拘无束。他可以一下子翻一个筋斗云飞到花果山，也可以扎一个猛子一下子到了东海的龙宫或阎王殿。他要去修改队长寅茂的生死簿，让他少活十年，哈哈哈！至于月亮上，他就不用去了，那里全是女人。他看到女人爱脸红。尤其像嫦娥那样漂亮的女人。在飞行中，吸附在他身上的那些蛇会修炼成仙，它们想过人间的生活，便化作美女，飘飘荡荡下凡来了。而他，只想向上飞。他会翻筋斗云，他长出了长长的翅膀，他有一根如意金箍棒，他学到了天下最大的本事。他要飞到哪里去呢？他自己也不知道，只知道飞，飞。

这时碎和我们一样，刚刚看了西游记的连环画。除了西游记，我们还看了封神演义、白蛇传和宝莲灯。从此我们老猜想村前的坚山下是不是也压着什么猴精马精，从那里经过时我们不禁竖起耳朵细听是否有叫唤我们的声音，看到漂亮女人不禁猜想她们是人还是蛇，屁股沟里是否藏着一截狐狸的尾巴。当看到哪吒和孙悟空打起来的时候，我们都很难受，心想他们怎么也打起来了呢？他们应该是好朋友才对。尤其是，哪吒居然和那个蛮不讲理的二郎神站在了一边，让我们气愤难平。要知道，二郎神对他的亲妹妹都那么狠。漫长的雨季终于渐渐过去，有一天晚上，我们看到一朵云正气势汹汹向月亮咬去，碎不禁大叫起来，他说二郎神带着狗向我们扑过来了！

炎热的夏季来临了，我们除了得到捕蝉和划水的乐趣，更多的时间，我们要对付无处不在的蚊子和苍蝇。它们一个在白天一个在夜晚，轮番向我们攻击。蚊子还好对付一点，我们可以假装睡着了，等它唱着歌盘旋着向我们俯冲下来，伸出钻头准备去开采和吸取我们血液的时候，我们出其不意忽然把它打翻。如果我们真的睡着了，它们就贪得无厌地吃饱，结果就跑不动了，从我们的身体上滚落下来，我们也可以轻而易举地让它们毙命，有的甚至已经摔死了。最让我们恼火的是苍蝇，它不吸我们的血，只用它们脏兮兮的瘦手，在我们身上摸来摸去。我们气急败坏一掌击去，它们早已轻盈地飞走了，我们打到了自己。哎哟！这就是我们拍打苍蝇的后果。无论我们用什么办法，它们都能马上觉察。我们气得没办法，只好叫它们白骨精。我们知道，白骨精迟早有一天要被孙悟空打死。

我说，要是我们能变多好啊，如果我们变成一只蜘蛛，那蚊子和苍蝇就不敢咬我们或在我们身上摸来摸去了。

小东说，就是变成一只鸟或一条鱼也行，它们不但挨不到我们，我们还可以飞到树上或者去划水。他说一到热天，他就只想到水里去，哪怕整天待在水里他也愿意。

碎说，为什么不能变？他每天晚上都在变，他让自己变成一只猴子，或者一条龙，当然他也变过蚂蚁和虫子。他愿怎么变就怎么变，他甚至担心自己变得太远变不回来了呢。所以他一醒过来就去摸自己的脸，看自己是不是变回来了。有一天半夜，他摸到一个毛茸茸的东西在他的枕头边打呼噜，吓了一跳，仔细一看原来是他家的猫跳到床上来了。

我们说他吹牛，他说，不信可以去问他娘，有一次，她晚上掀开他的被子，没看到他只看到一头羊在里面。他听到娘的惊叫忙变了回来。第二天，娘还老望着他的额角，好像在寻思昨晚的那两只羊角哪里去了。后来，娘还在他的被窝里捡到了两根羊毛。

这时，我们正在野地里挖猪草。碎的描述让我们惊讶起来。如此说来，我们周围的一切很可能都是什么变的了。我们指着翩翩飞过的两只蝴蝶，说，那就是梁山伯和祝英台吧？也有人说，那是他们的后代。因为蝴蝶到处都是，而梁山伯只有一个，祝英台也只有一个。田柒指着草丛里一条迤逦而过的蛇说，那是谁？我们都很怕蛇，不禁往后退了几步。碎说，那还是二郎神呢。我们远远地跟着那条蛇，只见它直奔塘边的一只青蛙而去。我们说，那大概就是孙猴子变的了。青蛙眨着柔和而漂亮的眼睛，我们不禁为它捏了一把汗。但碎一点也不担心，他说，看，它肯定也会变的。就在蛇扑向青蛙的一刹那，青蛙果然扑的跳进水里，紧接着，从水里飞出来一只鹭鸶，它毫不客气地向蛇啄去。蛇慌忙逃窜。它当然也不示弱，草丛中窜出了一只老鹰，它在空中盘旋，好像随时要俯冲下来。对，那就是可恶的二郎神杨戬啊，我们觉得这时的他就像贴在天上的一只苍蝇。只有苍蝇才像他那么讨厌。如果不是想起他在封神演义里经常立功，我们对他真的不会有好感。我们简直不知道他是怎么变坏的。在我们一眨眼的工夫，鹭鸶没有了，塘坝上跑来一只四眼黑狗，这样的狗是很厉害的，咬人从来不叫，扯下一块肉就跑。它朝着老鹰一阵狂吠。老鹰占不到便宜，只好飞走了。但不一会儿，有一头牛忽然朝黑狗冲撞过来，黑狗灵巧地一闪身，在牛腿上狠狠咬了一口，牛痛得跳了起来，在田野里好一阵狂奔，踩坏了许多庄稼。

我们开心地笑了起来。这是我们最喜欢看的西游记的段落之一。我们喜欢大闹天宫的孙猴子，一点也不喜欢后来跟着唐僧去西天取经的孙悟空。取经对他有什么好处呢？就是压在五指山下，他也还是孙大圣。即使一定要取，也可以背了唐僧就去，何必一定要经过九九八十一难那个形式呢？我们觉得后来的孙悟空跌进了菩萨和妖怪们设置的双重陷阱，他们老是联起手来捉弄他，而且他一点也不觉得。那些妖怪是从哪里来的？他们要么是天上哪一个神仙的坐骑，要么是哪一个菩萨的看家狗，还有的是谁的私生子或干女儿。这就像有一次，我们队里的粮食被偷了，后来查来查去，查到了队长自己身上。大家正要把队长教训一顿，上面来的人说，你们别冲动，我们把他带到上面去教育。过了没几天，队长回来了，我们不知道他受了什么教育，只看到他变得又白又胖，后来还听说他在上面天天吃馒头和肉包。最让我们难以接受的是，到了取经的路上，孙悟空的本事也没一开始大，妖怪随便拿出一个什么宝物来，孙悟空便招架不住，跟当初大闹天宫时简直判若两人。你看，孙悟空跟了唐僧，就变成了这样。我们觉得，唐僧不但自己是傻瓜，还要把孙悟空变成傻瓜。沙和尚是老实人。至于猪八戒，不过是一个白痴。

自从掷坏了生产队仓库的玻璃后，碎好像斯文了一段时间。斯文，这是大人对我们孩子最好的评语。当时村子里最斯文的孩子是小寒。他从不惹大人生气，让大人没完没了地劳神费力。一时间，小寒成了大人教育我们的典范。我们稍不规矩，大人说，你看看小寒。小寒的确是脸皮薄的家伙，大人的话稍重一些，他的脸就一泼地红了，甚至还飞快地转过身，滴下两滴眼泪。什么不是要皮薄呢，比如西瓜、橘子、香蕉，等等，都是要皮薄的。可是小寒后来因站在门口看飞机烧煳了一锅饭而挨了一顿骂，结果无师自通地喝掉一瓶农药死了。当然这并不能改变大人原来对我们的要求。如果我们老做错事，大人就会掐着我们的脸说，你的皮怎么比水牛胯里的浪当皮还厚！碎就经常被大人这样掐住或拎起来。大人的指印深深地嵌在他的脸上，像耻辱的印记。它们不时地从脸的深处窜出来咬他。但他仍然不能控制自己不断破坏的欲望。

比如现在，他跑到麦地里，抽出一根麦管来做喇叭。碎永远比我们会动脑子。他把麦管的一端放在嘴边咬了咬，轻轻一吹，就发出了好听的声音。我一直不明白那声音是怎么发出来的。它不像笛子，要有孔，还要有膜。它什么都不要。那声音清脆嘹亮，像一种长翅膀的动物在麦地上空轻盈飞过。麦地荡漾起来。碎还能控制它的音色。他可以让声音尖，也可以让声音圆。自然，我们对麦地的骚扰又引起了大人的吼叫。但不到他们像愤怒的火箭一样发射过来的时候，我们是不会跑掉的。虽然我们天天都吃不太饱，但我们还是希望有那么几根麦子不长成粮食，而变成声音。

我们在田野上游游荡荡。我们要做的事很多，我们要找到一种叫酸眯眼的草，看吃了它我们是否真的会酸得把眼睛眯起来。我们要把南瓜藤和冬瓜藤嫁接在一起，让青蛙爬上电线杆去听电话。笔直一排伸向远方的电线杆让我们浮想联翩。有一次，我们居然在大队的电话机里听到了广播。还有一次，我们听到广播里有人打了一个喷嚏。从此我们一直幻想着自己也能到广播里去打个喷嚏。现在，碎开始爬那根电线杆了。我们围着柱子听，听见风在电线上呼啸着跑来跑去，像活泼乱蹦的兔子。有的兔子在半路上掉了下来。这也是我们喜欢做的事情之一。但今天，碎不满足于听电线杆了，他说他要爬到电线杆上去，这样就可以听到里面的人在打电话了。

我们问，听到了吗？他在上面说听到了，听到了，一个说，开会了开会了，一个说，又要斗四类分子吗？一个说，哪里哪里，今天公鸡下蛋了，一个说，既然公鸡下了蛋，那以后就要叫男人生小孩了。一个说，王家畈上不是就有个男的生了小孩吗？一个说，还不是他想破坏生产，偷队里的牛。一个说，他不是偷牛，他是想把他们队里的牛全变成铁牛呢，队长说，我才不信呢，你要是能生下小孩，我才相信你是想把队里的牛变成铁牛。队长带人把他打了一顿，又把他和四类分子放在一块批斗，斗了几回，那个人就四处说他生了小孩。一个说，队里的抽水机其实就是铁牛的脑袋，你看它在抽水的时候要用东西把它的脚捆起来，不然它就会跳会跑呢，有一次，趁大家不注意，我就把它的绳子解开了，我骑上它，它马上驮着我撒腿跑了起来呢。我们这才知道上了碎的当，他在骗我们呢。后面说的，是他自己做过的一个梦，他曾经跟我们讲过。我们便叫他下来，让我们上去听听。

　　碎从上面跳了下来。我怀疑，碎肯定听到了什么而没有告诉我们，不然，为什么等我们爬电线杆的时候他却一脸诡异地跑开了？我们不管他。我们按年龄很快排出了先后，我排在第二。我在焦急地等待排在第一的小东从上面下来。我们不再问他听到了什么，免得他也煞有介事地在上面捉弄我们。我们只是摇着电线杆，催他快点。小东扒在上面，一脸茫然，说他什么也没听到。他上去挺利索，但不知道怎么下来，好像担心电线杆上有钩子，会把他挂住。他像是要哭，像个可怜虫一样望着下面说，这么高，我怎么下去啊？我们骂了他一声笨蛋，说跳下来！你不知道跳下来啊！他就犹犹豫豫地，终于张开两手，扑通往下一跳，摔在地上，嘴里全是土。

　　我在大家的起哄和小东呸呸往外吐的声音里嗖地爬了上去。我把耳朵贴在电话线上。我听到一阵破冰似的声音从遥远的地方传来。它那么尖锐，我忙缩了一下头，担心它割伤了我的耳朵。我继续把耳朵贴上去，不管下面的喊叫了。他们也在催我呢。我听到了什么，又仿佛没听到什么。那声音既真切又朦胧，藏在电线里，外面还包了一层皮。就像我们从谁家的屋前走过，听到里面很热闹，但因为关着门，我们不知道里面的情形。又像我们看电影时听到了喇叭没看到银幕。这是永远折磨着我们的噩梦。

　　正在这时，我看到碎从村子里跑出来。他的手在太阳下发出了耀眼的闪光。我很快看清楚，他手里拿着一把剪刀。

　　他气喘吁吁地跑来，对我说，你下来。

我说你要干什么?

他说我要把电话线剪断。

他说,把电话线剪断,我们就能听清楚里面说什么了。

我们觉得这个主意很好。碎就是这样一个有主意的人。谁叫他的脑袋比我们大呢。当然也有的人脑袋大里面装的是糨糊,但他绝对不是。那里面全是聪明。就像春天池塘里的蝌蚪谁数得清呢?他脑袋里的聪明也是数不清的。他像猴子一样爬上电线杆,把电话线剪断。我们以为把电话线剪断,里面的声音就会像管子里的水咕咕往外冒。

让我们想不到的是,我们不但没从电话线里听到声音,连风也不再在上面跑了。它们从上面摔了下来,两眼发晕,辨不清东南西北了。这一下,碎也呆住了。就好像明明听见屋子里有人说话,可把门推开,里面反而什么也没有。大家骇然了,心想,如果上头打电话到大队里来打不通,那怎么办?有人因偷电话线被抓去据说要坐十年牢。我们望着电线杆。它的一端光秃秃的,而且我们不可能接得上去,好像它故意这样,只要我们动了它,它就耍赖似的要让别人看到。就像雀圆,有一次,我们不小心把他的额头碰出了血,他用手一摸,大哭起来,我们要帮他揩,他坚决不让,而直接回家找他娘带他到我们家里去告状。回来他怀里全是吃的,有爆米,有麦芽糖,把我们恨得咬牙。

碎也被吓住了。就在他发呆的时候,我们一哄而散。

两天后,上头来了人。他们穿着制服,戴着大盖帽,威风凛凛的。我们躲在家里不敢出来。有的还慌忙躲到外面去了。但让我们稍感心安的是,电话线是碎一个人剪的,我们又没拿剪刀。在这方面,我和小东他们互相通气,早已商量好了。不一会儿,就听说碎被穿制服的人带走了。同时被带走的还有他爹。

我们再看到碎的时候,碎坐在他家的凹椅上。他的脚不能下地走路,而且很有可能一辈子这样。我们不知道这是被上头的人揍的,还是回家被他爹揍的。我们不敢问。我们家大人也不敢问。他娘天天在家里哭。在过了很长一段时间之后,我们慢慢才敢到他家去玩。这时他坐在院子里。他爹娘都出工去了。我们还有些做贼心虚,不敢看他的脸,尤其是不敢看他那双又大又清澈的眼睛。他似乎并没意识到一点,对我们的到来很高兴。他一如既往地和我们讲他的那些稀奇古怪的梦。后来,他长久地望着天上。过了一会儿,他忽然兴奋地对我们说,看,那是大圣在和哪吒他爹交战呢!我们抬头一看,果然见天上乌云翻滚,好像有天兵天将在作战。乌云越来越浓,有如狰狞的面孔越来越大。我们知道,天兵天将成千上万,孙大圣可是孤身一人啊,我们正在担心,忽然听碎说,大圣从身上拔了一把毫毛,朝空气中一吹,立刻有千百个大圣出来,挥着和他一样的金箍棒和天兵交战。瞧,天兵哪是对手啊!哪吒和他哥哥也都不是对手。后来如果不是太上老君在背后使用卑鄙手段,二郎神哪拿得住大圣?真的,大圣被拿住了。日头又出来了。太上老君要把大圣放到他的八卦炉里去。刚才多么凉爽,现在又开始热了。但大圣是烧不死的,越烧他本领越高,不信你看,他快要从炉里跳出来了——

正在这时,我们看到有一团火,从天上掉了下来。